사자의 아들
칸의 여행

사자(獅子)의 아들: 칸의 여행 2

허담 新무협 판타지 소설

초판 1쇄 찍은 날 § 2020년 12월 30일
초판 1쇄 펴낸 날 § 2021년 1월 6일

지은이 § 허담
펴낸이 § 서경석

총괄팀장 § 노종아
편집책임 § 강서희
디자인 § 스튜디오 이너스

펴낸곳 § 도서출판 청어람
등록번호 § 제387-1999-000006호
등록일자 § 1999. 5. 31
어람번호 § 제2-2856호

주소 § 경기도 부천시 부일로 483번길 40 서경B/D 3F (우) 14640
전화 § 032-656-4452 팩스 § 032-656-4453
http://www.chungeoram.com
E-mail § chungeorambook@daum.net

ⓒ 허담, 2020

ISBN 979-11-04-92297-8 04810
ISBN 979-11-04-92295-4 (세트)

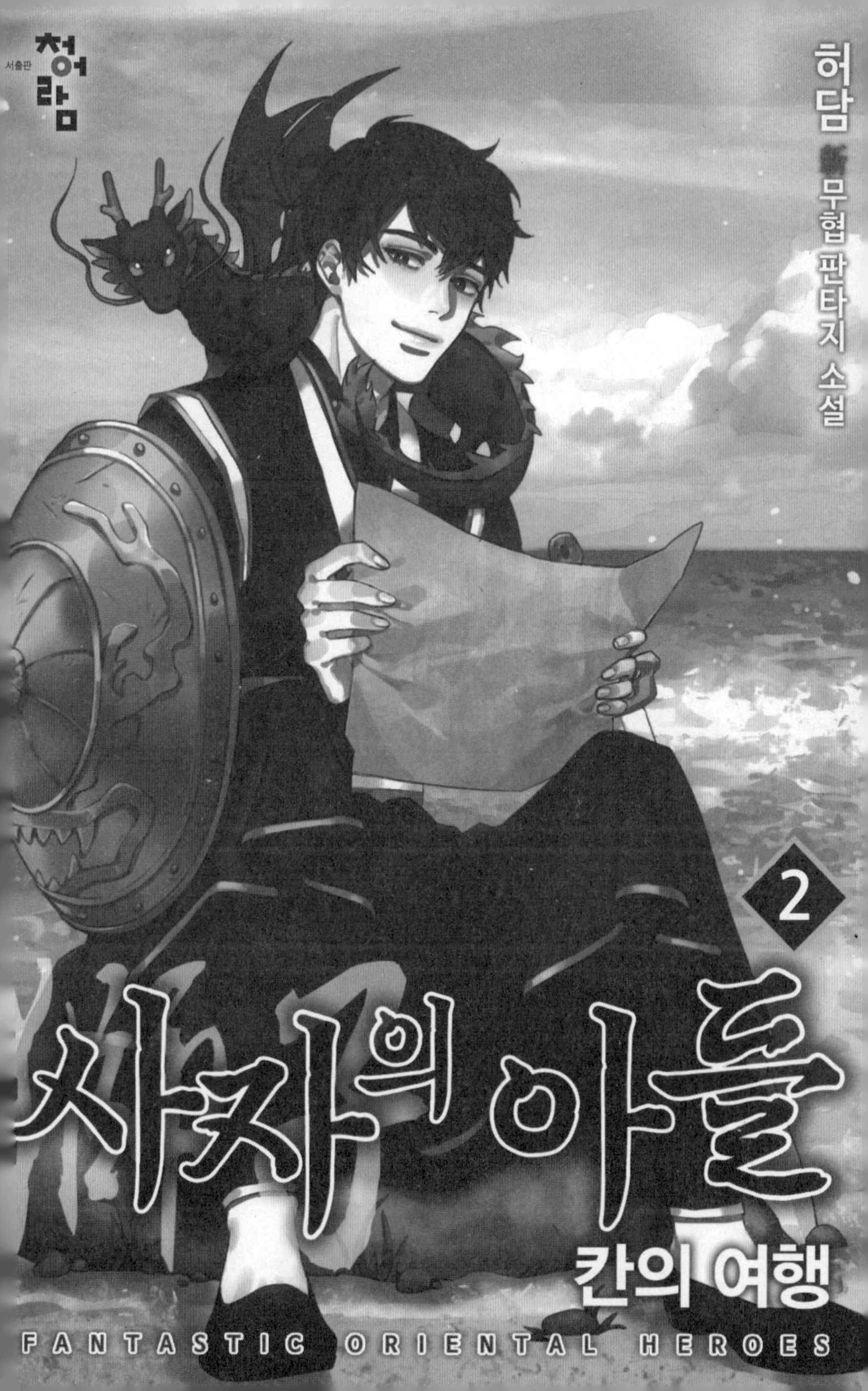
서출판 청어람
허담 新무협 판타지 소설
2
사자의 아들
칸의 여행
FANTASTIC ORIENTAL HEROES

겨울 대륙
(빙하의 땅)

북해

무산열도

대마협

서북빙해

녹대섬

오주의 섬

임아산

곤모산

뭄섬

무산해협

사형군도

수호자들의 섬

오사섬

포우 대림

소하왕

마대밀섬 마정

이몽섬

사지림

궁산

백림

옥낭왕

사령반도

박청섬

육주
(천섭, 천록의 땅)

파나류
(검은 대륙)

신마채아섬

일라왕

사자의 섬

육주의 바다
(천해)

섭아

송왕

화림

성왕

율왕왕

대닥산

라의왕

사해
상가

대이왕

천록의 섬

고해
(잊혀진 바다)

왕의 섬

매사막

롭의 바다
(야수해)

남하섬

두산

부산

땍림

열사의 섬

남대해

대산성

사자의 아들

칸의 여행

창해

등대산맥

천호

화산맥

목차

제1장

마지막 제자

"석림의 만굴성을 간다. 만화류를 남쪽으로 지나 침묵의 바다
를 경계로 북진한다. 닻을 올리고 돛을 펼쳐라!"

독안룡 탑살이 선수(船首)로 나와 명을 내렸다.

콰르르!

순식간에 돛이 펼쳐졌다. 마침 수호자들의 섬 정상에서 포구
쪽으로 부드러운 바람이 불어오고 있었다.

쿠오오!

펼쳐진 돛이 바람을 받아 풍선처럼 부풀어 올랐다. 그러자 거
대한 묵룡대선이 부드럽게 움직이기 시작했다.

묵룡대선이 움직이자 포구에 늘어선 은갑전사들이 일제히 한
손을 가슴에 대며 고개를 숙였다.

철사자 무곤에 버금가는 대영웅 독안룡 탑살에 대한 최고의

예의였다. 아마도 육주의 사람들 중 은갑전사들에게 이런 존중을 받는 사람은 탑살 외에는 없을 것이다. 육주를 지배하는 이왕사후조차도 받지 못할 존경이었다.

탑살이 검을 들어 가슴에 댄 후 은갑전사들을 향해 마주 고개를 숙여 보였다.

마찬가지로 탑살이 고개를 숙여 답례할 유일한 전사들도 은갑전사들뿐일 터였다.

탑살을 따라 묵룡대선의 선원들도 은갑전사들에게 고개를 숙였다. 수호자들의 섬에서 받은 환대와 그들의 삶에 대한 존경의 표현이었다.

좌아악!

묵룡대선의 속도가 오르기 시작했다.

쿠우우!

섬의 입구에 세워진 갑문을 거대한 묵룡대선이 아슬아슬하게 지나쳤다.

쿠우웅!

섬 밖으로 나서는 순간 큰 파도가 뱃전에 부딪혀 갑판까지 물보라가 솟구쳤다.

"다시 시작이군. 잘들 있으시오!"

아적삼이 배의 난간을 잡고 수호자들의 섬을 뒤돌아보며 소리쳤다.

"이제 좀 살 만하군. 좋은 구경이었지만 지루한 섬이었어."

이문술이 기지개를 켜며 말했다.

"참… 대단한 사람들이야. 스스로 고립된 삶을 선택하다니."

아적삼이 대답했다.

"별종들이지. 난 죽어도 못 해. 우리 같은 사람은 이렇게 거친 바다를 항해하면서 생명력을 얻잖아."

이문술이 수호자들의 섬 주변을 흐르는 거친 해류를 가리키며 말했다.

"그러다 결국 바다에서 죽겠지, 낄낄!"

아적삼이 장난스럽게 말했다.

"얼마나 좋은 운명인가! 뱃사람이 바다에서 죽는다면!"

이문술이 소리쳤다.

"젠장, 좋기는 뭐가 좋아. 개죽음이지, 무덤도 없이."

아적삼이 투덜거렸다.

"뱃사람 무덤이 바다인 건 세 살 먹은 아이도 아는 건데 왜 갑자기 투덜거리고 지랄이야? 가만, 오늘은 처음부터 기분이 좋지 않았던 것 같은데 대체 왜 그래? 무슨 일이 있어?"

"일은 무슨 일!"

아적삼이 퉁명스럽게 대답했다.

"아냐. 아냐… 무슨 일이 있는 것 같은데? 적삼 자네 같은 사람이 섬에 갇혀 있다 바다로 나왔으면 생기가 돌아 고삐 풀린 말처럼 떠들어야 하는데. 지금은 마치 가기 싫은 여행을 가는 사람 같잖아. 대체 뭐야?"

"됐어, 아무 일 없어."

아적삼이 손을 저었다.

그러자 이문술이 아적삼의 얼굴을 물끄러미 바라보다가 짧은 순간 아적삼이 배의 앞쪽을 슬쩍 살피는 것을 보고는 그쪽으로 시선을 돌렸다. 그러고는 이내 고개를 끄떡였다.

"오라, 알겠군."

"알긴 뭘 알아."

아적삼이 여전히 퉁명스레 투덜댔다.

"칸 때문이지?"

"칸이 뭐?"

"결국 선장님의 무종을 받은 거잖아? 그렇지? 지금 소룡들과 있는 것을 보면."

칸은 묵룡대선이 수호자들의 섬을 출발할 때부터 소룡들과 함께 있었다. 간간이 칸의 웃음소리도 들려왔다.

"칸이 선장님의 제자가 된 게 왜? 나야 기분 좋은 일이지. 칼 쓰는 자가 되어 어떤 무종이든 선택받으면 축복인데. 하물며 육주의 대영웅이신 선장님의 제자라면 나야 좋지."

아적삼이 무뚝뚝하게 말했다.

"물론 축하할 일이지. 하지만 한편으로는 서운한 거잖아. 빼앗 겼다고 말하면 이상하지만, 어쨌든 칸이 자네 품에서 벗어난 건 맞으니까."

"언제까지 데리고 있었을까. 내 자식도 아니고. 기억을 잃고 바다에 빠진 것이 불쌍해서 잠시 돌봐줬을 뿐이지."

"에이, 그런 거짓말은 안 해도 돼. 사실 서운할 만도 하지. 우리 같은 뱃사람, 이름 없는 항구에서 하룻밤 인연을 맺은 여인에 게 후손을 볼 때도 있지만 거의 대부분 홀로 살아가니까. 자네 가 칸에게 특별한 정을 느꼈다 해도 당연한 일이야. 그래도 뭐,

아주 떠나는 것도 아니고. 설혹 자기가 낳은 자식이라도 때가 되면 좋은 스승을 찾아주는 게 부모 일이잖아?"

"누가 뭐래?"

아적삼이 여전히 퉁명스럽게 대답했다.

"마음 풀어. 설마 칸이 선장님의 제자가 됐다고 자네를 모른 척할까. 그동안 겪어봐서 알잖아. 저 녀석은 그런 아이가 아냐."

"알지. 그래도……."

"후후, 이제야 솔직해지는군."

이문술이 실소를 흘렸다.

"칸에게는 좋은 일인데 조금 서운한 마음도 들더라고."

그제야 아적삼도 자신의 마음을 털어놨다.

"그래그래. 나라도 그럴 거야. 품 안의 자식 떠나보내는 느낌이겠지. 하지만 좋게 생각해. 저 아이… 자네도 알다시피 우리같은 평범한 뱃사람으로 살 아이는 아니잖아?"

"그렇긴 하지. 검술을 가르치면서 놀란 적이 한두 번이 아니니까. 교만해질까 봐 칭찬을 하지 않았지만."

"그 빌어먹을 해적 놈의 손목도 잘라 버리고. 한두 달 검술을 배웠다고 누구나 할 수 있는 일이 아니지. 그 해적 놈 무공도 알고 있었잖아?"

"그렇지."

아적삼이 고개를 끄떡였다.

"특별한 아이야. 그런 아이에게는 특별한 스승이 필요한 거고. 아, 자넬 무시하는 건 아냐. 자네 검술도 대단하지. 하지만 무종을 가진 것은 아니니까."

"안다니까."

아적삼이 다시 신경질적으로 말했다.

"그러니까, 이렇게 생각해. 선장님은 칸의 스승이 되는 운명, 자네는 칸의 아버지가 될 운명이랄까. 그럼 뭐, 다 좋은 일이잖아?"

"칸의 아버지?"

"지금 그 노릇 하고 있잖아?"

이문술이 미소를 지으며 말했다. 그러자 아적삼이 고개를 저었다.

"후우… 욕심이지. 겨우 한두 달 돌봐준 것으로 아버지는 무슨."

"사람 인연, 시간이 문젠가. 마음이 중요하지."

"음……."

아적삼도 내심 칸의 아버지라는 운명에 욕심은 나는 모양이었다. 그래서인지 이문술의 말을 완전히 부인하지는 않았다.

"좋은 아이야. 훗날 놀라운 길을 가게 될 거야. 자네도 그렇게 생각하지? 우리가 재주는 없어도 사람 보는 눈은 있잖아?"

"나도 그렇게 생각하고는 있었지."

아적삼이 고개를 끄떡였다.

"그렇다면 자네 혼자 저 아이의 모든 것을 책임진다는 게 불가능하다는 것도 알 거 아니야?"

"알아. 아마 선장님도 그러지는 못할 거야."

"그러니까. 너무 욕심내지 마."

"욕심은 무슨……."

"위로가 될지 모르지만, 내 생각에는 그래도 칸에게 가장 중요한 사람은 자네일 거야. 앞으로 어떤 삶을 살지 모르지만."

"에이, 설마……."

아적삼이 손사래를 쳤다.

"흐흐, 이 친구 봐라? 이거 은근히 기대하는 눈친데?"

"…뭐 그럼 좋고."

"하하하, 그래그래. 좋은 쪽으로 생각하자고."

이문술이 아적삼의 어깨를 툭 치며 호탕하게 웃었다.

                    *   *   *

무리의 느낌이 조금씩 익숙해졌다. 처음보다 한결 편한 기분
이 들었다. 가끔 자연스레 대화도 나눌 정도였다. 그러나 어색함
도 여전히 한 줌은 남아 있었다.

묵룡대선에 타고 있는 다섯 명의 소룡들은 서열이 없었다. 같
은 시기에 탑살에게 무종을 받아 소룡이 된 이유도 있지만, 나
이도 같은 또래였다.

그들은 경쟁자이자 동료였다. 어쩌면 동료 이상일 수도 있었다.

무한은 소룡들과 섞이는 그 순간부터 이들 사이에 동료 이상
의 끈끈한 유대감이 형성되어 있다는 것을 느낄 수 있었다.

그 무리 속에서 무한은 조금 특별한 위치에 있었다. 그는 다
섯 소룡의 동료라기보다는 사제로 받아들여졌다.

나이도 다른 소룡들보다 네다섯 살 정도는 어렸고, 무엇보다
탑살에게 무종을 받은 시기가 늦었다.

하연 등이 무종을 받아 소룡으로서 수련을 시작한 것이 오

년 전이기 때문이다.

그런 소룡들 틈에 있으려니 불편한 것은 어쩔 수 없었다. 그나마 다행인 것은 그가 수적들이 공격했을 때 소독와 하연의 목숨을 구해준 사실이었다.

그 일로 인해 소룡들은 무한을 큰 거부감 없이 자신들의 사제로 받아들이고 있었다.

"또 올 수 있을까?"

왕도문이 멀어지는 수호자들의 섬을 보며 중얼거렸다.

이제는 섬 주변을 경계하는 첨탑 모양의 망루와 철사자 무곤의 무혼탑 끝만이 아스라이 보이고 있었다.

"한 번 길이 열렸으니 가끔 올 수 있지 않을까?"

이산이 되물었다.

"그래도 워낙 폐쇄적인 곳이라."

왕도문이 확신이 서지 않는 표정으로 말했다.

"선장님과 은갑전사단 단주께서 무슨 이야기를 나눴는지 알 수 없지만, 두 분의 표정을 보면 심상치 않은 일들이 벌어지고 있는 것 같아. 그렇다면 조만간 다시 들르게 되겠지."

소룡 사비옥이 침착하게 말했다.

사비옥은 자타가 공인하는 천재다. 무공도 뛰어나지만 어린 나이에도 불구하고 세상일에 해박한 지식을 가지고 있었다. 특히 위급한 상황에서 내리는 판단력은 소룡들 중 최고라는 소리를 듣고 있었다.

다만 그는 성격이 모난 편이라 한 무리의 우두머리가 되는 데 한계가 있을 거란 평가도 동시에 받고 있었다.

아무튼 그래서 사비옥의 말을 흘려들을 사람은 없었다.

"검은 대륙 파나류에서 이런저런 일들이 벌어지고 있다고 하더군."

소독이 사비옥의 말에 대답했다.

"일이라니?"

왕도문이 물었다.

"글쎄, 나도 자세히는 알 수 없어. 내가 은갑전사단이 수집한 정보를 본 것이 아니니까. 하지만 적어도 선장님이 긴장할 정도면 사소한 일은 아니겠지."

소독이 굳은 표정으로 말했다.

"참 이상한 땅이야."

하연이 고개를 갸웃하며 말했다.

그러자 왕도문이 맞장구를 쳤다.

"맞아. 검은 대륙은 참 알다가도 모르겠어. 육주에는 마치 사람들이 살 수 없는 땅, 혹은 함부로 갈 수 없는 곳처럼 알려졌지만 사실 생각보다 많은 사람들이 살고 있거든."

"선입견 때문이지. 마종 흑라의 시대에 검은 대륙 파나류가 완전히 그의 수중에 들어갔다고 생각하고 있으니까."

사비옥이 침착하게 말했다.

"그런 것이 아니었나요?"

무한이 자신도 모르게 입을 열었다. 그러다가 자신이 주제넘게 소룡들 이야기에 끼어들었다는 생각이 퍼뜩 들어 손으로 입을 막았다.

"뭘 그렇게 어색해해? 궁금하면 물어봐야지. 이제 아우는 우리 모두의 동생이야."

하연이 당황하는 무한을 보며 부드럽게 말했다.

"그래. 어려워 말고 궁금한 게 있으면 물어. 음… 사제가 궁금한 것이 흑라의 시대에 검은 대륙 파나류가 흑라에게 완전히 정복된 것이 아니냐는 것이지?"

하연의 뒤를 이어 사비옥이 묻자 무한이 고개를 끄떡였다. 그러자 사비옥이 다시 입을 열었다.

"육주도 그렇지만 파나류는 거대한 땅이지. 천섬에 비해 훨씬 거대한 땅이야. 그리고 천섬은 영지를 경계로 왕국과 제후들이 군림하는데, 파나류는 성과 도시를 중심으로 세력이 형성되었었지. 지형이 험하고 인구가 적어서 작은 규모의 세력이 번성한 거야. 과거 파나류에는 독립적인 세력을 유지했던 셀 수 없이 많은 성과 도시들이 있었어. 그 모두를 흑라가 점령하는 것은 불가능한 일이지. 그래서 흑라의 시대에도 독립성을 유지한 성과 도시들이 존재한 거야."

"그랬군요. 전 몰랐던 사실이에요."

"하나 더 놀라운 사실을 말해줄까?"

"……"

무한이 눈빛으로 물었다.

"사람들은 미처 깨닫지 못하고 있지만, 사실 육주에서 소비되는 물건들 중 굉장히 많은 것들이 파나류에서 공급되고 있어. 우리 묵룡대선도 그렇고, 천하에서 가장 큰 상단이라는 사해상가의 상단들도 사실 파나류가 주된 상행 지역이야."

"그런데 왜……."

"왜 파나류가 여전히 들어가기 위험하고 경계해야 하는 땅이냐고 묻는 거지?"

사비옥의 앞선 물음에 무한이 고개를 끄떡였다.

"그 이유는 어쨌든 흑라가 지배했던 땅이고, 지금도 곳곳에서 흑라의 잔당들이 부활을 꿈꾸고 있기 때문이지. 그런 의미에서 보면 솔직히 위험한 땅은 맞아. 하지만 그게 전부는 아니야. 사실 진짜 이유를 들자면… 이왕사후와 사해상가 같은 육주의 거대 세력들이 자신들의 권력을 강화하기 위해 파나류의 위험을 필요 이상으로 부풀렸기 때문이지. 그래서 파나류라는 곳이 육주의 사람들에게 어둠의 땅으로 인식되는 거야."

"그런데 그 과장된 위험이 조금씩 현실이 될 가능성을 보이고 있다는 거지."

하연이 걱정스러운 표정으로 말했다.

"아직은 확실한 게 아니잖아."

왕도문이 고개를 저었다.

"그렇긴 해도… 느낌이 썩 좋지는 않아."

사비옥이 어두운 표정으로 말했다.

그런데 그때, 선실로 들어가는 입구에서 사풍왕 보로가 소룡들을 불렀다.

"소룡들은 수련실로 와라. 선장님께서 찾으신다."

소룡들이 묵룡대선에서 특별한 존재들이라는 사실은 이 선실이 증명한다.

그들은 평소에는 일반 선원들과 어떤 구별도 없이 생활하지만, 누구도 부인할 수 없는 사실은 소룡들이 결국 묵룡대선의 미래라는 것이었다.

그리고 그 증명이 바로 이 선실이었다.

아무리 크다 한들 배는 배다. 배에서는 모든 공간이 부족하다. 그래서 줄일 수 있는 공간은 모두 줄인다.

그러니 사람이 머무는 공간을 줄이는 것은 기본이다. 특히 상선에서는 짐을 실을 공간을 확보하기 위해 더욱더 사람이 머무는 공간이 좁다.

그런데 그런 묵룡대선에 소룡 다섯 명을 위한 수련실이 별도로 있었다. 그것도 작지 않은 크기다.

'이런 곳이 있었나?'

무한이 묵룡대선에 탄 것이 석 달 전이다. 그런데 소룡들의 수련실은 처음 들어와 보는 곳이었다. 이런 곳이 있었는지조차 모르고 있었던 무한이다.

아마도 이 공간에 대한 출입이 일반 선원들에게는 철저히 통제되기 때문이었을 것이다.

수련실에 들어서면 바다를 향해 창이 난 서쪽 벽면을 제외하고 다른 삼면의 벽에 걸린 각종 병기들이 가장 먼저 눈에 들어온다.

각기 다른 모양의 검(劍)과 도(刀)들, 철궁에서 석궁까지. 그리고 창과 도끼들… 모두 위험한 병기들이다.

그런데 그 병기들이 한눈에 보기에도 단순하지가 않았다. 단지 소룡들이 무술을 수련할 때 쓰는 병기들이라고 보기에는 지나치게 특별해 보이는 병기들이었다.

더군다나 소룡들은 이미 수중에 자신들이 애용하는 병기를 가지고 있었다.

'그냥 장식품일 수도 있겠어.'

무한이 수련실에 걸린 병기들에 관심을 두고 있을 때, 문득 수련실 안쪽에서 선장 탑살의 목소리가 들렸다.

"앉거라!"

탑살은 창을 통해 들어오는 빛을 등지고 서 있었다.

탑살의 말에 소룡들이 횡으로 수련실 바닥에 가부좌를 틀고 앉았다.

무한은 다른 소룡들 조금 뒤쪽에 자리를 잡고 앉았다. 그런 무한에게 잠시 눈길을 준 탑살이 다시 입을 열었다.

"섬 구경은 잘 했느냐?"

"예! 선장님!"

소룡들이 일제히 대답했다.

"어떤 생각이 들더냐?"

탑살이 물었다.

예상치 못한 질문에 소룡들이 침묵을 지켰다.

"소독!"

"예, 선장님!"

"어떤 생각이 들더냐?"

"…그들의 삶이 존경스럽기는 하지만 한편으로는 답답한 생각도 들었습니다."

"음……."

탑살이 동의한다는 듯 고개를 끄떡였다.

그러자 이번에는 하연이 조심스럽게 입을 열었다.

"운명이라는 것이 무섭다는 생각이 들기도 했습니다."

"운명?"

"누군가에게는 벗어날 수 없는 굴레가 될 수도 있다는 생각이 들었습니다."

"그 말은 그들의 삶의 방식에 동의하기 어렵다는 뜻이겠군."

"저라면… 제 삶을 그런 식으로 작은 섬에 억류해 두지는 않았을 것입니다. 철사자께서 위대한 전사이시고 영웅이기는 하지만, 그렇다고 일백이 넘은 은갑전사들의 삶이 그와의 약속 때문에 평생 구속되어야 한다는 것은. 더군다나 흑라의 시대가 끝난 지가 오래인데……."

"좋아. 각자 나름대로의 생각이 있으니까. 하지만 난 그들이 좋다. 답답하기는 해도."

"물론 존경받을 만한 삶이기는 합니다."

하연이 대답했다.

"하연, 네 말 중에서 하나만 바로잡겠다. 그들이 수호자들의 섬에 고립되어 사는 것은 결코 철사자와의 약속 때문만이 아니다. 철사자 때문이 아니라 그들 자신이 그런 삶을 선택한 것이야. 자유의지라는 뜻이다. 그걸 오해하지 마라. 그래서 그들이 강한 것이다. 적은 숫자임에도 불구하고 감히 이왕사후도 그들을 두려워할 정도로 말이다."

탑살의 말에 소룡들이 생각이 깊어진 듯 잠시 침묵을 지켰다. 그런 그들을 향해 탑살의 말이 이어졌다.

"내가 이 말을 하는 이유는 너희들의 삶 역시 마찬가지기 때문이다. 나와의 약속 때문에 묵룡대선에 머무는 것이 아니라 너희들 스스로 묵룡대선의 전사로서의 삶을 선택해야 한다. 그런 전사만이 스스로 자부심을 갖고 묵룡대선을 강하게 만든다. 알겠느냐?"

"예, 선장님!"

소룡들이 일제히 대답했다.

그러자 탑살이 이번에는 갑자기 무한을 지목해서 물었다.

"칸! 넌 뭘 느꼈느냐?"

"저… 저요?"

무한이 갑작스러운 탑살의 질문에 당황해 되물었다.

"그래. 넌 그 섬에서 뭘 얻었느냐?"

"……."

무한이 대답할 말을 찾지 못하는 듯 침묵을 지켰다.

"달리 느낀 것이 없느냐?"

탑살이 다시 물었다.

그러자 무한이 느리게 입을 열었다.

"다른 것은 모르겠고, 무혼탑이 기억에 남습니다."

"철사자의?"

"그렇습니다."

"어떤 면에서?"

"사자림과 그 후예의 몰락을 보면 철사자님이 선택한 삶이 사

마지막 제자 23

람들이 칭송하는 것처럼 가치 있고, 명예로운 것이었는지는 모르겠지만 한 가지는 분명한 것 같습니다."

"뭐지?"

"그분이 무인으로서, 그리고 전사로서 절대무적의 위치에 있었다는 사실입니다. 무인으로서 그와 같이 성스러운 무혼탑으로 기려진다는 것은 영광스러운 일이지요. 그래서 무인으로서 그 경지에 오르고 싶다는 생각이 들었습니다. 물론… 허황된 욕심일 테지만……."

순간 수련실이 침묵에 빠졌다.

감히 철사자 무곤의 경지에 오르고 싶다니. 무한의 대답은 너무 뜻밖의 것이었다.

절대무적이라 불렸던 그의 무공에 도전하겠다는 것은 무한의 말처럼 허황된 욕심이거나, 혹은 철사자 무곤에 대한 모독으로 받아들여질 수도 있었다.

그래서 탑살과 소룡들은 갓 무종을 받은 이 어린 소년이 철사자 무곤의 무공 경지에 도전해 보고 싶다는 야망이 당황스러울 수밖에 없었다.

"그의 무공 경지에 대한 도전이라. 특별하구나."

탑살이 나직하게 중얼거렸다.

"주제넘었다면 죄송합니다."

무한이 앉은 채로 머리를 숙였다.

"아니, 아니야. 하지만 그 말을 다른 사람들에게는 하지 말거라. 철사자를 모독하는 말로 들릴 수도 있다."

"예, 선장님!"

"그런데 또 한편으로는 나쁜 것도 아니다. 기왕에 무종을 얻어 무인의 길에 들어섰다면 그런 투쟁심도 있어야지. 아무튼 좋다. 모두 수호자들의 섬에서 몇 가지 교훈을 얻을 수 있었기를 바란다. 이제 우린 석림의 섬까지 쉬지 않고 항해할 것이다. 한 달의 여정이다. 그 안에 그동안 소홀히 했던 너희들의 수련을 점검하겠다. 각오들 단단히 하거라."

"예, 선장님!"

소룡들이 일제히 대답했다.

그들의 얼굴에 긴장감과 기대감이 동시에 떠올랐다.

탑살의 말에서 앞으로의 수련이 고통스러울 것을 느꼈지만, 더불어 그 수련 끝에 강해질 자신들에 대한 기대도 있었다.

"알고 있겠지만 묵룡대선이 봄섬, 상춘도에 도착하면 너희들은 배에서 내리게 된다. 이후에는 다른 소룡들과 경쟁하게 될 것이다. 그러니 그 안에 충분히 스스로를 단련시켜라."

"예, 선장님!"

다시 소룡들이 대답했다.

"그리고… 칸!"

탑살이 다시 무한을 불렀다.

"예, 선장님!"

무한이 얼른 대답했다.

"무인으로서의 네 꿈이 크듯 나 역시 너에 대한 기대가 크다. 하지만 그건 네 자질이 다른 소룡들에 비해 뛰어나거나 네게 특별한 재능이 있어서가 아니다. 너의 대한 나의 기대가 큰 것은 네가 나의 무종을 받는 마지막 제자이기 때문이다!"

"선장님!"

"음……!"

놀란 것은 무한이 아니었다.

다른 소룡들과 수련실에 들어와 있던 독사검왕 서군문과 사풍왕 보로 등이 놀라 자신도 모르게 탄성을 터뜨렸던 것이다.

무종을 전하는 것은 무공의 기술과 원리를 가르치는 것과는 전혀 다른 일이다. 무종을 전하는 것은 스승이 제자의 몸속에 내공의 씨앗을 심는 것이다.

무종의 전수 없이 오직 그 비결만으로 홀로 체내에 내공을 만들어내려면 좋은 무공 비법을 얻어도 오랜 세월 수련해야 한다.

그 수련 와중에 예상치 못한 위험에 노출될 수도 있어서 대부분의 경우 홀로 내공을 수련하는 일을 포기하는 경우가 많다.

반면 스승으로부터 내공의 씨앗, 무종을 전해 받으면 기본적인 내공을 형성하는 초기의 어려움을 건너뛸 수 있다.

물론 자신의 내공을 내어주는 만큼 무종을 전하는 사람은 적지 않은 공력의 손실을 각오해야 하는 일이다.

제자를 위해 스승이 자신의 무공을 희생하는 것, 그것이 바로 무종의 전수였다. 그래서 무종을 전하는 것은 무인들에게는 성(聖)스러운 일이었다.

또한 그런 의미에서, 아무리 대단한 고수라도 공력이 무한하지 않으니 무종을 전수하는 횟수는 극히 제한적일 수밖에 없었다.

그럼에도 불구하고 무학의 종파들이 무종의 전수를 게을리하지 않는 것은 각 파의 무종을 받은 사람이 많을수록 그 종파의 입지가 강해지기 때문이다.

십이신무종이 수백 년 천하무종의 우두머리로 군림해 온 것도 그들의 무종을 받은 전사들이 육주 각 왕국과 제후국에 퍼져 있기 때문이었다.

그런 의미에서 탑살이 무한을 끝으로 더 이상 자신의 무종을 전하지 않겠다고 선언하는 것은 이해할 수 있지만 한편으로는 뜻밖의 일이었다.

그건 곧 묵룡대선의 세력을 더 이상 키우지 않겠다는 뜻이기 때문이다.

탑살의 나이가 육십 전후. 보통 사람에게는 노쇠하기 시작하는 나이지만, 무인으로서는 아직 충분히 이십 년 이상 전성기를 구가할 수 있었다. 당연히 무종을 전수해 나갈 여력이 있었다.

"선장님, 묵룡대선은 좀 더 강해질 필요가 있습니다. 적어도 세 척의 배를 운용할 만큼의 용전사가 필요합니다. 상선도 거의 완성되어 가고 있지 않습니까?"

사풍왕 보로가 무겁게 말했다.

무한으로서는 처음 듣는 말이다. 묵룡대선과 같은 상선을 두 척 더 만들고 있다는 것은 그동안 아적삼이나 이문술 등에게서도 듣지 못한 말이었다.

"알고 있네."

"그런데 왜……."

"내가 무종을 전수하기 시작한 지 이십 년 가까이 되어가네."

"그렇지요."

"그건 곧 제자들의 나이 차이가 그만큼 난다는 것을 뜻하지. 그건 다시 말해 다음 대의 제자들을 키울 때가 되었다는 말이기도 하네."

"선장님, 그렇다면……."

보로가 탑살이 무종의 전수를 끝내겠다고 말했을 때보다 더 놀란 표정으로 탑살을 바라봤다.

"십이신무종의 경우도 일대의 제자들 나이가 이십 년 안쪽이지. 물론 간혹 예외가 있기는 하지만, 그래야 종파의 체계가 잡히기 때문이네. 이제 묵룡대선도 삼대의 제자들을 들일 때가 되었네."

"하지만 함부로 무종을 전하는 것은……."

"무종의 전수는 엄격하게 제한될 걸세. 그대들 사왕의 동의와 나의 허락을 받은 사람만이 본 무맥의 천년구공(千年龜功)을 전수할 자격을 갖게 될 것이네. 일단은 그대들 묵룡사왕으로 그 자격을 제한하겠네."

탑살이 무겁게 제이의 무종 전수에 대한 자신의 결정을 전했다.

본래 탑살의 무종은 오직 한 명의 후계자만을 두는 일인전승의 무공이었다.

그러던 것이 탑살의 대에 이르러 무맥의 전통을 깨고 여러 명의 제자를 길러내기 시작했다.

당시 탑살은 이미 검은 대륙 파나류 어딘가에서 어둠의 기운이 커져가고 있다는 것을 느끼고 있었다. 그 위험에 대비하기 위한 방책으로 무종의 일인전승을 포기한 것이다.

더불어 탑살은 자신과 뜻을 함께할 사람들을 묵룡선으로 불러들여 세력을 키웠다. 그때 탑살의 뜻에 동참한 사람들이 지금의 묵룡사왕들이다.

그렇게 만들어진 묵룡십이선의 힘으로 그는 흑라와의 싸움에서 가장 중요한 승리 중 하나인 대해전을 승리로 이끌었다.

이후 탑살은 다시 상인의 신분으로 돌아갔지만, 제자를 키우는 일을 소홀히 하지 않았다.

아니, 대해전 이전보다 더 심혈을 기울여 제자를 길러내고 있었다.

그렇게 길러낸 제자들의 숫자가 스물다섯. 보통 일반적인 고수가 자신의 내공을 희생하며 길러낸 제자의 숫자로는 적지 않게 많은 숫자였다.

보통 최상층의 무인이라도 평생 열 명 이상에게 무종을 전하는 경우는 흔치 않았다.

십이신무종에서 무종을 전수받은 사람이 많은 이유는 무종을 전할 수 있는 고수들의 숫자가 그만큼 많기 때문이지 한 사람이 수십 명의 제자를 길러내는 것은 아니었다.

그런 의미에서 보자면 탑살이 무한을 끝으로 더 이상 무종을 전하지 않겠다고 선언한 것은 어찌 보면 당연한 결정이었다.

만약 그가 스물다섯 명이나 되는 무종의 제자를 키워내지 않았다면 그는 지금보다 훨씬 강한 무인이 되어 있을지도 모른다.

그런 그가 사왕들에게 무종의 전수를 허락하겠다고 선언한 것은 비록 흑라의 시대가 끝났지만, 자신의 무종을 더 이상 일인 승계의 무공으로 되돌리지는 않겠다는 뜻이었다.

그리고 그건 묵룡대선의 세력을 좀 더 키우겠다는 의미기도 했다.

더불어 자신의 무종을 완전히 하나의 종파로서 성장시키겠다는 원대한 계획을 밝힌 것이나 마찬가지였다.

묵룡사왕은 물론 소룡들이 놀라고 흥분할 만한 선언이었다.

그래서인지 소룡들의 수련이 시작된 선실의 분위기는 다른 때와 달리 강렬한 긴장감 같은 것이 흘러넘쳤다.

소독과 하연 등 소룡들은 수련실에 나란히 앉아 운기를 했다. 그들은 일정한 숨소리를 내는 것 외에는 조금의 움직임도 없었다.

하지만 침묵 속에서도 칼날 위에 서 있는 것 같은 긴장감이 그들 사이에 흐르고 있었다.

그런데 그런 소룡들의 침묵을 갉아먹는 소리가 수련실 한쪽에서 조곤조곤 흘러나오고 있었다. 그렇다고 소룡들 중 누구 하나 그 소음을 멈추게 하지 못했다.

"어때, 외워볼 만하겠어? 한 번에 기억하기는 쉽지 않을 거야. 그래도 최대한 머릿속에 집어넣어야 해. 천년구공의 모든 비법을 완전히 외우려면 적어도 십여 일은 필요할 거야. 다른 무종의 신공과 달리 무척 방대한 비법이니까."

사풍왕 보로가 무한을 보며 물었다.

무한이 말없이 고개를 끄떡였다.

"좀 어렵지?"

보로가 다시 물었다.

그러자 무한 역시 마찬가지로 고개를 끄덕였다.

천년구공. 탑살의 무맥에서 가장 중요한 신공이다. 사실 다른 무공들, 검술 파랑십이검이나 탑살의 무공을 대변하는 방패술 대해벽은 탑살 무공의 옷이라고 할 수 있었다.

그 옷 속의 몸을 이루는 것이 천년구공이다. 다른 무술들이 없어도 탑살의 무맥은 이어지지만, 천년구공이 사라지면 탑살의 무맥은 끊긴다고 할 수 있었다.

내공의 축적와 그 운용법을 밝힌 비법. 천년구공은 그래서 철저히 사람과 사람 간의 말을 통해 전수된다.

글로 쓰인 것이 아니라 사람의 말을 통해 전해지는 것이므로, 그 내용을 외우는 것도 어렵고 그 뜻을 이해하는 것도 결코 쉽지 않았다.

"부지런히 외우고, 부지런히 생각해. 사실 이 비법의 참뜻을 완전히 이해하는 것은 거의 불가능하다고 할 수 있다. 선장님도 스스로 완전치 않다고 하실 정도니까. 또한 말로 설명해서 깨우치는 것도 한계가 있단다. 어느 정도 경지에 되면 수련자 스스로 깨우치고 몸으로 느껴야 하지. 그래서 같은 무공 비법을 알고 있어도 그 성취는 사람마다 각기 다른 거란다. 알겠지?"

"예."

무한이 다른 사람들에게 방해가 될까 봐 숨죽여 대답했다.

"좋아. 그럼 다시 한번 들려주마. 집중해서 들어."

"예, 사풍왕님!"

무한이 다시 대답했다.

그러자 사풍왕 보로가 낮은 목소리로 천년구공의 비법을 천천히 외우기 시작했다.

천년구공의 첫 구절은 이 신공의 특징을 가장 잘 표현한다.

샘으로부터 시작된 물줄기가 강과 바다에 이르는 과정을 시적으로 표현한 이 구절에서는, 신공 수련의 외로움과 고단함을 노래하고, 이후 수많은 강이 거대한 바다를 이루는 것처럼 천년구공의 꾸준한 수련이 결국 거대한 공력의 바다를 이룰 것이라고 말하고 있었다.

무공의 창시자가 굳이 이 구절을 비법의 가장 앞에 넣은 것은 그만큼 천년구공의 완성에는 오랜 세월이 걸린다는 것을 말하기 위해서였다.

신공 천년구공의 특징은 확실했다.

지루할 만큼 단단하게 기초를 닦는 과정을 견딘 후에야 비로소 신공의 위력이 급증하기 시작하고, 결국에 가서는 그 어떤 신공보다 강력한 위력을 가지게 되는 것이 천년구공이었다.

그래서 수련자가 초기 지루하고 더딘 성취를 견디지 못하면 결국 천년구공의 정수를 맛보기도 전에 자포자기할 수밖에 없었다.

그런 이유로 탑살은 무종을 전수할 제자를 선택할 때, 그 성품을 반드시 확인했다. 조급하거나 끈기가 없는 성격은 절대 대성할 수 없는 무공이기 때문이다.

이런 천년구공의 특성 때문에 무종을 전수하는 스승의 힘이 다른 신공의 전수보다 훨씬 중요했다.

초기 수련의 어려움을 극복하는 방법으로, 스승이 무종을 전수할 때 다른 무종들의 전수보다 더 강하고 많은 공력을 심어주는 방법이 있기 때문이다.

물론 그만큼 무종을 전수한 스승의 내공 손실이 크다는 의미기도 했다.

그 천년구공을 무한이 정식으로 전수받고 있었다.

탑살은 수련실 창가에 등을 기대고 서서 수련에 열중인 소룡들을 지켜보고 있었다.

아니, 사실 그의 시선은 대부분 무한을 향해 있었다. 어찌 보면 무한의 표정을 읽고 있는 것처럼 보이기도 했다.

그런 탑살의 곁으로 독사검왕 서군문이 조심스럽게 다가섰다.

"다른 이유도 있으신지요?"

"무슨 말인가?"

갑작스러운 질문에 탑살이 서군문에게 시선을 주며 되물었다.

"저 아이를 마지막 제자로 거두시겠다는 말씀 말입니다."

"음… 왜 그렇게 생각하시는가?"

"단지 세대의 교체 때문이라기에는……."

"설명이 부족하다?"

"그렇습니다."

서군문이 부인하지 않고 대답했다.

"잘 봤네. 꼭 그 때문은 아니지. 두 가지 정도 이유가 더 있네. 하나는 저 아이를 제대로 키워볼까 싶은 생각에서네."

탑살의 시선이 무한에게로 향했다.

"역시… 특별한 아이군요."

"이미 단전이 잘 정비되어 있었네."

"예?"

서군문이 놀란 표정을 되물었다.

"어린 시절 내공을 키우기에 적합한 몸으로 만들어졌다는 뜻이네. 그런데 그 깊이가 바다와 같아. 가늠할 수가 없어. 그래서 어쩌면… 천년구공의 끝을 저 아이를 통해 볼 수 있지 않을까 하는 생각이 들었네."

"하지만 그건 너무 위험한 일 아닙니까?"

서군문이 걱정스러운 표정으로 물었다. 조급한 기색까지도 보였다.

"그렇지. 단전이 다듬어졌다는 것은 다른 무종에 뿌리를 두고 있다는 의미니까."

"맞습니다. 혹여 훗날에 기억이라도 찾아 자신의 뿌리로 돌아간다고 하면……."

"상관없네."

"예?"

"저 아이의 성품을 믿네. 만약의 경우 묵룡대선을 떠나야 할 상황이 된다면, 그리고 자신이 갈 곳이 묵룡대선과 적이 될 수도 있는 곳이라면 아마도 저 아이는 내게 받은 무공을 내려놓고 갈 걸세."

"그건… 장담할 수 없는 일입니다. 사람이란……."

"욕망에서 자유로울 수 없지. 하지만 그래도 그렇게 될 걸세."

"왜 그렇게 장담하십니까?"

"그렇지 않으면 죽을 테니까."

"예?"

"무종의 전수는 단순한 가르침이 아니지. 그건 주는 자와 받는 자의 계약 같은 거네. 반드시 지켜야 할… 그 약속이 지켜지지 않으면 죽음으로 갚아야지."

"그러나……"

"적이 될 아이라면 죽일 걸세. 물론 그렇지 않다면 자유롭게 해줄 수도 있지만."

탑살이 냉정하게 말했다.

"만약 기대하신 대로 무공이 극강의 경지에 이르면 어쩝니까?"

"무종을 뿌린다는 것은 거둘 준비도 되어 있다는 뜻이란 걸 알지 않는가?"

"아, 그럼? 벌써……"

"무공이 강해질수록 죽음의 불씨도 커질 걸세. 물론 나만이 그 불씨를 터뜨릴 수 있지만. 바라건대 저 아이와 나를 위해 그런 일이 없기를 바랄 뿐이지."

"알겠습니다. 그렇게까지 준비를 하셨다면 걱정할 일은 없겠군요."

서군문이 고개를 끄떡였다.

그러자 탑살이 화제를 돌렸다.

"다른 이유도 있네."

"무엇인지요?"

"수호자들의 섬에서 은갑전사단이 모은 정보들을 살펴보니 심상치가 않더군."

"그 말씀은 다시 마세(魔勢)가 다시 일어나고 있다는 뜻입니까?"

서군문이 어두운 얼굴로 말했다.

세월이 흘렀다고 해도 마종 흑라의 시대를 겪은 기억은 아직 생생했다.

이후의 피해 역시 복구되지 않았다. 아름다웠던 신들의 정원 이사야는 죽은 자들의 섬이 되어 사람들의 발길이 끊어졌고, 무궁무진한 자원이 넘쳐흐르는 파나류는 검은 대륙이라 불리며 상인들과 여행자들이 들어가기를 꺼려 하고 있었다.

물론 그 위협의 대부분은 이왕사후와 사해상가와 같은 거상들이 만들어내는 과장된 위협이었지만. 그만큼 흑라의 시대는 여전히 사람들에게 두려운 시간으로 남아 있었다.

"이제 두 해만 지나면 십 년이네, 흑라가 죽은 지… 사람들은 흑라의 죽음으로 모든 것이 끝났다고 생각하지만, 사실 그의 죽음 말고 제대로 끝난 것은 없네. 흑라의 마기를 받은 마인들 중 절반 이상이 어둠 속에 살아 있네. 때가 되면 반드시 되살아날 망령들이지."

"그렇긴 하지요."

서군문이 고개를 끄떡였다.

사실 흑라의 시대는 갑작스럽게 끝이 나버린 역사다. 철사자 무곤과 십이영웅이 은밀히 검은 대륙 파나류 깊은 오지에 위치한 흑라의 본거지인 마정까지 침투해서 그를 기습적으로 죽였기 때문이다.

당시 세상 곳곳에 퍼져 있던 그의 수하들은 이후 육주 전사들의 공격을 받아 패퇴하기는 했지만 전멸한 것은 아니었다.

다만 그들은 절대적 존재로 생각했던 흑라의 죽음이 가져온 충격에서 벗어나지 못해 어둠 속으로 숨어들었을 뿐이다.

"흑라의 시대만 하겠냐만은 마세가 다시 준동하면 다시 적지 않은 피를 흘려야 할 걸세. 그때를 대비해 나도 몸을 좀 추슬러 놓을 생각이네."

"옳은 생각이십니다. 제가 늘 선장님께 원하던 것이었지요. 무종의 전수를 끝내시고 몸을 돌보신다면 감히 누가 선장님을 상대할 수 있겠습니까."

서군문이 단호하게 말했다.

"그런 말 말게. 세상에는 알려지지 않은 강자가 많아. 내가 바라는 것은 다만 새로운 혈풍이 와도 과거 대해전과 같은 아픔을 겪지 않았으면 하는 것이네. 그때 우린 흑라의 대선단을 막았지만, 수많은 묵룡선과 형제들의 절반 이상을 잃었으니……."

제2장

철사자의 유산(有產)

  사풍왕 보로가 십여 일이 걸릴 거라던 천년구공의 구술 전수
는, 보로가 세 번째 구술을 마쳤을 때 얼추 끝나 있었다.

  어려서부터 좋은 지능을 타고났다는 소리를 듣기는 했지만,
무한 자신도 이렇게 빨리 천년구공의 수천 자 비법을 머릿속에
기억하게 될 거라고는 생각지 못했다.

  하지만 천년구공의 비법은 마치 그가 아주 오래전부터 알고
있던 비결처럼 쉽고 빠르게 무한의 머릿속에 각인되었다.

  '내가 그렇게까지 천재는 아닌데…….'

  무한 자신도 이해하지 못할 일이었다. 세상에는 한 번 들은
것은 절대 잊지 않는다는 천재들이 존재한다지만, 무한은 그런
천재가 아니었다.

  그럼에도 불구하고 천년구공의 비결만큼은 무한이 그런 천재

인 것처럼 빠른 속도로 그의 머리에 각인되었다.

무한으로서는 자신에게 벌어진 일이지만 스스로도 그 이유를
알 수 없는 일이었다.

"운기를 마쳐라. 이제 신공의 성취를 보겠다."

문득 탑살의 무거운 목소리가 들렸다.

그러자 보로가 무한에게 말했다.

"오늘은 이쯤 하자. 어때? 그래도 얼추 흐름은 알겠지?"

"예, 사풍왕님!"

무한이 대답했다.

"얼마나 기억할 수 있겠어?"

보로가 기대가 섞인 표정으로 물었다.

그러자 무한이 잠시 생각에 잠겼다가 말했다.

"절반은 안 될 것 같고……."

"뭐?"

미처 무한의 말이 끝나기도 전에 보로가 놀란 표정으로 되물
었다.

"죄송합니다. 제가 부족해서……."

보로가 되물은 이유가 자신의 기억력이 그의 기대에 미치지
못했기 때문이라 생각한 무한이 고개를 숙였다.

그러면서 급히 후회했다.

'사실대로 말할 걸 그랬나? 거의 다 외웠는데…….'

무한이 자신의 기억을 줄여서 말한 것은 어릴 때부터 들었던
철사자 무곤의 가르침 때문이었다.

"사람은 약한 존재다. 그래서 욕심과 욕망에서 벗어나지 못하고, 시기와 질투의 감정에 빠져 악행을 저지르지. 그러니 네가 가진 것의 절반 이상을 드러내지 마라. 목숨을 건 싸움이 아니라면. 만약 네가 가진 모든 것을 드러내면 반드시 널 시기하고 질투하는 자가 생길 것이다. 그런 사람이 의도치 않게 너의 적(敵)이 되는 것이다. 그 위험을 피하려면 가급적 가진 것을 드러내면 안 된다. 더군다나 넌 타인이 부러워할 만한 것들을 제법 가지고 있단다. 지금은 너 자신도 모르겠지만."

사람들의 시기심이 어떤 결과를 가져오는지 누누이 경고한 철사자 무곤의 가르침 때문에 무한은 본능적으로 자신이 기억한 비결의 양을 줄여 말한 것이다.

그런데 그런 자신의 기억력이 보로를 실망시킨 것 같았다.

억울한 면도 있었다. 보로는 분명 무한이 천년구공의 비법을 모두 기억하는 데 십여 일이 걸릴 거라고 했었다. 그럼 자신이 말한 기억량은 결코 적은 것이 아니었다.

'설마 내가 대천재라도 될 거라고 생각한 거야? 그럼 열흘 걸릴 거란 말을 하질 말든지. 그랬다면 대충 다 기억했다고 사실대로 말했을 텐데.'

무한이 속으로 투덜거렸다.

그러나 보로가 놀란 것은 실망해서가 아니었다.

"그 말은 절반까지는 아니어도 절반 가까이는 외웠다는 말이냐?"

보로가 다시 물었다.

"예……"

무한이 주눅 든 표정으로 나직하게 대답했다.

"허… 천잰가?"

"예?"

"너 어려서부터 똑똑하다거나 천재라는 소리를 들었냐?"

"그게… 전 기억을 잃어서……"

"아, 그렇지. 그런데 넌 분명히 그런 소리를 들었을 거야. 내가 말했지만 보통 사람은 천년구공의 비법을 모두 기억하는 데 십여 일이 걸린다. 재능이 뛰어난 아이들은 오 일 조금 넘게 걸리지. 그런데 넌 오늘 처음 듣고 절반 정도 기억했다. 다른 아이들에 비해 엄청 빠른 속도지. 보통 너 정도의 기억력을 보이는 아이들을 천재라고 한다."

"저, 전 천재 아닌데요?"

보로가 놀란 이유가 실망이 아니라 오히려 기대 이상의 성취 때문이라는 것을 깨달은 무한이 얼른 고개를 저었다.

줄여 말했지만 그것마저도 보로의 기대치를 훌쩍 넘어섰다는 사실이 그를 당황시킨 것이다.

"아냐. 보통 너 같은 녀석을 천재라고 해. 재수 없는 것들이지. 저놈들도 대체로 그런 편이고."

보로가 장난스러운 표정을 지으며 운기를 끝내고 일어나는 소룡들을 가리켰다.

"저분들도요?"

"대체로 그렇지. 하지만 그럼에도 넌 월등히 빠른 편이구나.

나쁘지는 않아. 넌 시작이 늦었으니 타고난 재능으로 그 간격을 좁히면 나쁠 게 없지. 하지만!"

보로가 갑자기 말을 끊고 정색을 하며 무한을 바라봤다. 그리고 천천히 다시 말을 이었다.

"하지만 항상 천년구공이 어떤 무공인지 기억해야 한다. 이 무공은 타고난 재능보다는 끈기 있는 수련을 통해서만 대성할 수 있는 무공이다. 재능을 믿고 수련을 게을리하면 결코 대성할 수 없어."

"명심하겠습니다."

"좋아. 그럼 오늘 나와 할 일은 끝났고, 저 녀석들 재주를 구경해 보자. 구경하는 것만으로도 네게 큰 도움이 될 것이다."

보로가 그 말을 끝으로 툭툭 자리를 털고 일어났다.

"자, 이제 몸을 좀 풀어볼까?"

소룡들의 운기가 끝나자 탑살의 곁에 있던 독사검왕 서군문이 앞으로 걸어 나오며 말했다.

그의 말투에 장난기가 섞여 있었지만, 평소 알려진 그의 성정과 독심 때문인지 이상하게 더 두렵게 느껴지는 말투다.

"누가 먼저 하겠느냐?"

서군문이 다섯 명의 소룡들을 보며 말했다.

그러자 왕도문이 앞으로 나섰다.

"제가 먼저 가르침을 받겠습니다."

"역시 도문, 공력에는 자신 있다 이거냐?"

"감히 검왕님께 자랑할 실력이 되겠습니까? 다만 매도 먼저 맞는 게 낫다니까."

"곰 같은 녀석이 말재주가 늘었구나. 말은 그렇게 해도 네 스스로 성장했다고 느끼고 있으니 그 성장의 결과를 알아보고 싶은 거겠지?"

서군문이 왕도문을 바라보며 물었다.

"조금은… 기대를 하고 있습니다."

왕도문이 서군문의 말을 완전히 부인하지는 않았다.

"좋아. 그 패기가 마음에 드는군. 하긴 네 녀석은 힘과 패기 말고는 쓸 것이 없지."

"감사합니다."

"칭찬이 아니다."

"알고 있습니다. 그래도 내세울 게 두 개나 있으니 좋은 것 아닙니까?"

"후우… 정말 말재주가 늘었구나. 하지만 이제부터는 말이 아니라 네 몸으로 증명해야 한다. 방패를 들어라!"

서군문이 왕도문을 보며 냉정하게 말했다.

그러자 왕도문이 수련실의 벽에 걸린 여러 병기 중 거북이 등짝 모양을 한 방패를 손에 들었다.

쿵!

방패와 방패가 격렬하게 충돌했다. 충돌한 방패 사이에서 불꽃이 일어날 정도로 강한 격돌이었다.

"야압!"

충돌 이후 왕도문의 입에서 악을 쓰는 듯한 기합 소리가 터져 나왔다.

그는 지금 자신과 방패를 마주 대고 있는 서군문을 향해 최대한의 힘을 쏟아내고 있었다.

얼굴은 붉게 상기됐고, 방패를 든 팔의 힘줄이 터져 나올 듯 부풀어 올랐다.

서군문의 표정도 무척 진지했다. 앞서 왕도문을 어린애 대하듯 하던 모습은 찾아볼 수 없었다.

하지만 그의 자세는 왕도문에 비하면 한결 안정감이 있었다. 그는 한 손을 허리 뒤로 돌려 뒷짐을 지고, 한 손으로 방패를 가슴까지 들어 올려 왕도문의 방패를 막고 있었다.

가볍게 앞뒤로 벌린 발의 위치 역시 넓게 벌린 왕도문의 보폭보다는 한결 가벼워 보였다.

"힘을 써라. 이게 다냐? 실망인데?"

서군문이 왕도문을 자극했다.

그러자 왕도문의 입에서 다시 고함 소리가 터져 나왔다.

"끄아아!"

왕도문의 목에도 힘줄이 빳빳하게 일어났다. 굳게 다문 입술은 이빨에 짓눌려 피가 흐를 정도였다.

그러자 서군문의 자세에도 변화가 일어났다.

좁던 보폭이 조금 더 벌어지고 무릎 역시 처음과 달리 앞으로 굽혀지기 시작했다.

"끄아아아!"

왕도문이 계속해서 비명 같은 고함을 질러대며 마지막 힘을 쏟아냈다.

그 순간 서군문의 입에서 짧고 낮은 기합 소리가 흘러나왔다.

"합!"

"억!"

서군문의 기합 소리에 뒤이어 왕도문의 입에서 힘에 겨운 듯 숨이 막힌 목소리가 흘러나왔다. 뒤를 이어 왕도문의 거구가 강하게 뒤로 밀려났다.

쿵!

뒤로 밀려나던 왕도문이 방패로 강하게 선실 바닥을 찍었다. 그리고 그 힘으로 왕도문의 몸이 정지했다.

"이 망할 놈아. 바닥에 구멍 나겠다!"

보로가 방패로 선실 바닥을 찍어 몸을 세운 왕도문을 향해 욕설을 퍼부었다.

"제가 나중에 수리하겠습니다."

왕도문이 퉁명스럽게 대답했다. 다른 때와 달리 무뚝뚝한 대답이다.

그러나 보로는 그런 왕도문을 탓하지 않았다. 왕도문이 지금 자신의 실력에 좌절감을 느끼고 있다는 것을 알기 때문이었다.

그런 왕도문을 향해 서군문이 말했다.

"나쁘지 않다."

"하지만……."

"나도 내 힘의 절반 이상을 썼다. 너희들과의 겨룸에서는 처음 있는 일이다."

"정말이십니까?"

화가 난 듯하던 왕도문의 얼굴에 미소가 번졌다.

"내가 네 녀석 기를 살려주려고 거짓말을 하겠느냐?"

"물론 아닙니다. 검왕께서는 결코 그런 분이 아니시죠."

왕도문이 얼른 고개를 저었다.

그의 말대로 독사검왕 서군문은 소룡들의 기분을 생각해 없는 말을 지어낼 사람이 아니다.

"그럼 믿어. 너의 성취에 자부심을 가져도 좋다. 하지만 자만심을 갖지는 말거라."

"예, 검왕님!"

왕도문이 밝은 표정으로 대답했다.

"좋아. 다음!"

서군문이 다른 네 명의 소룡을 보며 소리쳤다.

그러자 이번에는 이산이 앞으로 나섰다.

쿠웅!

"욱!"

방식은 동일했다.

소룡 이산 역시 거북 등짝 같은 모양의 방패를 들고 서군문과 맞섰다.

하지만 승부는 왕도문과 달리 금세 끝이 났다. 이산이 서군문의 힘에 밀려 단번에 수련실 벽에 처박힌 것이다.

"끄으!"

수련실 벽에 기대 몸을 바로 세우는 소룡 이산의 입에서 신음 소리가 흘러나왔다. 그러나 그것도 잠시, 이산이 재빨리 앞으로 걸어와 서군문에게 고개를 숙여 보였다.

"가르침에 감사드립니다. 수련이 부족해 부끄럽습니다."

"아니, 너 역시 나쁘지 않다."

서군문이 고개를 저었다.

"하지만 도문에 비하면……."

왕도문이 버틴 시간에 비하면 이산은 겨우 십분지 일도 버티지 못한 상황이다.

"물론 도문의 내공과 비교하면 네가 부족하다. 그러나 이번에 난 처음부터 강한 힘을 썼다. 앞서 도문의 경우와는 다르지. 도문 저 녀석은 믿을 게 힘밖에 없으니 그 힘을 정확하게 알아보고 싶어 시간을 끌어준 것이고. 네 장점은 내공이 아니라 쾌검이니 지금 정도의 내공 성취도 나쁜 것은 아니다. 그러나 그렇다 한들 천년구공의 수련을 게을리하지 말고."

"명심하겠습니다."

이산이 차분하게 대답하고 뒤로 물러났다.

"다음!"

서군문이 나머지 세 명을 향해 소리쳤다.

사비옥은 왕도문과 이산 등과는 조금 다른 모습으로 서군문을 상대했다.

두 개의 방패가 정면으로 충돌한 것은 같았으나 그 순간 사비옥의 두 다리가 비스듬한 자세를 취한 것이다. 그의 몸 역시 옆으로 틀어져 서군문의 방패를 막아냈다.

그렇게 사비옥은 소룡 이산보다 긴 시간 동안 서군문을 상대했다. 그러나 결국 그 역시 서군문의 강력한 공력을 견뎌내지 못했다.

"욱!"

사비옥이 결국 신음 소리를 토해내며 뒤가 아닌 옆으로 쓰러졌다. 서군문을 상대하던 그의 자세 때문에 일어난 현상이다.

"비옥! 힘의 운용을 연구했구나. 나쁘지 않다. 그 기술을 제대로 익히면 한 줌의 힘으로 태산의 힘을 비껴낼 수 있지. 하지만 지금 내가 알고 싶은 것은 너의 순수한 내공의 힘이다. 다음부터는 비술을 쓰지 마라."

"…알겠습니다."

사비옥이 뭔가 반발을 하려다 말고 고개를 숙여 보였다.

그러자 서군문의 시선이 남은 두 사람, 소독과 하연에게로 향했다.

"누가 먼저 하겠느냐?"

서군문의 질문에 소독이 하연을 보며 말했다.

"양보하지."

"좋아. 사양하지 않겠어."

하연이 고개를 끄떡이고는 벽에 걸린 또 다른 방패를 집어 들고 서군문 앞으로 다가섰다.

무한은 다른 누구보다 하연과 소독의 실력이 궁금했다.

하연에게는 그녀가 보여준 특별한 호의에 대한 고마움 때문에, 소독은 그가 이들 다섯 소룡들 중 가장 뛰어난 평가를 받는 사람이기에 그 실력이 궁금했다.

"와라!"

서군문이 방패를 들고 선 하연을 향해 손가락을 까딱였다. 순간 하연이 기합성을 터뜨리며 무서운 속도로 서군문을 향해 달려들었다.

"핫!"

쿵!

날카로운 기합성과 두 방패의 충돌음이 선실을 뒤흔들었다.

그긍!

방패와 방패 사이에서 불쾌한 마찰음이 흘러나왔다.

"잇!"

하연이 이를 갈며 힘을 쓰는 소리가 그녀의 입에서 흘러나왔다. 서서히 하연의 얼굴이 벌겋게 상기됐다.

무한은 그런 하연의 모습에서 여인이 아닌 전사의 모습을 발견했다. 평소 활달하기는 하지만 그래도 여인으로서의 다정함을 가지고 있던 하연이었다. 하지만 일단 비무를 시작하자 그녀에게서 여인의 모습을 찾아볼 수 없었다.

그러나 그런 하연조차도 독사검왕 서군문의 공력을 당해낼 수는 없었다.

"이쯤 하면 됐다."

쿵!

서군문이 붙어 있던 방패를 살짝 떼었다가 벼락처럼 다시 밀었다.

"흡!"

하연이 숨이 막힌 듯한 소리를 뱉어내며 주르륵 뒤로 밀려났다.

탁!

선실 벽까지 밀린 하연이 한 발을 뒤로 내밀어 벽을 차면서 몸을 멈춰 세웠다.

쿵!

동시에 그녀가 들고 있던 방패가 선실 바닥을 찍었다.

"저런, 또 바닥이 상했네. 이것들이 정말 선실 부수는 데 재미가 들렸나."

보로가 하연의 방패에 찍힌 선실 바닥을 보며 혀를 찼다.

하지만 보로 말고 선실 바닥 망가진 것에 관심을 갖는 사람은 없었다.

"하연!"

서군문이 하연을 불렀다.

"예, 검왕님!"

"여인으로서 네 공력은 훌륭하다. 아니, 훌륭한 정도가 아니지. 네 나이 또래의 여전사 중 너와 같은 공력을 지닌 사람은 찾아보기 힘들 것이다. 그러나! 검을 들었을 때, 그리고 그 검을 들고 전장에 섰을 때, 남녀는 다른 존재가 아니다. 전장에서는 오직 서로의 목숨을 노리는 적일 뿐이다. 그런 면에서 네 공력은 탁월한 것이 아니다."

"알고 있습니다."

하연이 서군문의 말에 수긍하며 지그시 입술을 깨물었다.

스스로도 자신의 성취에 만족하지 못하는 모습이다.

"네 자질은 누구보다 뛰어나다. 그러니 네 스스로 한계를 규정하지 말아야 한다. 여인이라는 한계 따위 잊어버려!"

"예, 검왕님!"

"검술의 완성도는 또 다른 문제지만, 신공의 수련으로 얻은 공력은 모든 무공의 기본임을 잊지 말아라!"

"알겠습니다."

다시 하연이 대답했다.

"좋아. 그럼 이제 소독 네 차례다."

"알겠습니다."

서군문의 지목을 받은 소독이 고개를 숙여 보이고는 벽에 걸린 또 다른 방패를 집어 들고 천천히 서군문 앞으로 다가섰다.

"긴장했나?"

문득 서군문이 소독에게 물었다.

"아닙니다."

"아니긴. 얼굴에 긴장이 묻어나는데. 소독 네 문제가 뭔지 아느냐?"

시험을 하기도 전에 서군문이 소독의 문제점을 입에 올렸다.

"가르침을 받겠습니다."

소독이 무표정한 얼굴로 대답했다.

"네 스스로 네가 다른 소룡들보다 모든 면에서 뛰어나야 한다고 생각하는 것이 너의 가장 큰 문제다. 물론 넌 다른 누구보다도 뛰어난 자질을 지니고 있다. 그러나 네가 특별해야 한다는 생각, 그래서 네가 다른 사람을 이끌어야 하고, 전장에서도 동료들을 지켜내야 한다는 생각에 집착하면 그 집착이 네게 치명적인 제약이 될 것이다."

"……."

"무인은 싸움에 임하면 오직 적 하나만을 바라봐야 한다. 다른 데 눈을 돌릴 여유가 없어. 그건 절대자라 불리는 강자들도 마찬가지다. 그러니 일단 비무든 싸움이든 적을 상대해야 하는 순간이 오면 오직 상대에게만 집중해라. 다른 사람의 성취, 다른 사람의 목숨은 그 순간 네가 관심 가질 것이 아니다."

"…알겠습니다."

"좋아. 그럼 지금 이 선실에 오직 너와 나만 있다고 생각하고 전력을 다하거라. 다른 사람의 시선은 잊어라!"

서군문이 단호하게 말했다.

"예, 검왕님!"

소독이 눈빛을 번뜩이며 방패를 다잡았다. 그리고 격렬하게 서군문을 향해 돌격했다.

쿵!

묵직한 격돌음이 두 개의 방패 사이에서 터져 나왔다.

그 묵직함은 가장 먼저 서군문을 상대했던 왕도문이 일으켰던 파문과 비슷했다. 소독의 공력이 공력으로는 소룡들 중 제일이라는 왕도문에 버금간다는 증거다.

그그긍!

방패와 방패가 격렬하게 부딪혔다. 철로 만든 방패에서 일어난 불꽃들이 사방으로 튕겨 나갔다.

무한은 두 사람의 대결이 단순히 힘과 힘의 대결만은 아니라는 것을 깨달았다. 미세하지만 두 사람이 맞대고 있는 방패가 끊임없이 움직이고 있었다.

그건 곧 상대의 허점을 끊임없이 찾아 좀 더 약한 곳으로 공력을 밀어내고 있다는 뜻이다. 정지한 듯 보이지만 공격과 방어가 쉴 새 없이 이어지고 있었기에 방패 사이에서 일어나는 불꽃도 끊이지 않았던 것이다.

"소독이 저 정도였나?"

무한의 곁에서 사풍왕 보로가 놀란 듯 중얼거렸다. 아마도 소룡 소독의 무공이 그의 예상보다 뛰어난 모양이었다.

자세히 알 수는 없지만, 무한도 두 사람의 대결이 다른 소룡들과의 대결과는 다른 수준에서 이뤄지고 있다는 것을 느끼고 있었다.

하지만 놀라운 능력을 보여주고 있는 소독이어도, 그 역시 결국 수련 중인 소룡이다. 반면 그가 상대하는 사람은 묵룡사왕 중에서도 가장 강하다는 서군문. 승패는 애초에 정해져 있었다.

부르르!

서군문의 방패가 갑자기 강렬한 떨림을 보였다. 지금까지와 차원이 다른 서군문의 공격이 시작된 것이다.

그리고 그 공격은 소독도 더 이상 버티지 못했다.

"웃!"

소독의 몸이 한순간 주르륵 뒤로 밀렸다.

쿵!

그의 몸이 사정없이 수련실 벽에 부딪혔다. 다른 소룡들보다도 훨씬 비참한 패배로 보였다.

하지만 그런 일이 벌어진 것은 서군문이 다른 소룡들을 상대할 때보다 훨씬 강한 공격을 했기 때문이란 것을 모두가 알고 있었다.

"좋아. 그것 봐라. 오로지 상대에게만 집중하니 훨씬 편하지?"

비틀거리는 몸을 겨우 벽에 기댄 채 방패를 늘어뜨리고 있는 소독에게 서군문이 물었다.

그러자 소독이 밝은 얼굴로 몸을 바로 세우며 고개를 숙였다.

"검왕님의 가르침에 감사드립니다. 큰 도움이 되었습니다."

"한 단계 올라섰구나."

서군문의 기분도 좋아 보였다. 자신의 조언으로 소독이 한순간에 큰 성장을 보인 것이 기쁜 모양이었다.

그때 한쪽에서 비무를 지켜보던 탑살이 앞으로 걸어 나오며 입을 열었다.

"좋아. 너희들 정도의 실력이면 이렇게 한순간의 깨달음으로 훌쩍 성장하게 되지. 소독!"

"예, 선장님!"

"봄섬에 도착하면 배에서 내려야 한다는 걸 알고 있지?"

"알고 있습니다."

"이후의 수련 여행은 위험한 여행이 될 거다."

"각오하고 있습니다."

"각오만으로 해내기 어려운 여행이지. 오직 실력만이 그 여행을 가능케 할 것이다. 또한 실전에서는 공력도 중요하지만 병기 사용의 능숙함이 더 중요하다. 그런 의미에서 오늘부터 봄섬에 이를 때까지 사왕께서 특별히 너희들의 병기술을 지도할 것이다. 감사하는 마음으로 최선을 다해 배워라."

"예, 선장님!"

소룡들이 기쁜 얼굴로 대답했다.

묵룡사왕에게 특별한 지도를 받는 것은 그들에게 큰 행운이었다.

"너무 기뻐들 하지 말아. 어디 한두 군데 부러지는 건 각오해야 할 테니까."

사풍왕 보로가 능글맞게 미소를 지으며 말했다.

"즐겁게 부러지겠습니다."

왕도문이 힘차게 대답했다.

"후후후, 도문 네 녀석은 특별히 두어 군데 더 부러뜨려 주마. 네놈 뼈는 워낙 건강해서 쉽게 아물 테니까."

"한 번 부러지고 아물면 더 강해지지요."

왕도문이 지지 않고 대답했다.

"오냐. 기대하마!"

보로가 손을 들어 왕도문을 가리키며 말했다.

"칸!"

탑살이 이번에는 무한을 불렀다.

"예, 선장님!"

"네가 얼마나 늦었는지 깨달았겠지?"

"그렇습니다."

다른 소룡들에 비해 늦은 출발이라지만, 오늘 본 소룡들의 실력은 자신과 비교하는 것 자체가 무리였다.

"이런 사형제들이 네게 스물다섯이 있다. 그들 모두 묵룡대선의 당당한 용전사 일원으로서 살아갈 것이다. 네 삶은 그들과 조금 다를 수도 있다만, 너 역시 나 독안룡 탑살의 제자임은 분명하다. 그러니 나와 사형제들에게 부끄럽지 않은 힘을 길러야 한다."

"알겠습니다."

"더군다나 넌 나의 마지막 제자, 모든 사람들이 특별한 관심을 갖고 지켜본다는 걸 명심해라."

"예, 선장님!"

"좋아. 그럼 이제 각자 수련을 시작해라. 이 수련실이 앞으로 너희들의 거처다. 그동안 해왔던 뱃일은 오늘부터 없다. 오직 수련에 매진하도록 한다."

"예, 선장님!"

소룡과 무한이 일제히 대답했다.

"기대하겠다."

독안룡 탑살이 그 말을 남기고는 수련실을 벗어났다.

그러자 사풍왕 보로가 손바닥을 비비며 물었다.

"자, 어느 놈 뼈부터 부러뜨려 줄까?"

탑살의 무맥은 해왕의 무맥이라고도 부른다고 했다. 하지만 그 무맥의 뿌리가 세상에는 제대로 알려지지 않았다. 탑살이 굳이 무맥의 기원을 밝히지 않았기 때문이다.

그래서 육주의 무인들은 그가 비록 대영웅이기는 하지만 십이 신무종과 달리 파류의 무종을 얻었다고 생각하고 있었다. 하지만 해왕의 무맥은 파류가 아니었다.

아니, 어쩌면 파류일지도 모른다. 독안룡 탑살은 물론 그 선대의 전수자들도 외부의 무공을 받아들여 자신의 무공을 강화시키는 것을 망설이지 않았기 때문이다. 그런 의미에서는 파류라 부르는 것도 무리가 아니었다.

하지만 적어도 천년구공만큼은 절대 파류의 무공이 아니었다.

천년을 산다는 바다거북의 이름을 빌린 천년구공은 느림의 미학을 가진 무공이다. 느리게 시작해 거대한 공력의 바다를 이루는 신공, 그래서 천년구공이 만들어내는 신공은 순수한 힘을 가지고 있었다.

오랜 수련 시간을 통해 사기(邪氣)가 스며드는 것을 철저히 방지할 수 있기 때문이었다. 덕분에 느리지만 일단 어느 정도의 수준에 이르면 그 순수함으로 큰 힘을 발휘하는 천년구공이었다.

유연함으로 어떤 무술과도 어울릴 수 있고, 큰 힘을 쓸 때 신체에 가해지는 부담도 적을뿐더러, 부상을 입은 후에도 회복 속도가 남다른 신공이 천년구공이었다.

그런 면에서 보자면 천년구공은 결코 파류의 무공이 아니었다. 오히려 십이신무종이 자랑하는 신공들보다 더 순수한 면이 있는 신공이었다.

"장천이라는 사람이 있었다. 전설에 따르면 그는 세상의 모든 물길을 안다고 하더군. 육주를 둘러싼 사해를 넘어 세상 끝까지 항해한 인물이라고도 하고… 그런데 정말 이 세상에는 끝이 있을까?"

말을 하다 말고 갑자기 사풍왕 보로가 고개를 갸웃했다.

그런 보로를 보며 무한은 참 엉뚱한 사람이라고 생각했다. 탑살의 무맥을 설명하다 갑자기 이야기가 샛길로 빠지고 있었던 것이다.

그러나 다행인 것은 사풍왕 보로는 이러다가도 빨리 본래의 이야기로 돌아온다는 것이다.

"뭐, 세상 끝이야 있든 없든, 어쨌든 육주의 역사에도 장천이란 이름은 적은 부분이지만 분명히 기록되어 있다. 온 세상을 여행한 위대한 여행자이자, 최고의 뱃사람으로 말이다. 하지만 세상 사람들에게야 그야말로 전설 속의 인물이지. 그 행적이 정확히 기록된 것도 아니고, 후예도 없으니까. 그런데 바로 그 양반이 바로 선장이 이어받은 무맥의 시조다."

"……"

보로의 말에 무한이 멀뚱멀뚱 보로를 바라봤다.

수련 끝에 잠시 휴식을 갖고 있던 무한에게 사풍왕 보로가 탑살의 무종에 대한 역사를 설명하고 있었다.

그런데 보로의 이야기는 뭔가 어수선하게 앞뒤가 맞지 않았다.

그렇게 대단한 여행가가 무맥의 시조라면 당연히 그 무맥의 역사가 세상에 알려졌어야 한다고 생각했다.

"왜?"

자신을 이상한 눈으로 바라보는 무한에게 보로가 되물었다.

"그런 무맥이 어떻게 세상에 알려지지 않았죠? 분명히 선장님까지 그 무맥이 전해지고 있는데. 그럼 일부러 숨긴 건가요?"

"아, 그거? 이상하게 생각할 수도 있지. 하지만 네가 십이신무종으로 대변되는 무종 종파들이 하는 꼬락서니를 알고 있다면 이해할 수 있을 것이다. 그들은 말이야… 자신들 말고 다른 무종의 순수한 시작을 인정하지 않아. 그런 이야기가 들리면 그 무종을 철저히 탄압하지. 그들은 모든 무종의 시작은 십이신무종이라고 주장하거든. 나머지 무종들은 모두 파류로 보는 거지. 그래서 간혹 원시무종이라 볼 수 있는 무종이 나타나면 은밀히 손을 쓰지."

보로가 손을 들어 자신의 목을 베는 듯한 모습을 취했다.

"설마 그런 이유로……."

"설마가 아니다. 정말 그래. 그들에게 그 명분은 무척 중요하니까. 육주를 지배하는 여러 왕조와 제후들이 명멸했지만, 십이신무종의 고귀함은 지금까지 이어지고 있으니까. 왕국과 제후국들은 시작과 끝이 있지만 십이신무종은 시작은 있으되 그 끝은 없으리라. 이런 말이 있다니까."

보로의 말에 무한이 눈살을 찌푸렸다.

"십이신무종의 신화에는 잔혹함이 감춰져 있군요."

"잔혹한 신화? 그래, 그 말이 정확하다. 십이신무종의 존귀함은 그런 잔혹함에서 나오지. 아무튼 그래서 선장께서도 이 해왕 장천의 무맥에 대해서는 굳이 세상에 알리지 않았던 것이다. 물론 앞으로도 그럴 것이고."

"하지만 그렇다고 비밀이 지켜질까요? 선장님께서 삼대의 무종 전수까지 선언하신 것은 종파를 세우시겠다는 말씀이나 다름없는데?"

"괜찮다."

"어째서요?"

"선장님께서 이 무종을 원시무종이라고만 선언하지 않으시면 되니까. 그냥 지금처럼 파류의 무종으로 살아간다면 십이신무종이 굳이 묵룡대선을 공격하지는 않을 거다. 그들이 이 해왕 무맥이 원시무종임을 알아도 말이다. 중요한 것은 진실이 아니라 그들의 존귀함에 도전하냐 안 하냐는 것이니까. 원시무종임을 선언하지 않는다면 굳이 그들도 육주의 대영웅이신 선장님을 공격하는 위험을 감수하지는 않을 거야."

"그러니까… 그들의 권위만 지켜주면 진실은 어떻든 상관없다는 거군요."

"그렇다. 그리고 만약 그럼에도 그들이 손을 쓰려 한다면 우린 육주를 떠날 수도 있다."

"육주를 떠난다고요?"

무한의 눈이 커졌다.

"너도 알고 있겠지만 사실 육주는 이 세상의 작은 일부분일 뿐이야. 다만 우리가 육주를 터전으로 살기에 그곳이 세상의 전부라고 느낄 뿐. 그러나 묵룡대선을 타고 사해의 바다와 그 너머까지 여행해 보니 사람 사는 곳은 끝이 없더라. 그래도 고향이니 육주가 마음에 있을 뿐, 떠나서 살자고 하면 살 곳은 많아. 사실 지금도 우리 묵룡대선의 기반은 육주에 있지 않고."

"그런가요?"

"너도 차차 알게 될 거야. 우리 묵룡대선은 생각보다 많은 비밀을 가지고 있단다. 아무튼 이 무맥의 시조는 해왕 장천이란 분이란 것은 알겠지?"

긴 이야기 끝에 전하고 싶은 말은 사실 간단한 것이었다.

위대한 여행가이자 뱃사람이라고 전해지는 장천이란 사람이 해왕 무맥의 시조라는 것, 그뿐이었다.

"예, 사풍왕님!"

무한이 공손하게 대답했다.

그때 수련실 한쪽에서 독사검왕 서군문의 목소리가 들렸다.

"휴식 끝. 다시 시작한다!"

그의 말에 따라 소룡들이 제각기 병기를 들고 일어났다.

탑살의 말처럼 소룡들은 천년구공 수련보다 병장기 다루는 무공이나 타격기를 수련하는 데 집중하고 있었다.

탑살은 세 개의 뛰어난 무공을 가지고 있었다. 그중 제일은 당연히 천년구공이다.

또 다른 두 가지는 천년구공으로 키운 내공을 바탕으로 펼치는 무공이었다.

그 하나가 방패를 다루는 대해벽, 그리고 또 다른 하나는 격렬한 움직임을 가진 검법, 파랑십이검이었다. 이 두 가지 무술은 탑살의 제자라면 누구나 수련하는 것이었다.

그 이외의 병기를 이용한 무술들은 각자의 취향에 따라 배울 수 있지만 대해벽과 파랑십이검은 반드시 수련해야 하는 무공이었다.

특히 방패를 다루는 대해벽의 중요성은 특별했다. 사실 전장에서 방패는 병사들이 집단 전술을 펼치기 위해 반드시 필요한 것이지만, 무공을 수련한 무인들은 크게 중요하게 생각하지 않는 병기다.

그러나 묵룡대선에서는 달랐다. 묵룡대선의 용전사들과 선원들에게 방패는 검만큼이나 중요했다.

그 이유는 그들의 싸움이 대부분 육지가 아닌 바다에서 이뤄지기 때문이다.

해전은 검과 검이 격돌하는 백병전도 벌어지지만 거의 대부분 전선과 전선이 거리를 두고 싸우게 마련이다. 그래서 화살과 창이 가장 기본적으로 쓰이는 병기고, 큰 전선은 작은 석포까지 동원한다.

이런 해전에서 방패는 적의 공격을 막아내기 위해 꼭 필요한 병기였다. 그래서 묵룡대선의 선원들은 물론 용전사들도 반드시 방패술을 수련해야 했다.

특히 묵룡대선 용전사들의 방패술은 특별했다. 그들은 손에 방패만 있다면 도검이 없어도 충분히 적을 상대할 수 있었다.

용전사들이 쓰는 방패는 일반 선원들이 쓰는 방패와는 달랐다. 그들이 사용하는 방패의 모서리는 도검의 날처럼 날카롭게 날이 서 있어서 공력을 실어 휘두르면 적을 벨 수 있는 도검처럼 사용할 수도 있었다.

그 방패술의 최고봉이 바로 대해벽이었다.

삭삭!

수련실 안에서 날카롭게 공기를 가르는 소리가 끊이지 않고
이어졌다.

소룡들이 방패를 이용해 검처럼 적을 공격하는 기술을 연마
하고 있었기 때문이다. 대해벽의 수련 중 일부다.

창을 통해 들어오는 태양빛이 방패의 매끄러운 표면에 부딪혀
사방으로 반사됐다.

무한은 그런 소룡들의 방패술 수련을 감탄의 눈으로 바라보
고 있었다.

"자, 구경은 그만하고 우리도 다시 시작하자."

잠시 무한과 함께 소룡들의 수련을 지켜보고 있던 보로가 무
한에게 말했다.

"알겠습니다."

무한이 얼른 시선을 거두며 대답했다.

"대해벽이나 파랑십이검은 기본기를 충실히 익혀 나가는 것으
로 하고, 넌 어쨌거나 천년구공에 집중해야 한다. 기초가 든든해
야 무공의 높은 경지에 도달하는 법이니까."

"예, 사풍왕님!"

"그럼 내가 먼저 천년구공을 다시 한번 구술해 주마."

보로가 자세를 바로잡으며 말했다.

그러자 무한이 잠시 망설이다가 대답했다.

"제가 먼저 외워보면 어떨까요?"

"네가 먼저?"

"예, 얼추 다 외운 것 같아서……."

"정말?"

"느낌으로는 그렇습니다."

"어라? 이놈 정말 그 재수 없다는 천재 무리에 속하는 녀석 아닌가? 이제 겨우 사흘인데?"

"그것이……."

무한이 머리를 긁적이며 말을 얼버무렸다.

"어쨌든 좋다. 그럼 어디 한번 먼저 외워봐라."

"예, 사풍왕님!"

사실 무한은 굳이 자신이 먼저 나서서 천년구공의 비법을 다 외웠다고 말하고 싶지는 않았다. 자신의 능력을 절반은 숨기라는 아버지 철사자 무곤의 충고를 잊지 않고 있었기 때문이다.

그런데 소룡들이 대해벽을 수련하는 모습을 보자 갑자기 마음이 급해졌다. 그 자신도 얼른 대해벽과 파랑십이검에 집중하고 싶었던 것이다.

방패나 검을 들고 제대로 자세를 취하지도 못하는 자신과 공기를 날카롭게 가르는 소룡들의 모습을 비교하니 마음이 급해질 수밖에 없었다.

그래서 천년구공의 비결 외우기를 빨리 끝내고 싶었던 것이다.

"모든 물줄기는 수만 년 동안 땅속 깊은 곳에서 정화되어 때가 되면 대지 위로 솟아오르는 샘으로부터 시작된다……."

무한이 눈을 감고 나직하게 천년구공의 비결을 외우기 시작했다.

보로는 장난기가 사라진 얼굴로 그런 무한을 유심히 살폈다.

다른 신공에 비해 유달리 길게 만들어진 천년구공의 비결이지만, 애초에 시처럼 구성되어 있어서 외우는 사람이나 듣는 사람이나 지루하지는 않았다.

어떨 때는 정말 시를 노래하는 것처럼 운율을 탈 때도 있었다.

그래서 무한은 눈을 감고 천년구공의 비결을 외울 때마다 그 비결에 깊이 빠져드는 느낌을 매번 받았다.

아마도 그것이 이 천년구공을 만든 해왕 장천의 위대함일지도 모른다. 단지 외우는 것만으로도 그 문장이 말하는 깊은 의미 속으로 들어가게 되는 신공, 그것이 천년구공이었다.

물론 그걸 몸으로 수련하는 일은 또 다른 문제지만.

"태풍이 불어와도 흔들리지 않는 것은 내가 곧 태풍의 중심이기 때문이다……."

무한의 비결 외우기가 끝을 향해 달리고 있었다. 그럴수록 무한의 얼굴이 상기되어 갔다.

애초에 대해벽이나 파랑십이검 같은 무술에 대한 욕구 때문에 서두른 것이지만, 시간이 지날수록 그 무술들에 대한 욕심은 머릿속에서 사라지고, 결국에는 천년구공의 비결이 가지고 있는 신공의 심오한 세계에 깊이 빠져 들어가고 있는 무한이었다.

그런 무한을 보며 사풍왕 보로가 계속 고개를 끄떡였다.

한편으로는 종종 놀란 듯한 눈빛을 보이기도 했다. 물론 그 모습을 눈을 감고 있는 무한은 보지 못했다.

그런데 언제부터인가 소룡들과 그들에게 무술을 가르치고 있던 다른 묵룡사왕들도 잠시 병기를 내리고 무한을 지켜보고 있었다.

낮지만 청량하게 퍼져 나가는 무한의 목소리가 그들을 취하게 만든 것처럼 보였다.

"그렇게 세상의 모든 물과 바람은 거대한 대해의 품속에서 영원한 평온을 누리게 되는 것이다."

무한의 입에서 천년구공의 마지막 구절이 흘러나왔다.

그리고 잠시 침묵을 지킨 후, 무한이 눈을 떴다.

보로가 눈앞에서 무한을 빤히 바라보고 있었다.

"틀린 곳이……."

무한이 물었다.

그러자 보로의 대답보다 먼저 그의 뒤쪽에서 소룡 왕도문의 목소리가 들렸다.

"이제 보니 칸 저 녀석 괴물이었잖아?"

제3장

야망의 여인

"아름답지 않은 땅, 아름답지 않은 숲, 그리고 아름답지 않은 성(城)……."

여인이 한숨을 섞어 중얼거렸다.

그녀의 말대로 그녀가 서 있는 성의 망루는 투박했고, 그 성 앞쪽으로 이어진 너른 평야 역시 검고 거칠어 보였다. 더군다나 성 뒤쪽으로 우뚝 솟은 까마득한 산의 색 역시 땅을 닮아 검은 빛을 띠고 있었다.

얼핏 보면 두려움이 느껴지는 땅이다.

이 투박하고 거칠어 보이는 세계에서 오직 하나의 존재만이 아름다웠다. 바로 이 스산한 풍경을 못마땅해하는 그녀 자신이었다.

여인이 아름다운 것은 그녀가 화려한 옷을 입고 있기 때문이 아니었다. 오히려 그녀의 옷은 성의 망루에 오를 정도의 신분치고는 단순했다.

어깨에 걸친 흰여우 털로 만든 망토가 귀한 것은 사실이지만, 그래도 그건 추위를 막기 위한 것일 뿐 화려한 장식이 달려 있는 것은 아니었다.

그럼에도 그녀는 아름다웠다. 타고난 그녀의 미모 덕분이었다.

한때 그녀는 육주제일의 미녀로 불리며 세간의 이목을 끌었다. 그런 그녀가 더욱 사람들의 주목을 받은 이유는 그녀가 선택한 남자 때문이었다. 아니, 어쩌면 그 사내가 그녀를 선택했다고 하는 것이 옳을 말일 것이다.

지금은 그 사내가 아닌 다른 사람의 아내로 살아가고 있지만, 어쨌든 그녀의 명성이 타고난 아름다움을 뛰어넘게 된 것은 그녀의 첫 번째 남편 때문이었다.

"사자림… 아름다운 숲이었는데……."

여인이 고개를 돌려 서북쪽 산맥을 바라보며 중얼거렸다.

여인의 시선 끝에는 천섬, 혹은 사슴들의 땅이라 불리는 육주 북쪽을 차지하는 거대한 산맥, 세 마리 용의 산이라 불리는 삼룡대산맥 북서쪽 자락이 있었다.

아스라이 보이는 만년설의 고봉은 세 마리 용 중 흑룡을 상징하는 흑룡대산이다. 그 흑룡대산의 만년설로부터 시작된 물줄기가 큰 강을 이루는 곳에 그녀가 올라 있는 성이 있었다.

사람들은 그 강을 소하강이라 부른다. 육주 중남부를 관통하는 거대한 대하강의 축소판이라 하여 붙여진 이름이다.

그 강을 남쪽으로 두고 동북쪽의 검은 평야, 그리고 서북쪽의 거대한 흑룡대산이 에워싸고 있는 이 성의 이름은 오사성이다.

검고 투박한 성이지만, 육주에서는 그 누구도 무시할 수 없는 성이다.

천록의 제국이라 불리던 위대한 왕국의 마지막 황제가 죽은 후, 육주는 이왕사후의 시대를 살아가고 있었다. 오사성은 바로 그중 하나였다. 그러니 육주에서 이 성이 아름답지 않다고 비난할 사람은 거의 없었다. 아마도 오직 이 여인만이 그런 불평을 할 수 있을 것이다.

"이 바람조차 싫어."

여인이 북쪽에서 불어오는 바람을 손으로 가리며 말했다. 차갑기도 하거니와 음습한 습기를 머금고 있다. 아마도 땅이 검은 것도 이 습기 때문일 것이다.

그때 망루로 이어진 계단에서 사람의 인기척이 들렸다.

묵직한 발소리, 여인이 고개를 돌리자 검은 표범 가죽을 둘러쓴 건장한 체격의 중년 사내가 보였다.

"뭐야. 왜 아직 여기 있는 거지? 하밀로 간다고 하지 않았었나?"

여인이 사내가 듣지 못할 정도의 작은 목소리로 불평했다. 여인의 얼굴에 살짝 불편한 기색도 서렸다.

그러나 사실 계단을 오른 사람은 여인이 불편해하면 안 되는 인물이었다. 왜냐하면 그가 이 성의 주인이기 때문이다.

사내의 이름은 사중산, 대오사성의 성주다. 육주의 땅을 지배하는 사후(五侯)의 한 사람으로, 육주 서북방 변경, 묵주(墨州)의 최강자로 꼽힌다.

워낙 척박한 땅이라 오사성의 병력은 그 숫자에서 다른 이왕사후에 비해 열세라고 할 수 있지만, 척박한 환경에서 단련된 병사들은 일당백의 전사들이었다.그래서 이왕사후 중 누구도 오사성과 분란을 일으키는 것을 꺼려 했다.

　물론 북서쪽 변경에 위치한 척박한 영지로 인해 그 땅을 욕심내는 사람도 없었다.오사성의 주인 사중산은 그 스스로 오사성의 다른 어떤 전사보다 강한 전사였다.

　오사성 성주 가문에 내려오는 가전무종에 더해 십이신무종 중 악산 천무문의 무종을 전수받은 그는, 이왕사후 중에서도 가장 강력한 무인 중 한 명으로 꼽히는 인물이었다.

　"주란! 여기 있었구려."

　오사성주 사중산이 굳은 표정으로 여인에게 다가서며 말했다.

　"무슨 일이죠? 하밀 포구에 가지 않았어요?"

　오사성주 사중산의 부인이자, 육주의 전설이 된 절대무적 철사자의 미망인이었던 주란이 눈을 가늘게 뜨며 물었다.

　사중산에게 오사성의 젖줄이랄 수 있는 하밀 포구를 살피는 일이 얼마나 중요한지 잘 알고 있는 그녀다.

　"음, 배에 오르려는데 급한 소식이 왔소."

　"무슨 소식이기에……."

　"아무래도 궁산에 한번 다녀와야 할 것 같소."

　"아버님이 부르시나요?"

　"그렇소."

　"아버님이 무슨 일로……."

"그 아이가… 죽었소."

"설마?"

한순간 주란이 한 손으로 입을 가렸다. 죽은 사람이 그녀가 생각하는 아이라면 아무리 냉철한 그녀라도 당황할 수밖에 없었다.

"그렇소. 사자림의 소사자가 죽었소."

"갑자기 왜? 누가 죽였죠?"

주란이 여전히 손으로 입을 가린 채 물었다. 한편으로는 분노의 빛이 눈가에 일렁였다.

그들이 소사자라 말할 사람은 한 명밖에 없다. 철사자 무곤의 유일한 혈육 소사자 무한이다. 그리고 주란은 무한의 어머니다. 계모이기는 하지만.

물론 철사자 무곤이 죽은 후 사자림을 떠나면서, 그녀는 형식적으로나마 무한에게 함께 떠나겠냐고 묻기는 했다. 그때 무한은 홀로 사자림에 남기를 원했고, 주란 역시 굳이 무한을 데리고 나오지 않았다.

이후 그녀는 오사성의 성주 사중산과 재혼함으로써 무한과의 거리가 더욱 멀어졌다.

그럼에도 변하지 않은 사실이 있었다. 여전히 그녀가 무한의 계모라는 사실이다. 정이야 있건 없건 육주의 땅에서 무한과 가장 가까운 사람이 그녀라는 것은 부인할 수 없었다.

그래서 누군가 무한을 죽였다면 그건 계모인 주란에 대한 도전이나 마찬가지였다.

온갖 멸시와 수모를 겪는 무한에게 단 한 번도 도움의 손길을 주지 않았던 여인, 오히려 위대한 전사 철사자 무곤의 유품까지 팔아치우며 무한을 곤경 속으로 밀어 넣은 주란이지만, 적어도 사자림과 소사자 무한에 대한 권리는 오직 그녀 자신에게 있다고 생각하고 있었다.

그런데 그런 무한이 죽었다. 감히 자신 이외의 그 누가 무한을 죽일 수 있단 말인가.

주란의 분노는 무한의 죽음에 대한 슬픔이 아니라, 자신의 것을 탈취당한 것 같은 불쾌함에서 기인하는 것이었다. 그리고 사실 사람들의 생각과 달리 소사자 무한은 그녀에게 여전히 무척 중요한 존재이기도 했다.

"누가 죽인 게 아니오. 스스로 죽었소."

"스스로… 자살을 했다는 건가요?"

"그렇소."

"대체 왜……."

"아마도 그날이었던 것 같소."

"그날이라뇨?"

무슨 말인지 모르겠다는 듯 주란이 되물었다.

"사해상가에서 철사자의 비석을 가지러 간 날 말이오."

"그… 럼……."

"그 수모까지는 견디지 못한 모양이오. 절벽에서 망망대해로 스스로 몸을 던졌다고 하더구려."

"아……."

주란이 탄식을 흘렸다.

"세간의 평이 너무 좋지 않소. 장인께서도 걱정이 큰 모양이오. 그래서 당신을 부르신 거요."

"제가 가서 뭘 어떻게 할 수 있다고요. 이미 그 아이는 죽었는데."

"제라도 지내는 것이……."

"흥, 오히려 세상 사람들의 비난이 더 커질걸요? 철사자의 묘비까지 팔아먹은 년이 무슨 낯으로 그 아이의 제사를 지내냐고요."

"그래서 모른 척하겠다는 거요?"

사중산이 무거운 표정으로 물었다.

"당신도 내가 궁산으로 가서 세상의 놀림거리가 되길 바라는 건가요?"

"물론 난 당신이 세상의 비난을 받는 걸 원치 않소, 하지만 그 아이의 명복을 비는 것은 반드시 필요하오. 왜냐하면 당신이 오사성의 안주인이기 때문이오."

사중산이 강직하게 말했다.

"…그 일이 오사성의 체면을 세우는 일인가요?"

주란이 따지듯 물었다.

"적어도 오사성의 안주인이라면 자식이 죽었을 때 침묵만 하지는 말아야 하오."

"그 아이는 내 자식이 아니에요."

"물론 누구나 아는 사실이지만 또한 모두가 당신에게 그 아이에 대한 책임이 있다고 생각하고 있소. 형식적으로라도, 혹은 그것이 기만적인 행동이라고 비난받더라도 할 일은 합시다. 육주는 명분을 중요하게 생각하는 땅이오."

"후우……."

주란이 내키지 않는 듯 굳은 얼굴로 한숨을 내쉬었다.

"애초에… 비룡성에라도 데려다 놓아야 했소. 뒤늦은 후회지만."

사중산이 말했다.

"그 아이를 사자림이 홀로 놓아둔 이유를 몰라서 하는 말인가요?"

"물론 알고 있소. 그 아이를 이용해 은갑전사들을 움직이려 한 걸 누가 모르겠소. 사자림이 무너지고 그 아이가 위험해지면 은갑전사들이 나설 것이라 생각한 것은 나 역시 동의한 것 아니었소."

"그런데 이제 와서 왜 그런 말을 하죠? 은갑전사단이 그 아이를 데려가려면 반드시 내게 허락을 받아야 하고, 그때 그들의 힘 일부를 우리를 위해 쓰려 했던 것을 잊었나요? 그래서 필요 이상으로 그 아이를 곤경에 밀어 넣은 것 아니에요?"

"알고 있소. 주란, 내가 말을 잘못했소. 어쨌든 그 아이가 죽은 이상 이대로 모른 척할 수는 없소."

"은갑전사들은 움직였나요?"

"아직은 모르겠소. 하지만 우리가 비룡성에 도착할 때쯤이면 그들도 뭔가 하지 않겠소?"

"이제 와서요?"

"소사자가 죽은 이상 철사자 무곤의 유언은 효력을 다한 것일 테니까."

"교활한 인간! 죽어서까지……."

주란이 갑자기 싸늘한 욕설을 터뜨렸다.

"아무튼 철사자의 뜻대로 되긴 한 거지. 비록 아들이 죽기는 했지만 은갑전사단의 힘을 당신이 영원히 이용할 수 없게 되었으니."

"흥, 나만의 문제인가요?"

"물론 나도 아쉽기는 하오. 그들이 날 돕는다면 우리 오사성이 천록의 제국을 재현할 수도 있었을 텐데… 아무튼 궁산으로 갑시다."

"…알았어요."

"난 내려가 여행 준비를 하겠소. 당신은 여기 좀 더 있겠소?"

사중산이 물었다.

"그래야겠어요. 내일 아침에 떠나요."

"알겠소. 바람이 차오. 너무 오래 있지 마시오."

사중산이 가볍게 주란의 등을 쓰다듬고는 투박한 계단을 따라 망루를 내려갔다.

주란은 사중산의 충고를 듣지 않았다.

사중산이 내려가자 그녀는 입고 있던 여우 털외투까지 벗었다. 그러고는 북방에서 불어오는 차가운 바람에 온몸을 맡겼다.

"결국 당신은 나에게 아무것도 주지 않는군."

차가운 바람에 얼굴이 하얗게 얼어감에도 주란은 그 바람을 피하지 않았다.

대신 그녀의 입에서 원망 가득 찬 목소리가 날카롭게 흘러나왔다.

"당신이 내게 조금의 애정만 보였어도, 혹은 당신이 나를 위해 당신이 가진 것을 조금만 나눠주었어도 당신의 아들은 죽지 않았어. 그깟 은갑전사단이 뭐가 그렇게 중요하다고 조금의 힘도 나눠주지 말라고 했던 거지?"

주란이 이해할 수 없다는 듯 허공을 보며 물었다.

그러나 그녀의 말에 대답할 사람은 아무도 없었다.

"마음과 힘… 둘 중 하나는 줬어야 해. 그랬다면 난 그 아이를 정말 잘 돌봤을 거야. 그러니 그 아이가 죽은 것은 나 때문이 아니라 철사자 당신 때문이야. 세상이 아무리 날 비난해도 그 사실은 변하지 않아."

주란의 목소리가 높아졌다.

그녀는 마치 정말 철사자 무곤이 앞에 있는 것처럼 소리쳤다.

"좋아. 돌아가겠어. 당신의 사자림으로 가지. 가서 당신의 모든 것을 완전히 묻어버리겠어. 그 폐허 위에 흙을 덮고 나무를 심겠어. 그 나무가 자라 숲을 이루면 당신과 당신 아들에 대한 기억도 세상에서 지워지겠지. 그동안의 시간들? 난 상관없어. 당신도 알다시피 난 철면피에 고집 센 이기적인 여자니까."

주란이 입술을 물었다. 그녀의 입술 사이로 붉은 피가 흘렀다.

*   *   *

검은빛으로 영롱하게 빛나는 비석, 그 위에 위대한 영웅 철사자 무곤의 이름과 그의 업적이 새겨져 있다.

노인은 그 비석을 자신이 자랑하는 지하의 석실 가장 중앙에 세워두었다.

석실 안에는 세상에 내놓으면 금화 수백 동은 족히 받을 만한 진귀한 물건들이 가득했다. 그러나 그 모든 보물들의 화려함도 철사자 무곤의 비석에서 흘러나오는 위압감에 견줄 수 없었다.

마치 무곤의 비석이 석실 안 귀중품들의 모든 기운을 빨아들이는 것 같았다.

그 앞에서 노인은 흰 수염을 손으로 쓸어내리며 흡족한 미소를 짓고 있었다.

겉으로 보기에는 아무런 탐욕도 없는 선한 얼굴, 그러나 살짝 솟은 광대뼈 위의 가늘고 날카로운 눈에는 천하를 모두 가져도 모자랄 강렬한 욕망이 깃들어 있었다.

그런 그를 만족시키는 비석이니 철사자 무곤의 비석에 대한 그의 생각을 충분히 짐작할 수 있었다.

"가주님!"

문득 석실 문 쪽에서 노인을 부르는 소리가 들렸다.

"어서 오게, 총관! 이리 와서 이것 좀 보라고."

노인이 손짓을 하며 서둘러 석실에 들어선 초로의 노인을 불렀다.

그러자 머리에 작은 타원형 모자를 쓴 초로의 노인이 급히 노인 곁으로 다가섰다.

"이렇게 놓고 보니 더 대단하지 않은가? 이곳에 있는 모든 보물들의 기운을 빨아들이는 것 같아."

"대단한 물건이기는 하지요. 석재 자체도 흑요석으로, 이런 크기의 흑요석을 찾는 것은 거의 불가능할 겁니다. 거기에 다른 사람도 아닌 철사자 무곤의 비석이 아닙니까."

초로의 노인이 말했다.

"그래. 흑요석이란 것보다 철사자 무곤이라는 이름이 더 이 돌을 가치 있게 하는 거겠지."

노인은 비석을 굳이 돌이라고 표현했다. 어찌 보면 철사자 무곤의 이름을 존중하고 싶지 않다는 듯 보였다.

"이 돌로 인해 아무리도 시끄러워질 것 같습니다."

"이 돌 때문인가? 아니면 죽은 작은 사자 때문인가?"

"그야 아무래도……."

"우리 언제나 대화는 확실하게 하자고. 그 아이 때문이지?"

"그렇습니다."

초로의 노인이 큰 잘못이라도 한 것처럼 고개를 숙이며 대답했다.

"그럼 우리 문제가 아니야. 우린 돌을 가져왔을 뿐, 그 아이를 죽인 건 아니니까. 정당하게 대가를 주고 돌을 산 것이고. 굳이 책임을 묻자면 이 돌을 산 우리보다 아이를 돌보지 않은 계모 오사성주 부인 주란, 혹은 철사자 무곤을 신처럼 받들면서도 그 아들은 보살피지 않은 은갑전사들의 책임이겠지."

"그렇긴 하지만 본 상가에 대한 평판도 나빠지고 있는 것은 어쩔 수 없습니다."

초로의 노인이 걱정스럽게 말했다.

"하하하, 그게 무슨 걱정인가. 장사꾼이 금화만 벌면 되지 평판이 무슨 상관인가. 그나저나 이곳까지 온 것을 보니 급한 일이라도 생겼나?"

"몇 가지 소식이 들어왔습니다."

"뭔가?"

"먼저 은갑전사 몇몇이 사자림으로 향하고 있습니다."

"그야 예상했던 일이고. 다음은?"

"오사성주와 그 부인이 비룡성으로 향하고 있습니다."

"그 역시 예상한 일. 그리고?"

모든 상황을 예측하고 있었다는 듯 노인이 담담한 표정으로 물었다.

"이왕사후가 몇몇 수하들을 성 밖으로 내보냈습니다. 아마도 사자림으로 가는 것 같습니다."

"좋아. 일이 계획대로 되는군. 평화로운 세상에는 큰 기회가 없지. 혼란이 일어나면 장사꾼에겐 그 이상 바랄 것이 없어. 잘 하면 큰 장이 설지도 모르겠군."

"그럼 애초에 그걸… 예상하고 하신 일인지요?"

초로의 노인이 조심스럽게 물었다.

"이 비석을 비싸게 주고 산 것?"

"예."

"물론이지. 이따위 돌덩이가 사실 무슨 가치가 있겠나. 보기만 좋을 뿐… 뭐 약간의 추억도 되살아나긴 하지. 그러나 나와 같은 장사꾼에게는 결국 돌덩이일 뿐이야. 하지만 이 돌덩이가 제자리를 벗어남으로써 혼란의 불씨를 만들어낼 수 있다면 이건 천하의 보배가 아니겠나?"

노인이 미소를 지으며 철사자 무곤의 비석을 쓰다듬었다.

그러자 초로의 노인이 고개를 끄떡였다.

"흑라의 시대가 끝난 후 평화의 시간이 거의 십여 년 동안 이어졌지요. 이왕사후의 힘은 더 이상 누를 수 없을 만큼 커졌고… 작은 불씨가 큰 전쟁을 일으킬 겁니다."

"좋은 기회지. 파나류의 철산들은 차질 없이 확보하고 있겠지?"

"그렇습니다. 본 상가가 금하강 유역에 확보한 철산들이라면 어떤 규모의 전쟁에도 병기를 댈 수 있을 겁니다."

"좋아. 이제 기다리는 일만 남았군."

노인이 만족한 듯 미소를 지었다.

"그런데……."

"또 다른 소식이 있나?"

"파나류에서 이상한 소식들이 들어오고 있습니다."

"이상한 소식?"

"정체를 알 수 없는 자들이 곳곳에서 크고 작은 혈사를 일으키고 있습니다. 작은 마을들이 습격당한 곳도 여럿 있고 말입니다."

"그거야 늘 있어왔던 일 아닌가? 흑라의 시대 이전에도 마적들이 없었던 게 아니고, 흑라가 죽은 이후에는 더더욱 무주공산의 땅이 되어 마적들이 들끓고 있고."

특별한 일이 아니라는 듯 노인이 말했다.

"그렇긴 한데……."

"걸리는 게 있나?"

"두 가지 면에서 다른 때와 다릅니다. 하나는 습격한 자들에게서 제법 뛰어난 무공의 흔적이 발견되고 있다는 것과, 습격한 장소들이 시간이 지나면서 하나의 흐름을 만들어가고 있다는 겁니다."

"음… 첫 번째 것은 문제가 아니지. 흑라가 죽은 후 어둠 속으로 숨어든 마인들 중 도적질을 하는 자들도 꽤 되니까. 그런데 두 번째 것은 좀 걸리는군. 흐름이라… 어떤 일이든 하나의 흐름을 나타낸다면 누군가의 의도가 개입된 일이라는 뜻인데……."

"그게 걱정스럽습니다. 더군다나… 묵룡대선이 해적들의 습격을 받았다는 소식도 방금 들어왔습니다."

"묵룡대선이?"

이번에는 노인도 놀란 듯 눈을 크게 떴다.

"그렇습니다. 그런데 더 놀라운 것은 은갑전사단 전선의 도움을 받고서야 그들을 물리칠 수 있었다는 것입니다."

"그럼 해적일 수 없군. 그들의 정체는 알려졌나?"

"그것까지는……."

초로의 노인이 고개를 저었다.

"음… 아무튼 좋아. 뭔가 변화가 일어난다는 것은. 다만 우리 사해상가의 상선들도 조심시켜야겠어. 이럴 때는 상행을 줄이고 안전을 도모하는 것이 좋아. 그래야 정작 필요할 때 힘을 쓸 수 있으니까."

"알겠습니다."

초로의 노인이 대답했다.

철사자 무곤의 비석을 가져와 육주의 정세에 변화를 일으키려는 이 노인은 천하에서 가장 부유한 자로 알려진 사해상가의 주인 노백이었다.

그의 재산은 사람이 헤아릴 수 없어서 육주 전체의 재화 중 절반이 그의 것이라는 말이 나올 정도였다.

오십여 척에 이르는 상선, 육주 내륙의 모든 길을 여행하는 수백 대의 마차, 그리고 이왕사후조차 무시할 수 없는 오백 명의 호위무사를 거느린 자가 노백이었다.

그가 머무는 사해상가의 본거지는 육주 중부의 큰 강, 송강

하구에 위치한 섬 백양도다.

사해상가는 백양도에 거대하고 화려한 성을 쌓았는데, 사람들은 그 성을 황금성이라고 불렀다.

송강 하구는 백양도를 중심으로 호리병 모양의 만을 형성하고 있었기에 한여름 폭풍이 몰아쳐도 파도가 잔잔한 천혜의 지형이었다.

특히 마치 닭이 알을 품고 있는 모습을 하고 있는 백양도는 땅의 지형을 통해 운명을 읽는 현자들에 의해 상가가 자리 잡기로는 최고의 위치로 평가받았다.

그래서 그곳에 천하제일상가 사해상가의 황금성이 있는 것은 당연한 일일지도 모른다.

그리고 그곳에서 노백은 다시 한번 천하를 상대로 거대한 시장판을 벌일 계획을 하고 있었다.

"그리고… 한 가지 더 할 일이 있네."

노백이 사해상가의 이인자라 불리는 총관 나이만에게 말했다.

"하명하십시오."

총관 나이만이 대답했다.

나이만은 천인(天人)이 후손이라 자칭하는 육주 출신 아버지와 고대에 육주의 땅에 기거하다 파나류 등 오지로 흩어진 원주족 중 무산열도 북쪽에 자리 잡은 오족의 어머니를 둔 사람이었다. 나이만이라는 이름은 오족의 관례에 따라 지은 것으로 알려졌다.

그가 어떻게 사해상가의 사람이 되었는지는 알 수 없지만 원주족의 피가 섞인 그가 대사해상가의 이인자가 된 것은 큰 수수

께끼였다.

사해상가 내에서도 그가 총관의 자리에 올랐을 때, 그 권위를 인정하지 않으려는 사람들도 있었다. 하지만 가주 노백의 절대적 신임과 몇몇 위험한 상행을 성공적으로 이끈 그의 능력을 본 후에는 더 이상 총관으로서의 그의 권위에 도전하는 사람이 없었다.

"오족의 전사 몇을 불러왔으면 하네."

"어디에 쓰시려고……."

원주족, 오족의 전사들은 어둠의 전사들로 불린다. 몸집은 왜소하지만 빠르고 강한 힘을 지녔으며, 사람을 죽이는 일을 두려워하지 않아 예부터 육주의 지배자들이 살수로 고용하고는 했었다.

"상가의 일이라는 게 다 그렇지. 밝은 곳보다는 어둠 속에서 싸움이 일어나니까."

"다른 상가들을 견제하시는 겁니까?"

"그래야겠지."

"감히 누가 가주께 도전하겠습니까?"

나이만이 되물었다.

육주의 상인 중 사해상가의 가주 노백에게 도전할 자는 없다. 그건 누구도 부인할 수 없는 확고한 사실이었다.

"한 사람은 어려워도 두 사람, 세 사람이 모이면 평소 생각지 못했던 짓을 하게 마련이지. 곧 대상회가 열리지 않는가. 다른 상가의 주인들도 알고 있을 걸세. 육주의 정세가 변하기 시작했다는 걸. 그 변화 속에서 뭔가를 하려 할 수 있지."

"그렇기는 하군요."

"그들이 만약 내게 도전할 생각을 한다면 초기에 그 의지를 철저하게 꺾어버릴 걸세."

"알겠습니다. 오족의 전사들이 필요하긴 하겠군요."

"족장께도 좋은 기회가 될 걸세."

"그 말씀은……."

나이만이 기대가 서린 표정으로 노백을 바라봤다.

"오족의 섬은 무산열도 중에서 가장 큰 섬이지. 거기에 오족은 원주족 중 가장 위험한 전사들을 길러내는 곳 중 하나고. 그런데도 제대로 된 성조차 없는 실정이지. 이번 일이 잘 끝나면 오족도 성을 갖게 될 걸세."

"가주님!"

나이만이 감격했다.

"됐어. 내게 고마워할 일이 아니야. 이건 내게도 큰 사업이니까. 오족이 성을 갖게 되고 그 힘을 내가 쓸 수 있게 된다면 사해상가는 상가 이상의 권위를 가지게 될 거야. 왕국의 꿈… 혹은 제국의 꿈을 키울 수도 있겠지."

"그렇게까지 생각하고 계십니까?"

"후후, 뭐, 꿈이야 크면 클수록 좋지. 하지만 사실 그래도 난 꼭 선택을 해야 한다면 제국보다 거대한 부의 왕국이 좋네. 부(富)는 영원한 권력을 주지. 더군다나 이왕사후가 그리 녹록한 자들도 아니고. 그래서 최선은 오족의 땅에 이왕사후가 두려워할 왕국을 세우는 것, 그리고 그 왕국을 내가 통제하는 것이네. 오족의 족장이 동의할까?"

노백이 물었다.

그러자 나이만이 잠시 생각에 잠겼다가 대답했다.

"당장은 동의할 것입니다. 하지만……."

"왕국이 세워지면 마음이 달라질 것이다?"

"어떤 왕도 타인의 지배를 받는 것을 원치 않지요. 왕이 된 이상은……."

"그렇군. 그래서 말인데, 내 아들 중의 한 명이 오족의 왕이 되면 어떨까?"

"예?"

나이만이 놀란 표정으로 되물었다.

"오족의 족장에게 딸이 하나 있지?"

"그렇습니다. 쿠일라라는 딸이 있지요."

"그 아이의 나이가?"

"올해 열일곱쯤 되었을 겁니다."

"룡과 얼추 나이가 맞는군."

"그렇다면……."

나이만이 그제야 노백의 생각을 알고는 눈빛을 번쩍였다.

"노룡을 오족의 왕으로 만든다. 그 일은… 총관이 책임지고 진행하게. 그 일이 제대로 되면 총관은 오족의 왕국에서 제일제후의 영광을 누릴 걸세."

"…가주님!"

나이만이 엄청난 노백의 계획에 말을 잇지 못했다.

"재밌겠지?"

노백이 미소를 지었다.

"이런 거대한 일을 단순한 즐거움으로 생각하는 사람은 세상에 오직 가주님밖에 없을 겁니다."

"단순한 즐거움은 아니지. 나에게도 그런 강력한 왕국이 필요해. 매번 새로운 해의 첫날이 되면, 또는 그자들에게 특별한 날이 되면 사해상가의 창고에서는 금화가 마차로 실려 나가지. 그때 내가 느끼는 굴욕감을 총관은 모를 거야. 이 일이 단지 재미로만 하는 일이 아니라는 뜻이네."

"알겠습니다. 명심하겠습니다."

나이만이 대답했다.

"육주가 혼란해지면 나에게 두 가지 기회가 생기는 거지. 거대한 시장을 열 기회, 그리고 나의 왕국을 가질 기회… 즐거운 일이지."

노백이 가볍게 웃음을 지었다.

*   *   *

검은 대륙 파나류 북쪽 지방은 크게 두 지역으로 갈린다.

동쪽으로는 사자의 섬과 육주의 바다를 향해 돌출된 구룡반도가 있고, 서부 지역은 서쪽 세상으로 이어지는 미지의 바닷길 대마협에 이르는 거대한 땅이 자리 잡고 있었다.

그리고 중간 지대는 그 옛날 수많은 사람들이 정주했던 비옥한 투르판이 있다.

파나류의 중심에 존재하는 전설적인 호수 마정(魔井)에서 시작된다는 흑룡강이 서쪽의 경계로 흐르고, 동쪽으로 파나류 동부를 가로지르는 일리강이 있다. 그 사이에 펼쳐진 거대한 평원 투르판은 두 강의 하류에서 북쪽 바다에 이르기까지 비옥하기 이를 데 없었다.

혹라의 시대 이전에 이곳은 무산열도의 원주족은 물론 천섬육주의 상인들도 즐겨 찾는 거대한 시장이 형성되어 있었다.

하지만 검은 마종 혹라는 이 비옥한 땅의 운명도 바꿔놓았다. 비옥한 땅은 불타 사라지고 죽음의 기운이 끝없이 너른 평원을 떠돌았다.

혹라의 시대 이전에 이십여 만 명에 근접했던 투르판 각지의 거주자들이 현재는 채 일만이 되지 않았다.

전쟁이 끝난 후 남은 자들은 불타 버린 농지를 다시 개척하며 혹라 이전의 삶을 꿈꾸었지만, 한번 죽어버린 대지의 힘은 쉽게 돌아오지 않았다.

예전에 밀 열 자루를 생산할 수 있었던 땅이 지금은 겨우 두세 자루를 만들어내는 것도 힘들었다.

척박한 땅은 사람을 모으지 못한다.

비록 혹라의 시대에 수많은 사람이 죽었지만, 땅의 힘만 회복한다면 이 땅은 다시 사람들로 가득 찼을 것이다. 그러나 땅의 기운까지 사라진 대지로 돌아올 사람은 없었다.

그나마 흑룡강이나 일리강 유역은 풍부한 수량 덕분에 땅의 기운이 그런대로 회복되어 있었다. 그래서 투르판에 남은 사람들은 두 강 유역을 따라 작은 마을을 형성해 살아가고 있었다.

그중 흑룡강 하류, 북쪽 해안가 인근에 그나마 제법 규모가 있는 마을이 있었다.

오백 명이 넘는 사람이 살고 있었고, 자체적으로 무사를 길러 내 마적들의 습격을 막을 정도로 체계가 잡힌 마을이었다.

사람들은 그곳을 신북창이라 불렀다.

사실 북창이라는 지명은 지금 그들이 살고 있는 곳을 가리키는 것이 아니었다. 현재의 마을에서 하류로 사오 리 가면 폐허가 된 거대한 옛 항구가 있는데, 북창은 바로 그 폐허가 된 옛 항구 도시의 이름이었다.

흑라의 시대 이전에는 수많은 상선들이 쉬어가는 기항지였고, 흑라의 시대에는 흑라를 추종하는 마인들이 정복한 후 무산열도를 공격하기 위한 전초기지로 썼던 곳이었다.

옛 북창은 파나류 북쪽에서 생산된 모든 산물이 모이는 창고라는 뜻에서 북창이라는 이름이 붙을 정도로 번성했던 포구였다.

그렇게 번성했던 북창도 흑라의 전쟁이 끝난 이후에는 개미 새끼 한 마리 살 수 없을 정도로 완전히 파괴되는 운명을 피할 수 없었다. 하지만 그래도 워낙 큰 포구여서 생존자들이 적지 않았다. 그리고 살아남은 주민들은 포구가 완전히 파괴된 후 삶의 터전을 지금의 북창으로 옮겼다.

다행히 흑룡강변의 비옥함은 생존자들이 농사를 짓고 살 만했고, 몇몇은 작은 배를 만들어 고기잡이를 할 수도 있었다. 그렇게 새로운 터전이 자리를 잡자, 지리적인 위치의 특징으로 인해 다시 상인들이 북창을 찾기 시작했다.

위험한 파나류로 상행을 가는 자들이거나, 혹은 죽음의 파나류를 여행하고 나온 상인들이 북창에서 지친 몸을 쉬고 가려 했던 것이다. 북창의 옛 영화를 기억하는 노인들은 그래서 살아생

전 다시 예전의 화려했던 항구, 북창의 모습을 다시 볼 수 있지 않을까 하는 기대를 하기도 하는 요즘이었다.

그 덕분에 마을은 활기가 넘쳤다.

상인들을 상대하는 주점과 여관도 여러 곳 생겨났다.

특히 대륙 내륙을 지나온 상인들의 경우, 큰 위험들을 이겨내고 온 길이라 바다로 나갈 수 있는 북창에 이르러서야 겨우 마음을 놓고 편하게 휴식을 취할 수 있었다. 당연히 최근 들어 주점과 여관은 적지 않은 상인들로 북적거렸다.

그로 인해 간혹 싸움이 일어나기도 했지만, 마을의 우두머리인 촌장 염호가 자체적으로 조직한 경비대로 인해 싸움이 커지는 경우는 거의 없었다.

이대로 성장한다면 북창은 다시 거대한 항구로 발전할 것이고, 어쩌면 염호는 한 성의 주인이 될 수도 있었다.

"하하하!"

"마셔, 마셔!"

"그래서 얼마나 남겼는데?"

"안 돼! 그렇게는 거래할 수 없어! 그럴 바에는 개나 줘버리지 뭐!"

북창의 서쪽 경계, 흑룡강변에 십여 개의 접안대를 가진 포구가 있었다. 그 포구 안쪽으로 즐비하게 늘어선 주점에서 시끄러운 소리가 흘러나오고 있었다. 간혹 다투는 소리도 들렸지만, 그렇다고 주먹다짐 같은 큰 소란은 일어나지 않았다.

제법 밤이 깊었지만 포구의 열기가 식기에는 아직 이른 시간, 포구와 주점들 사이를 따라 만들어진 돌길 위에 세 필의 말이 나타났다.

뚜걱뚜걱!

바닥을 석재로 깔아 말과 마차가 다니기에 불편함이 없는 길이다. 말에 탄 사람들은 가벼운 복장의 옷을 입고 있었지만, 허리에 찬 검과 등 뒤에 메고 있는 활을 보면 무인이 분명했다.

그러나 자세히 보면 육주의 전사들이나 과거 검은 대륙을 지배했던 흑라의 마인들과는 조금 다른 모습이기도 했다.

그들이 지닌 것이 활과 검이 아니라 농기구라면, 영락없이 농사를 짓는 농부라고 생각할 수도 있는 수수한 옷차림이었다.

"이대로만 가면 조만간 옛 북창 항구를 재건하는 일을 시작할 수도 있을 것 같군."

세 명 중 가장 앞서가는 사내가 시끌시끌한 포구를 보며 말했다.

"촌장께서도 그 생각을 하시는 것 같더군."

그와 어깨를 나란히 하고 있던 사내가 대답했다.

"벌써 상인들이 난립니다. 배와 마차를 댈 공간이 부족할뿐더러, 상인들이 쉬어갈 여관도 매일 가득 차, 마구간에서 자는 사람들도 있습니다."

뒤따르던 젊은이가 얼른 입을 열었다.

앞서 가는 사내 둘은 사십 대 초반의 중년 사내, 뒤따르는 사내는 이십 대 중반의 젊은이였다.

"때가 되기는 했지. 하지만 무턱대고 옛 북창 항구를 재건할 수는 없어. 거상들을 끌어들여 자금을 조달해야 하고, 또 무인들도 불러 모아야 하지."

처음 이야기를 꺼냈던 사내가 말했다.

"내 생각에는 성을 먼저 쌓는 것이 좋을 것 같아."

"성을?"

"음, 요즘 들어 마적들의 활동이 활발해지고 있어. 내륙에서 들려오는 소문도 흉흉하고. 누가 뭐래도 이곳은 파나류잖아? 성을 먼저 쌓아 외부의 침입에 대비하고 나서 옛 북창을 재건하는 것이 순서일 것 같네."

그러자 처음 입을 열었던 사내가 한숨을 쉬었다.

"제문, 자네 말이 맞기는 하지만 성을 쌓는 일이 어디 쉬워? 막대한 자금이 필요할 텐데."

"그렇다고 옛 북창 항구 재건을 먼저 시작했다가 누군가에게 공격이라도 받으면 어떡하려고? 대충이라도 성 모양을 갖추고 나면 무사들을 불러 모으기도 쉬울 것이고……."

제문이라 불린 사내가 말했다.

"하긴, 무사를 모으는 일이 무엇보다 중요하긴 하지."

"그리고 성을 쌓는 것이 생각보다 어렵지 않을 수도 있어."

"방법이 있어?"

"옛 북창 포구로 가는 길에 두모산이 있잖아? 거기에 산성을 쌓으면 한결 쉬울 거야. 두모산은 절벽과 바위로 이뤄진 석산이라서 돌을 구하기 쉽고, 자연적으로 성벽의 역할을 할 절벽 지형이 많아 쉽게 난공불락의 산성을 쌓을 수 있을 거야."

"하지만 위치가 이곳이나 옛 북창 항구와 너무 멀어지는 거잖아?"

"성이란 게 생각하기 나름이지. 우리 북창은 애초에 상인들을 상대하느라 바닷가나 강변에 위치한 거야. 지금도 배를 타고 한 시진 안쪽이면 바다에 나갈 수 있고. 앞으로 옛 북창 항구를 재건하면 이곳과 옛 항구를 잇는 거대한 도읍이 생겨나게 될 것인데, 그렇게 되면 어차피 그 전부를 성으로 둘러쌀 수는 없잖아?"

"그래서 외떨어진 두모산에 산성을 쌓으면 뭐가 달라지나?"

사내가 물었다.

"성의 쓸모를 달리 생각하자는 거지. 일단 강적의 침입 때 물러나 지킬 수 있는 곳, 그리고 산성 내에 위엄 있는 건물을 세워 세상에 북창의 위엄을 드러내는 역할, 그 정도로만 성의 쓰임새를 생각하면 두모산에 산성을 쌓는 것도 나쁜 선택은 아니지 않을까?"

제문이라 불린 사내의 말에 처음 말을 꺼냈던 중년 사내가 잠시 생각에 잠겼다. 그리고 잠시 후 천천히 고개를 끄떡였다.

"듣고 보니 제문 자네 말이 맞는 것 같기도 하다. 촌장님께 한번 말씀드려 보자."

"그럴래? 와룡 자네 말이라면 촌장님도 깊이 생각하실 거야. 촌장님은 널 당신의 후계자로 생각하고 계시니까."

"그런 말 마. 촌장님께 장성한 자제들이 있는데."

"북창이 뭐 핏줄로 촌장을 뽑나? 능력 있는 사람이 촌장의 직을 이어받는 것이 북창의 관례야."

"그래도 그런 말 함부로 하지 마. 괜한 분란 일어나."

"걱정 마. 나도 우리끼리니 하는 말이니까. 아무튼… 정말 많이 발전했어. 처음 이곳에 정착할 때만 해도 살아갈 수나 있을지 걱정이었는데."

제문이란 사내가 흥청거리는 포구의 거리를 둘러보며 말했다.

"고생한 보람이 있지."

와룡이라 불린 사내도 뿌듯한 표정으로 주변을 바라봤다.

그런데 그때, 그들이 등 뒤에 서 있던 젊은 사내가 입을 열었다.

"때늦은 손님이 오는 모양입니다."

"응?"

"저기!"

젊은 사내가 손을 들어 강변을 따라 이어진 육로를 가리켰다.

포구에서 흘러나오는 불빛이 미치지 않는 거리에 말을 탄 여행객 다섯이 천천히 마을을 향해 다가오고 있었다.

그런데 상인이라고 볼 수는 없었다. 물건을 실은 마차나 말이 보이지 않았다.

더군다나 멀리 떨어져 있었지만 이방인들에게서 흘러나오는 기운이 범상치 않았다.

"무인들인가?"

제문이라 불린 중년 사내가 눈을 가늘게 뜨고 어둠 속에서 다가오는 자들을 살펴보며 중얼거렸다.

"그런 것 같아. 느낌이 좋지 않아. 보는 것만으로 소름이 돋는군. 웅진, 자네 얼른 가서 촌장님께 특별한 손님들이 마을에 들어왔다고 알려라."

와룡이라 불린 사내가 급히 젊은 사내에게 말했다.

"예, 대장님!"

젊은 사내가 얼른 대답하고는 급히 말을 몰아 포구 안쪽으로 달려가기 시작했다.

뚜걱뚜걱!

이방인들을 태운 말들은 하나같이 남다른 크기를 자랑했다. 그 크기로 보면 전쟁을 하기 위해 기른 전마(戰馬)임이 분명했다.

예상했던 것처럼 가까이 다가온 이방인들은 무인들이었다. 허리춤에 찬 도검들, 깊게 눌러쓴 모자 속에서 번뜩이는 안광은 사람을 소름 돋게 만드는 서늘함이 있었다.

"어서 오십시오. 북창에 잘 오셨습니다. 난, 북창 경비대를 맡고 있는 경비대장 석와룡이라고 합니다. 밤길에 고생하셨소이다. 주점과 객관이 적지 않으니 편히 쉬어 가시기 바랍니다."

북창의 경비를 총괄하는 중년 무사 석와룡이 상대를 경계하면서도 이방인들에게 정중하게 인사를 건넸다.

그러자 이방인들이 말을 세운 후 잠시 석와룡을 바라봤다.

"어디서 오시는 분들입니까?"

대꾸가 없자 석와룡 옆에 있던 사내, 석와룡의 오랜 친구이자 경비대의 이인자라 할 수 있는 이제문이 물었다.

그러자 다섯 사내 중 한 명이 전혀 감정이 느껴지지 않는 목소리로 말했다.

"난 갈단이라 한다. 대신마성의 칠대신마후 중 한 명이다. 북창의 촌장을 만나야겠다. 안내하라!"

제4장

신마후 갈단

"칼은 가장 나중에 뽑아야 하는 물건이다. 우리 북창의 촌민은 무력으로 생존할 수 없다는 걸 명심해라."

평소 북창의 촌장 염호가 늘 하던 말이다. 그래서 경비대장 석와룡은 검을 뽑고 싶은 생각을 애써 눌렀다.

"무슨 일로 촌장님을 뵈려는 것이오?"

"…그를 만나 이야기하겠다."

다른 이방인이 귀찮다는 듯 말했다.

"오늘은 늦었소. 촌장께서는 잠자리에 빨리 드시는 편이오. 촌장님을 뵈려면 해 떨어지기 전까지 청을 넣어야 가능하오. 보통 북창을 거쳐 가는 사람들은 모두 알고 있는데… 아마도 북창에는 처음 오시는 모양이구려. 오늘은 객관에서 편히 쉬시고, 내일 아침 촌장께 안내해 드리겠소."

그러자 이방인이 더 이상 대화가 필요 없다는 손으로 검을 잡았다.

그런데 그 순간, 이방인의 뒤쪽에서 더 굵고 무거운 음성이 들렸다.

"됐다. 내일 그를 만난다."

"알겠습니다, 갈단 님!"

검을 잡아가던 자가 급히 대답했다.

석와룡 앞에서는 지옥의 사신 같은 기운을 뿜었지만, 지금 명을 내린 자를 대할 때는 주인을 모시는 노예와 같은 모습이다.

사내의 급변하는 모습에 놀란 석와룡이 명을 내린 자를 바라봤다.

역시 두건처럼 생긴 모자로 얼굴의 대부분을 가리고 있는 자다. 나이를 짐작하기 어렵지만 목소리로 보아서 적어도 오십은 넘은 듯하다.

몸집은 평범해 보이지만 말고삐를 잡은 손은 강철처럼 단단해 보였다. 오랜 세월 검을 들고 싸움터를 전전한 자만이 가질 수 있는 손이다.

더불어 보통의 몸집임에도 불구하고 주변의 공기를 짓누르는 산악같이 무거운 기운을 뿜어내고 있었다.

"이해해 주시니 감사하오. 그런데… 어디서 오신 분들인지 말해주실 수 있겠소?"

석와룡이 사내를 보며 그 정체를 물었다.

그러자 이방인의 우두머리가 대답했다.

"난 갈단이라 한다. 위대한 신마성주님의 사자(使者)다."

"신마성… 미안하지만 그런 성(城)이 있다는 말은 처음 듣는구려."

"파나류는 넓고 깊다. 그 속에 세워진 성의 숫자만 수천 개… 네가 어찌 그 모든 성을 알겠느냐. 하지만 내일이 되면 신마성은 네게 평생 잊지 못할 이름이 될 것이다. 쉴 곳을 안내하라."

신마성의 사자라 정체를 밝힌 갈단이 부하에게 명을 내리듯 석와룡에게 말했다.

순간 석와룡은 내심 반발심이 일었지만, 이방인의 기세에 눌려 침을 삼키며 정중하게 대답했다.

"알겠소. 손님에 대한 안내는 우리 북창 모든 사람들의 의무니까. 따라오시오."

북창의 경비를 책임지는 사람답게 석와룡이 인내심을 발휘하며 이방인들을 포구 한쪽에 위치한 객관으로 데려갔다.

"휴, 생각보다 고분고분한데?"

여러 객관 중에서 감시하기 수월한 북창 중심부의 객관으로 이방인들을 안내하고 돌아서는 길에 이제문이 한숨을 쉬며 말했다.

금방이라도 검을 뽑을 것 같은 기세의 이방인들이었으나 예상과 달리 순순히 객관에 들었기 때문이다.

"웅진, 넌 이곳에 남아라."

이제문의 안도에도 불구하고 석와룡이 굳은 표정으로 젊은 경비대원에게 말했다.

"그들을 감시합니까?"

"음."

"왜? 아직도 불안해?"

이제문이 석와룡에게 물었다.

석와룡은 경비대의 대장이고 이제문은 부대장이지만, 어린 시절부터 함께 자란 죽마고우 사이여서 상하의 구분이 없는 두 사람이다.

"아니. 두려워."

이제문이 놀란 표정으로 석와룡을 바라봤다.

세상에서 석와룡을 가장 잘 아는 사람을 꼽으라면 당연히 이제문이다. 그래서 석와룡이 두려움을 느낀다는 것은 아주 특별한 상황이라는 것을 알고 있었다.

석와룡은 두려움이 없는 사람이다. 그건 적의 강하고 약함에 따라 달라지지 않았다.

석와룡은 가끔 뛰어난 무공을 지닌 자들과 실랑이를 벌이기도 했다. 북창의 경비대장으로선 어쩔 수 없는 일이었다.

그럴 때에도 석와룡은 두려움 없이 무공고수들을 상대했다. 그리고 늘 결과는 석와룡이 원하는 대로 끝났다.

무공의 고수들이라도 북창의 경비 책임자인 석와룡의 권위와 대범함에 한발 양보할 수밖에 없었기 때문이다.

석와룡과 이제문은 이십 대 초반 북창을 떠나 파나류 내륙 깊숙한 곳과 바다 건너 육주까지 함께 여행한 경험도 있었다.

그때도 석와룡은 두려움이 없었다. 그런데 오늘은 칼도 뽑지 않은 이방인들을 두려워하고 있었다. 심각한 상황이 분명했다.

그래서 다시 물을 수밖에 없었다.

"지금 뭐라 그랬어?"

"두렵다고."

석와룡이 장난기 하나 없는 표정으로 대답했다.

"그들이 무공의 고수들인 것은 분명해 보이지만, 그런 자들을 처음 만나보는 것은 아니잖아?"

이제문이 심각한 표정으로 되물었다.

"그냥 지나갈 자들이 아니야."

"왜 그렇게 생각하는데?"

"그냥 지나갈 자들이었으면 굳이 촌장님을 만나려 할 필요가 없지."

"인사 정도 할 생각 아닐까?"

"그런 느낌이 아니었어. 촌장님께 뭔가를 요구할 생각인 거야. 그리고 그 갈단이란 자, 자신의 요구가 관철되지 않으면……."

"무력을 쓸 거란 거지?"

"음."

"까짓 싸우자면 싸우지. 그래 봐야 겨우 다섯인데."

이제문이 전의를 드러냈다.

"그러게. 싸우면 되는데 이상하게 불안하고 두려워. 무공의 강하고 약함이 문제가 아니라 그 기운이……."

"하긴 기분 나쁜 기운이긴 했어."

"옛날 생각이 나더라고."

"옛날 생각?"

이제문이 되물었다.

"음, 흑라의……."

"젠장! 재수 없는 소리 마!"

이제문이 소리쳤다. 흑라의 마인들이 뿌려댔던 그 어둡고 살벌한 마기들은 생각조차 하기 싫었다.

그리고 그 시대에 북창의 규모가 십분지 일로 줄어들었다.

살아남은 일 할의 사람 말고는 모두 죽었으니 당연히 이제문으로서는 기억하고 싶지 않은 시절이었다.

"제대로 대비를 하려면 정확하게 적의 위험을 파악해야 해. 회피할 일이 아니야."

석와룡이 단호하게 말했다.

"뭐야? 정말 흑라의 잔당들이라고 생각하는 거야?"

"그들이 모두 전멸되었다고 생각해?"

석와룡이 되물었다.

"물론 아니지. 어둠 속으로 숨어든 자들도 많으니까. 하지만 이곳까지 모습을 드러낼 자들은 없을걸? 여긴 파나류이기는 하지만 육주의 상인들도 왕래하는 곳이잖아. 그들이 모습을 보이는 순간 육주의 추살대가 달려올 텐데?"

"그렇긴 하지만 대비를 하지 않을 수가 없어. 요즘 내륙에서 들려오는 소식들도 심상치 않았잖아? 단순한 마적들이 활동으로 보기에는……."

"그렇긴 해도."

여전히 이제문은 늦은 밤, 북창을 찾은 이방인들과 흑라의 마인들을 연관 지으려는 석와룡의 생각에는 동의하지 않는 모습이다.

"일단 촌장님을 뵙자."

"촌장님을?"

"아무래도 그래야 할 것 같아."

"뭐, 네가 그러자면 그래야지. 그런데 와룡, 너 오늘 정말 이상하다? 대체 왜 그래? 지옥의 염왕이 와도 겁내지 않을 녀석이."

"그러게. 나도 모르겠네. 왜 이렇게 불안하지? 웅진, 단단히 지켜봐야 한다."

석와룡이 젊은 무사에게 다시 당부했다.

"예, 대장님!"

젊은 경비무사 웅진이 굳은 표정으로 대답했다. 그 역시 석와룡과 이제문의 말을 듣고는 이방인들을 지켜보는 일이 생각보다 중요한 일이라는 것을 깨달았기 때문이다.

"무슨 일이 생기면 절대 나서서 말고 달려와 알려라. 촌장님 댁으로 와. 그곳에 있을 테니."

"예, 대장님!"

웅진이 대답했다.

"제문, 자네는 형제들을 소집해 줘."

"정말 그렇게까지 하고 싶어?"

이제문이 물었다.

"준비하는 게 마음 편해."

"그래도 모두 자고 있을 텐데. 어차피 그들도 내일 아침에 촌장님을 만나겠다고 했고."

"그래도 혹시 모르니까. 마을에 들어오지 않은 패거리가 더 있을 수도 있고."

"후우… 이 친구 정말 단단히 겁을 먹었군. 다들 단꿈에 빠져 있을 텐데."

"아무 일 없이 지나가면 내가 술 한잔 산다고 해!"

"알았어. 뭐, 다 북창을 걱정해서 하는 일이니까. 그렇게 할 게."

이제문이 결국 석와룡의 말에 동의했다.

"그럼 난 먼저 촌장님께 갈게."

"알았어. 곧 뒤따라갈게."

이제문이 대답했다.

석와룡이 북창의 촌장 염호의 거처로 급하게 말을 몰아갔다. 그러자 이제문이 젊은 무사를 보며 주의를 줬다.

"웅진, 너 조심해라. 나도 가봐야겠다."

"예, 부대장님!"

"수고해!"

이제문이 석와룡이 간 방향과 다른 방향으로 말을 몰아가며 소리쳤다.

쾅!

모든 일은 예감을 벗어나는 일이 드물다. 특히 좋지 않은 예감일 경우!

"젠장, 뭐야?"

이방인이 들어간 객관 바로 맞은편 주점에서 술 한 병을 시켜 놓고 무료하게 객관을 살피던 젊은 경비무사 웅진이 벌떡 일어났다.

그 순간 박살 난 객관 문 밖으로 사람들이 우르르 밀려 나왔다.

정확하게 말하면 그중 몇몇은 허공을 날아 딱딱한 돌길에 떨어졌다.

쿠쿵!

"윽!"

"아이구야!"

길거리에 나가떨어진 자들의 입에서 비명 소리가 흘러나왔다.

뒤를 이어 이번에는 피를 흘리는 자들이 자신의 몸을 부여잡고 객관에서 밀려 나왔다.

"이, 개같은 놈들!"

"다 죽여 버리겠다. 이 새끼들. 형제들! 모두 모여!"

피를 흘리며 튀어나온 자들이 악을 쓰며 소리쳤다.

그러자 객관에 들어 있던 사람들이 저마다 창문을 열고 밖을 내다보다가 처참한 참상에 놀라 창문에서 밖으로 뛰어내렸다.

"무슨 일이야?"

"어떻게 된 건가?"

본래 객관에 머무는 여행자들은 자주 북창에 들르다 보니 서로 친분이 있는 경우가 많았다.

특히 파나류 내륙 쪽으로 여행하는 상인들의 경우에는, 마적의 습격에 대비해 서로 다른 상가에 속했어도 하나로 모여 큰 무리를 형성해 여행하는 경우가 많았다. 그 때문에 그들 사이에는 은연중에 동료의식이 형성되어 있었다.

그래서 지금 피 흘리는 자들이 비록 같은 상가의 상인이거나 혹은 형제자매는 아니라도, 결코 모른 척할 사이는 아니었다.

"저 개새끼들이 갑자기 칼을 빼 들고 달려들어 사람을 죽였어!"

동료 여행객들을 불러 모은 사십 대 중년 사내가 칼에 맞아 피가 흐르는 허리를 부여잡은 채, 다른 손으로 검을 들어 객관 안쪽을 가리켰다.

그 순간 객관 안쪽에서 앞서 석와룡 등과 마주쳤던 이방인들이 모습을 드러냈다.

"저놈들인가?"

"그래. 바로 저놈들이야!"

검을 든 사내가 정확하게 이방인들을 흉수로 지목했다.

그런데 이상한 점이 있었다. 피가 난무하는 혈사를 일으킨 자들치고 이방인들의 모습이 너무 깨끗했다.

어둠 속이라서 그럴지도 모르지만, 그들 몸에는 피 한 방울도 묻어 있지 않았다.

"이놈들! 대체 왜 이런 악독한 짓을 저지른 것이냐?"

여행자들 중 한 명이 이방인들을 보며 소리쳤다.

그러자 이방인 중 한 명이 차갑게 입을 열었다.

"그자들이 감히 갈단 신마후님을 모욕했다. 갈단 님을 모욕한 자들은 누구라도 살아남지 못한다."

"모욕?! 객관에 들어와서도 얼굴을 가리고 있는 네놈들의 정체를 확인하려 한 것이 모욕이란 말이냐?"

피 흘리던 자가 악을 쓰며 소리쳤다.

"넌 감히 갈단 님의 옷에 손을 댔어."

"얼굴 좀 보겠다는 게 뭐가 잘못됐다는 말이냐?"

두 사람의 말을 들어보면 양쪽의 시비는 피를 흘리고 있는 자가 갈단이라 불리는 이방인들의 우두머리 얼굴을 억지로 보려 했기 때문에 생긴 듯했다.

그 자체로는 피 흘리는 자가 잘못한 것이지만, 그 일이 이렇게 큰 혈사를 일으킬 일인가에 대해선 대부분 동의하지 못했다.

"죽고 피 흘리는 다른 사람들은 어떻게 된 것이냐?"

처음 질문을 던진 여행자가 다시 물었다.

"그자를 돕더군. 그럼 같이 죗값을 치러야지."

이방인이 무심하게 대답했다.

"실수란 누구나 할 수 있는 것, 그때마다 이런 식으로 일을 해결하나?"

여행자가 다시 물었다.

"그게… 우리 법이다."

이방인이 대답했다.

"후우… 아무래도 말로는 안 될 자들이군. 모두들 검을 뽑게. 일단 이자들을 제압해 놓고 시시비비를 따져야 할 것 같아."

여행객의 말에 수십 명의 사람들이 도검을 뽑아 들었다.

그런데 그 순간, 여행자와 대화를 하던 이방인이 상대를 향해 바람처럼 움직였다.

"감히 신마성의 전사들에게 맞서려는 자들은 이자의 최후를 잘 봐둬라!"

팟!

한순간 이방인의 몸이 사라졌다 싶더니 어느새 피를 흘리면서 욕설을 퍼붓던 사내 곁을 스치고 지나갔다.

"컥!"

사내의 입에서 한마디 비명 소리가 터져 나왔다. 그리고 다음 순간 사내의 머리가 목과 분리되어 길바닥에 떨어졌다.

"죽일 놈들! 정말 대장님 말씀이 맞았어. 사악한 마귀 놈들이 북창에 들어왔구나!"

처음에는 경비무사로서 싸움을 말려보려 다가가던 젊은 무사 웅진이 욕설을 내뱉으며 재빨리 주점 앞에 세워둔 말 등에 날아올랐다. 그러고는 촌장 염호의 거처를 향해 급하게 말을 몰기 시작했다.

쾅!

평소라면 절대 있을 수 없는 일이다. 젊은 경비무사 웅진이 북창의 촌장 염호의 장원 문을 거칠게 열어젖혔다.

"누구냐?"

장원의 정문을 지키던 자가 놀라 검을 빼 들며 물었다.

"나야, 웅진!"

웅진이 소리쳤다.

"어? 웅진, 무슨 일이야?"

"촌장님 어디 계셔?"

웅진이 다급하게 물었다.

"집무실에 대장님과 함께 계시는데. 대체 무슨 일이야?"

사내가 웅진의 팔소매를 잡으며 물었다.

"이상한 놈들이 포구에 와서 소란을 피우고 있어. 보통 사나운 놈들이 아냐. 촌장님을 뵈야겠어."

웅진이 짧게 상황을 설명하면서 사내가 잡은 소매를 뿌리쳤다. 그리고 장원의 오른쪽에 위치한 촌장 염호의 집무실을 향해 달려갔다.

"뭐지? 정말 큰 사달이라도 난 거야? 웅진 저 친구가 저렇게 당황한 건 처음 보는데?"

경비무사가 걱정스러운 표정으로 웅진의 뒷모습을 보며 중얼거렸다.

"결국 그렇게 되었군."

경비대장 석와룡은 오히려 침착했다. 아마도 이미 무슨 사달이 날 것을 육감으로 느끼고 있었기 때문일 것이다.

"자네의 육감이 맞았군. 아쉽게도."

경비무사들을 깨운 후 뒤늦게 장원으로 온 이제문이 굳은 얼굴로 말했다. 그러면서 맞은편에 앉은 노인을 바라봤다.

감정이 드러나지 않는 얼굴, 온갖 풍상을 다 겪어 더 이상 놀랄 것도 없는 눈을 가진 노인이었다.

이 노인이야말로 폐허가 된 북창의 옛 포구를 떠나 지금의 자리에 새로운 북창을 일군 촌장 염호다.

몰살의 위기에서 그나마 일부의 생존자들이라도 구해낸 것이 그의 활약 덕분이었기에, 북창에서 그의 위치는 절대적이라고 할 수 있었다.

"가봐야겠습니다."

석와룡이 일어나서 말했다.

"나도 가지."

촌장 염호도 일어났다.

"이곳에 계십시오. 위험할 수도 있습니다."

석와룡이 염호를 만류했다.

그러자 염호가 고개를 저었다.

"아니야. 이 일은 내가 들어도 심상치 않아. 가보면 알 수 있을 거야. 그들이 어떤 자들인지. 싸우는 일은 몰라도 사람을 알아보는 눈은 내가 자네들보다 아직은 나을 거야."

"그야 당연하신 말씀이지만, 무공 역시 저희들이 촌장님을 따라잡으려면 아직 멀었지요."

"후후, 늙은이 칼 솜씨야 부엌에서 고기나 썰면 족한 것이고, 일단 가자고. 어떤 자들이 온 것인지."

염호가 걸음을 옮기자 석와룡과 이제문이 호위하듯 염호 뒤를 따르며 소리쳤다.

"촌장께서 함께 가신다. 모두 출발하라!"

서걱!

서걱!

그야말로 썩은 나뭇가지 자르듯 쾌속한 검술이다. 섬뜩함을 넘어 아름답기까지 한 쾌검. 그 검에 북창에 들러 하룻밤 휴식을 취하고 다시 여행을 떠나려던 상인과 몇몇 여행객들의 목이 계속해서 베어졌다.

"제발, 제발 그만하시오!"

살아남은 사람들 중 한 명이 무릎을 꿇고 두 손으로 빌며 소리쳤다.

그의 말을 들어서인지, 아니면 충분히 피를 보았기 때문인지 검을 쓰던 이방인이 움직임을 멈췄다.

그리고 고개를 돌려 앞서 갈단이라고 이름을 밝힌 사내를 돌아봤다.

그러자 갈단이 고개를 끄떡였다.

사내가 갈단에게 고개를 숙여 보이고는 몸을 돌려 살아남은 여행자들과 상인들을 보며 말했다.

"잘들 들어라. 파나류에 새로운 왕이 탄생하셨다. 그분의 위대한 이름은 전마 치우 님! 앞으로 검은 대륙 파나류는 전마 치우 님의 땅이다. 너희들 여행자들은 온 세상에 이 소식을 전하라. 그리고 곧 세상의 모든 땅과 바다가 치우 님의 것이 될 것이라고 전하라!"

괴인의 입에서 흘러나오는 말은 엄청난 것이었다.

누구도 쉽게 말할 수 없는 광오한 말들. 그러나 이미 피의 공포에 잠식된 여행자들은 그저 고개를 숙여 수긍할 뿐 누구 하나 전마 치우가 어떤 사람인지, 혹은 정말 그에게 온 세상을 지배할 능력이 있는지를 감히 묻지 않았다.

대신 그 질문은 여행자들이 아닌 다른 사람의 입에서 흘러나왔다.

"전마 치우……! 지금껏 들어보지 못한 이름이구려!"

어둠 속에서 흘러나온 목소리에 이방인과 무릎을 꿇고 있는 여행자들이 동시에 시선을 돌렸다.

그러자 수십 명의 무사들과 함께 북창의 촌장 염호가 혈흔이 낭자한 객관 앞에 모습을 드러냈다.

"왔군. 내일 아침에야 볼 수 있다던 사람이!"

여행자를 무릎 꿇리고 있던 이방인이 염호를 알아보고 가볍게 미소를 지었다. 동시에 그의 검이 움직였다.

팟!

서걱!

무릎을 꿇고 더 이상의 살인을 멈춰달라고 빌던 여행자가 가슴에서 피를 뿌리며 고꾸라졌다.

"헉!"

"저……!"

다가오던 염호도, 무릎 꿇고 목숨을 구걸하던 다른 여행자들도 잔혹한 이방인의 행동에 놀라 얼굴과 몸이 동시에 얼어붙었다.

"어서 오시오. 아마도 그대가 촌장 염호겠지? 촌장은 미처 이 싸움을 제대로 구경할 기회가 없었을 것 같아 내가 촌장에게 드리는 인사의 의미로 이자를 베어보았소. 어떻소? 마음에 드시오?"

이방인이 검신에 묻은 피를 죽은 자의 옷에 닦으며 물었다. 그야말로 잔혹하기 이를 데 없는 행동이다.

"인사는 즐겁지 않지만, 그대들이 어떤 심성을 가진 자들인지는 확실히 알겠군."

염호가 분노를 억누르며 말했다. 그리고 가볍게 손을 들어 올렸다.

두두두!

한순간 포구가 말발굽 소리로 가득 찼다. 미리 대기하고 있던 경비무사들이 말을 몰아 나와 순식간에 객관 주변을 포위했다. 그야말로 물샐틈없는 포위망이다.

"싸우겠다는 거냐?"

이방인이 사납게 물었다.

"북창은 여행자들의 마을이다. 긴 여행에 지친 사람들이 몸과 마음을 하룻밤 쉬어 갈 수 있는 곳. 그래서 일단 북창에 들어온 여행자는 곧 북창의 주민과 같다. 촌장으로서 북창의 주민을 벤 자를 벌하지 않을 수 없다."

염호가 단호하게 말했다.

"그러다가… 이 북창이 사라져도?"

이방인이 히죽거리며 물었다.

하지만 염호는 전혀 두려워하지 않았다.

"북창이 사라져도 마찬가지. 그대들의 잔혹한 살인 행위를 벌하지 않으면 어떤 여행자가 하룻밤의 휴식을 위해 북창을 찾겠느냐? 그럼 애써 세운 북창은 다시 세상에서 사라지고 말 것이다. 그래서 난 반드시 너희들의 죄를 물어야겠다."

"뭐… 그렇다면 모두 죽여줄 수도 있지."

이방인이 당장 염호에게 달려들 것처럼 검을 들어 올렸다.

순간 그의 뒤에서 이방인들의 우두머리인 갈단이란 자가 소름 끼치는 목소리로 말했다.

"그만!"

순간 염호를 압박하던 이방인이 급히 고개를 숙였다.

"예, 갈단 님!"

"뒤로 물러나라."

"예."

이방인이 즉시 뒤로 물러났다.

지금까지의 모습과는 확연히 다른 모습, 잔혹하고 거친 자이기에 누구에게든 거칠 것 없을 것 같던 이방인이 갈단이라는 사람에게는 마치 어린애 같은 복종심을 보였다.

그 모습을 본 염호의 얼굴이 더욱 어두워졌다.

본래 마적들은 이렇게 엄중한 내부 규율을 갖추기 어렵다. 그런데 이들의 모습은 잘 훈련된 병사들 같은 체계를 보이고 있었다. 그건 곧 신마성이라는 곳이 결코 녹록한 곳이 아니라는 의미다.

북창으로선 강적을 만난 것이다.

"그대가 북창의 촌장 염호인가?"

갈단이란 사람이 염호에게 물었다.

"그렇소. 그대들은 대체 왜 이런 일을 벌인 것이오?"

새삼스러운 질문이지만 이들과의 관계를 새로 시작해야 할 것 같은 느낌에 염호가 침착하게 물었다.

"본래 우리가 북창에 온 것은 그대를 만나기 위함이었지. 성주님의 제안을 전할 생각이었다. 그런데 그대와의 만남은 내일 아침에나 가능하다더군. 그래서 그대의 무사가 안내한 곳에서 하룻밤 자려는데 버러지 같은 놈들이 감히 나 갈단의 몸에 손을 댔어. 그래서 벌어진 일이지."

갈단이 짧게 지금까지 일어난 일을 설명했다. 지금까지 그들의 행동을 봐서는 갈단이란 자가 특별히 염호에게만은 제법 예우를 한 것이 분명했다.

애초에 애써 이런 설명을 할 자들이 아니기 때문이다.

"그렇다고 해도 이건 너무 지나친 일 아니오? 그 일에 죽은 사람이 열 명이 넘는다는 것은……."

"좀 지나치긴 하지. 하지만 일단 싸움꾼들 사이에서 싸움이 벌어지면 한순간에 걷잡을 수 없는 상황이 될 수도 있다는 것을 알지 않은가?"

"물론 싸움이란 것이 가끔은 통제할 수 없는 상황이 될 수 있다는 걸 알고 있소. 하지만 그래도 이 일은 그냥 넘어가기에는 어려운 일인 것 같소."

"음… 그럼 어떻게 하겠다는 것인가?"

갈단이 물었다.

"일단 그대들을 구금해야겠소. 이후에 어떤 벌을 내릴지 결정할 것이오. 만약 그대들이 죽은 자들과 그 동료들에게 충분한 사과와 보상을 하겠다면 타협을 해볼 수도 있소."

"후우… 본래 목숨값은 목숨으로 갚는 것이 무사들의 원칙이니, 우리 중 누군가가 죽을 수도 있겠군."

"아주 아니라고는 말할 수는 없소."

염호가 냉정하게 대답했다.

그러자 갈단이 잠시 생각에 잠겼다가 입을 열었다.

"내가 일을 좀 더 쉽게 만들어주지. 웅긴!"

"예, 갈단 님!"

앞서 여행자들의 목을 거침없이 베어버렸던 이방인이 급히 앞으로 나왔다.

그러자 갈단이 옹긴을 바라보며 물었다.

"성주에 대한 충성심에는 변함이 없느냐?"

"물론입니다. 목숨을 바쳐 충성할 것입니다."

"좋아. 너의 충성심을 성주께서도 무척 기뻐하실 것이다. 잘 가거라!"

번쩍!

쿵!

한순간 빛이 번뜩였고, 다음 순간 옹긴이란 이방인이 목에서 피를 뿌리며 쓰러졌다.

이 갑작스럽고도 경악스러운 상황에 사람들이 공황 상태에 빠져들었다.

"이제 되었나?"

모두가 공황 상태에 빠져 제정신을 차리지 못하고 있는 와중에 갈단이 염호에게 물었다.

"이… 이게 대체 무슨 짓이오?"

염호가 침착함을 잃고 소리쳤다.

"옹긴은 나의 가장 충성스러운 전사다. 다만 성격이 급하고 손속이 거친 편이어서 가끔 무리한 일을 벌였지. 그래도 충성심 하나는 의심할 바가 없어 그 잘못들을 덮어주었는데, 오늘은 신마성과 북창의 거래에 큰 방해가 될 일을 벌였으니 어쩔 수 없이 옹긴을 벤 것이다. 그대의 말처럼 죽음은 죽음으로 갚는 것. 촌장이 하기 어려운 일인 것 같아 내가 대신해 준 것이다. 이젠 오늘 일을 덮고 대신마성주님의 제안을 들어보겠나?"

갈단은 시종일관 침착했다. 자신이 아끼던 수하를 단칼에 베어버리고도 그는 아무런 동요도 없이 태연하게 거래를 이야기하고 있었다.

"지금 이 상황에서 거래를 이야기하는 것이오?"

염호가 물었다.

"안 될 것도 없지? 내가 하고자 하는 말은 그리 길지도 않고."

"대체 원하는 것이 뭐요?"

염호가 물었다.

그러자 갈단이 염호를 보며 느리지만 강한 말투로 말했다.

"나 신마성의 칠대신마후 중 일인인 갈단이 대신마성주님의 제안을 전하겠다. 성주께서는 북창을 신마성의 파나류 북항으로 사용하고 싶어 하신다. 복속하면 북창의 자치는 허락한다. 단, 신마성의 무사들이 자유롭게 북창을 이용할 수 있어야 하고, 매년 적당한 양의 공물을 바쳐야 하며, 이번에 나와 함께 신마성으로 가 충성을 맹세해야 한다. 이것이 성주님의 제안이다."

"…거래에 응하지 않는다면 어쩌겠소?"

염호가 되물었다.

그러자 갈단이 염호를 잠시 바라보다가 수하 옹긴을 베고 난 후 여전히 손에 들고 있던 검을 휙휙 휘둘러 검에서 혈흔을 제거하며 말했다.

"조급하게 결정하지 마라. 조급한 결정은 항상 실수를 부르는 법이지. 보름 후에 다시 오겠다. 그때는 신마성의 일백 전사들이 함께 올 것이다. 응하지 않는다면 북창은 세상에서 사라진다.

그 폐허 위에서 나의 자랑스러운 수하 옹긴의 제사를 지낼 것이다. 바로 이 자리에서! 반면 이 제안을 수락하면, 북창은 과거의 영화를 되찾을 것이다. 옛 북창 항구가 재건될 것이고, 신마성의 힘이 북창을 보호할 것이다. 그리고 파나류에서 나는 모든 것들이 북창을 통해서 세상으로 나갈 것이다."

"…대체 신마성의 정체가 뭐요?"

염호가 두려운 눈으로 물었다.

"파나류의 새로운 왕국……"

"과거… 검은 마종 흑라와 관계가 있소?"

염호가 다시 물었다. 그도 요즘 들어 파나류 내륙에서 들려오는 심상찮은 소식들을 들어 알고 있었다.

아마도 그 소식들의 중심에 이들이 있을 것이다.

"대신마성은 위대한 바다다. 어떤 강물이든 포용한다. 대답이 되었나?"

"……"

"촌장이라면 능히 알아들었을 테지. 어쨌든 이곳에서 잠을 자긴 틀렸고. 난 이만 돌아가겠다. 보름 후에 다시 오지. 옹긴을 수습하라."

갈단이 명을 내렸다.

"예, 갈단 님!"

이방인 중 한 명이 얼른 신마성의 전사 옹긴의 시신을 수습했다.

"돌아간다."

갈단이 짧게 말하고 객관 앞에 매어두었던 자신의 말에 올랐다. 그러고는 어둠이 숲으로 스며들듯 순식간에 북창의 포구를 떠났다.

"아무래도 좋지 않습니다."

하룻밤 꿈을 꾼 듯한 사람들 사이에서 경비대장 석와룡의 목소리가 흘러나왔다.

그러자 염호가 고개를 끄떡였다.

"정말 좋지 않군. 급히 구원을 청하게."

"어디로?"

"이즈음 독안룡께서 육주의 바다를 건너 침묵을 바다를 따라 석림도로 향하고 계실 걸세."

"하지만 과연 소식을 닿을 수 있을지? 설혹 연락이 간다 해도 이곳으로 오시기에는 너무 먼 거립니다."

석와룡이 걱정스럽게 말했다.

"사령군도 끝에서 다시 한번 전서구를 날리면 도달할 수 있을 걸세. 직접 오시지는 못해도. 도움을 줄 사람을 보내주실 수는 있을 걸세."

"몇 명 도와주러 온다고 저들을 막을 수 있을까요?"

"불가능할 수도 있지. 하지만 적어도 맥없이 당하지는 않을 것이네. 필요하다면 탈출을 해야 할 수도 있고."

"알겠습니다. 그렇게 하겠습니다."

석와룡이 대답했다.

"신마성이라… 대체 정체가 뭔가?"

염호가 이미 사라진 갈단의 흔적을 찾으며 중얼거렸다.

그날 밤 북창 촌장 염호의 거처에서 몇 마리의 새가 날아올랐다. 발목에 급한 전갈을 알리는 붉은색 전통이 매달려 있는 새들이었다.

한 마리만 보내는 것이 못 미더웠던 염호는 같은 방향으로 귀한 전서구를 다섯 마리나 날려 보냈다.

그 새들은 파나류 북부 해안에서 동쪽으로 뻗어 있는 사령반도 앞쪽의 섬 군락인 사령군도의 섬들 사이로 날아갔다.

*　　　　*　　　　*

눈부신 청색의 바다, 여러 방향에서 모여든 해류가 한 줄기를 만들며 서쪽으로 흘러갔다.

몇몇 상선과 어선들이 큰 해류를 타고 분주하게 자신들의 목적지를 향해 움직였다.

그 푸른 바다를 지나자 푸르다 못해 검은색으로 물든 심해의 바다가 보였다. 심연의 검은색, 끝이 보이지 않는 깊이를 지닌 바다 특유의 빛이다.

바람도 없었다. 분명 육지와는 멀리 떨어진 대해의 한가운데였다. 그런데도 파도와 바람이 거의 없었다. 마치 육지가 만드는 커다란 만(灣) 속의 바다 같았다.

모든 것이 멈춰진 듯한 세계, 시간조차도 흐르지 않는 것 같았다.

이런 조용한 바다를 항해할 수 있는 배는 드물다. 바람이 없고 해류도 강하지 않은 바다를 항해할 수 있는 유일한 방법은 노를 젓는 것. 그러나 대해(大海)를 노를 저어 건넌다는 것은 거의 불가능한 일이다.

자연의 위대함은 오직 자연의 힘으로만 극복될 수 있다는 것을 뱃사람들은 너무 잘 알고 있었다.

사람들은 그래서 이 죽음처럼 고요한 바다를 침묵의 바다라고 부른다. 거친 그 무엇도 없지만, 또한 그래서 건너기가 더 두려운 바다가 바로 이 침묵의 바다다.

당연히 이 바다를 항해하는 배는 거의 없었다.

북창을 떠난 새는 그 침묵의 바다까지 날아왔다.

그 새조차도 거의 지쳐서 날개에 힘이 빠질 즈음 새는 한 척의 배를 만났다.

침묵의 바다 북동쪽 경계를 따라 느린 해류와 미세한 바람, 그리고 사람의 힘으로 대해를 횡단하는 묵룡대선이었다.

"정말 무서운 바다예요."

무한이 이마에 맺힌 땀을 닦으며 말했다.

본래 수련실에 들어가 무공 수련에 열중해야 하는 무한이지만, 요 며칠 동안은 다른 소룡들과 함께 일정한 시간 동안 노 젓는 일을 돕고 있었다.

그들만이 아니었다. 묵룡대선에 탄 거의 모든 사람들이 노 젓는 일을 도왔다.

묵룡대선에는 전문적으로 노를 다루는 노꾼들이 있었다. 더군다나 그들의 노 다루는 솜씨는 타의 추종을 불허할 정도로 대단했다.

그들의 능력은 특별하게 해전에서 그 위력을 발휘했다. 거대한 묵룡대선을 마치 작은 배처럼 빠르게 회전시킬 수 있는 능력이 그들에게 있었다.

그래서 그들에 대한 대접 역시 다른 배들과 달랐다.

보통의 경우 상선이나 성주들이 운용하는 전선들의 노꾼은 대부분 잡부 취급을 받거나 혹은 죄수들을 동원해 충당했다.

그래서 육주든 어디든 배의 노꾼은 가장 밑바닥의 천한 직업으로 꼽혔다.

하지만 묵룡대선의 노꾼들은 달랐다.

그들은 당당하게 묵룡대선의 정식 선원으로 인정받았고, 그에 합당한 대우를 받았다. 그만한 기술과 힘이 그들에게 있었던 것이다.

하지만 그런 그들조차 바람이 없고 조류의 흐름도 느린 대해를 수십 일 동안 쉬지 않고 노만 저어서 건널 수는 없었다.

차라리 해전에서 하루 이틀 쉬지 않고 노를 저을 수는 있지만, 이 지루한 바다에서 한 달여간 쉬지 않고 노를 저을 수는 없었다.

그래서 이 거대한 침묵의 바다를 지날 때마다 묵룡대선의 모든 선원들은 노꾼이 되어야 했다.

"세상에서 가장 어려운 바다 중 한 곳이지. 차라리 폭풍 치는 바다가 나을 정도야."

오랜만에 무한과 시간을 보낸 아적삼이 역시 땀을 훔치며 말했다. 두 사람의 노 젓기가 막 끝난 직후였다.

"에이, 그래도 폭풍보다야 이게 낫죠."

무한이 고개를 저으며 말했다.

"그렇지가 않아. 폭풍은 몸이 고달프지만 이 침묵의 바다는 정신이 고달파. 묵룡대선이니까 이 정도지 보통의 상선은 아예 건널 생각도 않는단다."

"그런가요?"

몰랐다는 듯 무한이 되물었다.

"끝없이 노를 젓다 보면 사람이 미치는 거야. 미친놈들은 미친 짓을 하지. 그래서 가끔 자살을 하거나 혹은 동료들을 죽이기도 하지. 마치 바다의 사막이랄까? 사막을 여행하는 것도 비슷하거든. 미쳐서 신기루를 보고 달리다가 지쳐 죽는 경우가 비일비재하지."

"그렇군요. 무슨 말인지 알겠어요."

"뭐, 그렇다고 너무 걱정은 마. 묵룡대선은 예외니까. 노 저을 사람도 많고. 또 한두 번 다녀보는 곳도 아니어서 가끔 조류를 찾아 물길을 탈 때도 있어."

"이틀 전처럼요?"

"그렇지."

아적삼이 고개를 끄떡였다.

"묵룡대선은 정말 대단한 것 같아요. 바다가 있으면 못 가는 곳이 없을 거예요."

무한이 자부심을 드러내며 말했다.

"솔직히 말하자면 묵룡대선이 대단한 게 아니라 선장님이 대단하신 거지. 이런 배를 다 만드시고. 세상의 모든 바다에 정통하시니까."

"하긴……."

무한도 동의했다.

선장 독안룡 탑살의 능력은 알면 알수록 대단했다. 가끔은 무공과 항해술, 그리고 세상사에 통달한 그가 두렵게 느껴질 정도였다.

"그런 분을 무종의 스승으로 둔 것을 행운이라고 생각하거라. 수련은 어때?"

아적삼이 물었다.

노를 저을 때는 다른 사람들도 있어서 무공 수련에 대해 물을 수 없었던 아적삼이다.

"음… 잘 모르겠어요."

무한이 애매모호한 대답을 했다.

"하긴 어렵겠지. 다른 사람들보다 워낙 늦게 시작했으니까. 처음 해보는 일은 항상 어려운 법이지."

"그런 게 아니라 제가 좀 이상하대요."

"누가?"

"사왕님들이 그래요."

무한이 어깨를 으쓱했다.

"뭐가 이상한데?"

"너무 쉽대요."

"대체 무슨 소린지 모르겠다. 너무 쉽다니."

"전 그냥… 편하게 천년구공을 해석하고 운기하는데 그게 다

른 사람은 그렇지 않나 봐요. 난 그냥 자연스럽게 되어서 그러는
건데. 그렇다고 내가 천재도 아니고……."

"그러니까, 다른 사람이라면 어렵게 익혀야 할 것을 쉽게 해낸
다는 거냐?"

"예."

무한이 대답했다.

그러자 아적삼이 안도한 표정으로 말했다.

"그거야 네가 똑똑해서 그런 거지."

"똑똑한 거야 머리가 그런 거고요. 저는 몸이 쉽게 천년구공
을 받아들인다고 하더라고요."

"몸?"

"예. 무공을 머리로 이해하는 것하고, 몸으로 수련하는 건 또
다르잖아요?"

"그야 그렇지. 아! 그거구나. 내가 네놈에게 내 쾌검을 가르칠
때 계속 놀랐던 거. 무공을 수련해 본 적도 없는 녀석이 어려운
동작을 손쉽게 따라 해서 무척 놀랐지."

"아저씨도 그랬어요?"

무한이 되물었다.

"그랬지. 그때는 네가 혹시라도 자만할까 봐 티를 안 낸 거다.
그런데 선장님의 무공을 배우면서도 그렇다면… 야, 너 정말 천
잰가 보다."

"에이, 머리가 아니라 몸이라니까요."

"그것도 다 머리가 따라줘야 하는 거야. 흐흐흐, 이제 보니 내
가 천재 제자를 두었었네."

아적삼이 기분이 좋은 듯 히히거렸다.

"지금도 아저씨는 제 스승이세요. 과거가 아니라."

"에이, 감히 선장님과 제자를 공유할 수 있나."

"아니요. 아저씨는 제 영원한 스승이세요. 아버지 같은 스승님
이요."

무한의 말에 아적삼이 피식 미소를 지었지만, 기쁜 기색을 감
출 수는 없었다.

그런데 그때, 갑자기 신기루처럼 한 마리 새가 뜨거운 하늘 위
에 모습을 드러냈다.

"뭐냐? 저 새는? 이 대해에서 새를 본 적이 없는데. 새도 미친
건가? 여기까지 날아오다니."

새를 발견한 아적삼이 놀란 표정으로 중얼거렸다.

제5장

미지의 세력

삐이익!

날카로운 소리가 독안룡 탑살의 선실에서 들려왔다.

그 소리에 망망대해를 날아온 새가 낚시에 걸린 것처럼 선실을 향해 떨어져 내렸다.

"어라?"

아적삼이 새의 움직임을 보고는 눈빛을 반짝였다.

"뭐죠? 선장님은 새를 잡는 기술도 있으신 건가요?"

"그게 아니라 길들여진 새 같은데."

"길들여진 새요?"

"음, 본래 새를 길들여 먼 곳으로 연락을 보낼 때 쓰는 경우가 종종 있거든. 물론 누구나 할 수 있는 일은 아니지만. 전서구라고, 보통 비둘기를 이용하지. 하지만 바다에서는 거의 사용하지 않는데. 배는 항상 움직이는 것이라 성공률이 낮거든. 일정한 시기에 일정한 곳을 지나는 배라면 다르지만."

아적삼이 선실에서 눈을 떼지 않고 말했다.

"그럼 저 새는 선장님이 길들인 새라는 건가요?"

"선장께서 직접 길들인 것은 아니지. 묵룡대선의 재주꾼 중에 새를 다루는 사람이 있는 거야."

"그동안 배에서는 본 적이 없는 것 같은데요?"

"이야기 들었지? 묵룡대선이 세상 곳곳에 별도의 거점들을 가지고 있다는 거."

"예, 수련하면서 들었어요. 직접적으로 구축한 거점 말고도 인연이 있는 사람들이 있는 곳까지 합치면 수십 곳은 될 거라고 그러셨지요."

"그중에서 가장 중요한 곳은 어디라더냐?"

"지금 지나고 있는 무산열도 서쪽 끝에 있는 봄섬이라는 곳과 육주 대하강 하류에 있는 왕의 섬이라고 하셨어요."

"맞아. 그 두 곳이 가장 크지. 마치 동쪽과 서쪽에 있는 추와 같다고 할까. 우리 묵룡대선은 대체로 그 두 곳을 주기적으로 오가는 항해를 한다. 양쪽에는 모두 오십 명 이상의 묵룡대선 식구들이 머무는데, 그 두 곳에 모두 전서구를 길들이는 재주꾼들이 있지."

"그럼 저 전서구가 봄섬에서 왔다는 건가요?"

"그렇지는 않아. 봄섬까지는 아직 먼 거리여서 전서구가 한 번에 올 수 없어. 시작이 어딘지는 알 수 없지만 저 녀석이 날아오른 곳은 아마도 사령군도 동쪽 섬인 동죽섬이었을 거다. 그곳에서만 이 항로로 전서구를 보낼 수 있으니까. 물론 묵룡대선의 정확한 이동 경로를 알고 있는 사람만 가능하지."

"복잡하네요."

무한이 고개를 저었다.

"그래서 전서구를 다루는 사람은 모든 왕이나 제후국에서 환영받지. 물론 무종 종파들 역시 전서구를 즐겨 쓰고. 하지만 위험하지 않은 것은 아니야. 길을 잃는 경우도 많고, 자칫 적의 수중에 떨어지면 큰 손해를 감수해야 하니까."

"아무튼 급한 일이 생겼다는 거죠?"

무한이 탑살의 선실을 보며 물었다.

"그렇다고 봐야지. 대체 무슨 일일까? 바다로 전서를 보내는 경우는 극히 드문데……."

아적삼이 불안한 얼굴로 중얼거렸다.

"신마성이라……."

탑살이 가라앉은 목소리로 중얼거렸다.

"신흥 세력인 듯합니다. 우리가 들어보지 못한 세력이라면."

사풍왕 보로가 말했다.

"북창의 촌장이 이렇게 급하게 구원을 청한다는 것은 보통 인물들이 아니라는 뜻일 겁니다."

창왕 두라문도 걱정스러운 표정으로 말했다.

"그렇다고 지금 배를 돌려 북창으로 갈 수도 없고, 곤란하군요."

독사검왕 서군문이 팔짱을 끼며 심각한 얼굴로 말했다.

본래 독안룡 탑살과 파나류 북쪽의 요지에 자리 잡은 북창의 촌장 염호와는 꽤 긴밀한 인연을 맺고 있었다.

한쪽은 상선을 운용하는 사람이고, 다른 한쪽은 그런 상선들이 쉴 곳을 제공하는 기항지의 우두머리였기에 자연스레 인연을 맺을 수밖에 없는 사이였다.

더군다나 검은 마종 흑라의 시대에 완전히 몰락한 북창을 재건하는 데 독안룡 탑살의 도움도 적지 않아서 북창 촌장 염호는 탑살에 대한 신뢰가 강한 사람이었다. 그런 인연이 있으니 다급한 구원 요청을 거절하기가 쉽지 않았다.

그렇다고 묵룡대선을 돌릴 수도 없었다. 상선은 정해진 일정대로 움직여야 한다. 곳곳에서 그들을 기다리는 거래 상대가 있기 때문이다.

가뜩이나 귀선의 공격을 받아 일정이 늦어진 상태였다. 여기서 다시 북창으로 뱃머리를 돌린다면 상선으로서의 신뢰를 유지할 수 없었다.

더군다나 지금 뱃머리를 돌려 북창으로 간다 해도 보름 이상은 너끈히 걸리는 거리다. 그때는 북창의 일은 어떤 식으로든 이미 끝나 있을 것이다.

이런저런 이유로 묵룡대선이 북창으로 갈 수는 없는 상황이었다.

"최선은 북창 사람들의 안전이겠지."

탑살이 말했다.

"그 말씀은… 북창을 포기하는 것이 낫다는 말씀이군요."

신중한 서군문이 탑살의 말을 알아듣고 어두운 기색으로 말했다.

"사람이 살아 있어야 훗날 북창을 재건할 수 있으니까."

"역시 북창의 힘만으로는 무리라고 보시는군요."

"염 촌장은 뛰어난 사람이네. 알려진 것과 달리 무공도 대단하지. 그런 사람이 이런 전서구를 보냈다는 것은 자신들의 힘으로 신마성에서 왔다는 이방인들을 감당할 수 없다는 뜻이네."

"그 역시 우리가 배를 돌려 북창을 도우러 갈 수 없다는 것을 알고 있을 텐데 왜 구원을 청했을까요?"

묵룡대선이 갈 수 없다는 것을 모를 리 없는 염호가 탑살에게 구원 요청을 한 것이 이해가 가지 않는다는 듯 보로가 말했다.

"전서구가 오가는 시간을 생각하면 북창에서 오 일 안쪽 거리에서 움직일 수 있는 구원군이 필요하지. 염 촌장 역시 그걸 모를 리 없네. 그는 우리가 가는 대신 근처 있는 무인들에게 나 독안룡 탑살의 이름으로 북창에 대한 구원 요청을 해주길 바란 것이네."

"그렇군요. 선장님이 아니라 선장님의 이름이 필요했던 거군요."

그제야 전서구를 보낸 이유가 이해된다는 듯 보로가 고개를 끄떡였다.

"그렇다 한들 구원군이 가서 침입자들을 막아낼 가능성은 많지 않네. 내가 동원할 수 있는 사람들도 한계가 있으니까. 역시 최선은 그들을 안전하게 후퇴시키는 정도……."

"상선들을 동원해야겠군요."

서군문이 말했다.

"마침 그 근방 이릉섬에 수련행(修鍊行) 중인 소룡들도 있지 않은가. 그 아이들에게 빠른 상선을 구해 북창으로 가라고 하게. 그리고… 파나류 북쪽에 파견된 은갑전사들도 연락이 닿으면 도움을 청하고. 일단 탈출에 성공한다면 아예 무산해협을 건너 무산열도 인근의 섬에 피신하는 게 좋겠지."

"지금 북창의 주민이 사오백은 되는데 소룡들 몇 명이 구해 간 배에 모두 탈 수 있을까요?"

서군문이 물었다.

"북창에도 배가 있으니까 가능할 거네. 문제는 그들이 과연 추격을 할 것인가 하는 것이다. 추격이 있다면 쉽지 않은 싸움이 되겠지."

"그런데 수련 중인 소룡들까지 동원하는 것은……."

서군문은 아직은 용전사가 아닌 소룡들을 동원하는 것이 마음에 걸리는 듯했다.

"일대와 이대의 소룡들은 흑라의 시대를 겪은 아이들이네. 실전에 배치되어도 용전사 서너 명의 몫은 홀로 할 수 있는 아이들이야. 그런 면에서는 오히려 좋은 기회로 생각해야지."

탑살이 단호하게 말했다.

"알겠습니다."

탑살의 결심이 확고해 보이자 서군문도 더 이상 반대하지 않았다.

더 이상 묵룡사왕들의 반대가 없자 탑살이 잠시 침묵을 지킨

후 눈살을 찌푸리며 말했다.

"아무튼 확실히 좋지 않군. 십이귀선의 잔당들이 나타나더니, 신마성이라는 미지의 세력이 등장하고……."

"둘 사이에 연관이 있을까요? 사실 십이귀선의 잔당들이 감히 우리를 공격한 것을 지금도 이해할 수 없습니다. 숨어 살아야 할 자들인데. 그런데 신마성 같은 새로운 세력과 연관이 있다면 이야기가 다르다는 생각이 드는군요."

대도왕 병마도산이 무겁게 입을 열었다.

"글쎄. 그건 지금 확신할 수 없는 문제네. 좀 더 알아봐야겠지. 하지만… 가능성을 배제할 수는 없을 것 같네."

"이선(二船)과 삼선(三船)의 건조를 서둘러야겠군요."

"이번에 봄섬에 들어가면 배를 띄울 걸세."

탑살이 말했다.

"준비가 될까요?"

서군문이 걱정스럽게 물었다.

"사람이 좀 부족하긴 하겠지만 배는 준비될 걸세. 귀선의 공격을 받았을 때도 그렇고, 역시 한 척으로 움직이는 것은 여러모로 불편해. 귀선을 공격을 받았을 때, 묵룡선이 한 척만 더 있었다면 그들을 완전히 전멸시킬 수 있었을 걸세. 우리 쪽 피해도 거의 없었겠고."

"그렇긴 하지요."

사왕들이 고개를 끄떡였다.

그들 역시 여러 척의 전선을 동원하면 독안룡 탑살의 해전 능력이 수 배 강해진다는 것을 알고 있었다.

"훈련도 해야 할 거고. 손발을 맞춰봐야 하니까."

"알겠습니다. 봄섬에 미리 전갈을 보내놓겠습니다."

"무산열도의 원주족들을 살피는 일도 좀 더 신중을 기하라고 하게."

"그들도 이 일과 관련이 있을까요?"

보로가 걱정스럽게 물었다.

"그게 가장 큰 문제지. 흑라의 시대에 무산열도의 원주족이 중립을 지키지 않고 흑라를 추종했다면 육주는 버티지 못했을 걸세."

"알고 있습니다."

"참… 늪과 같은 사람들이야, 무산열도의 원주족들은. 그 속내를 좀체 알 수 없으니. 분명 육주를 차지한 사람들에 대한 분노를 가지고 있을 수도 있는데……."

"지금이야 육주의 사람들이 스스로 천인(天人)이라 자칭하며 원주족을 미개하게 취급하고 있지만, 사실 결국 그들과 무산열도의 원주족들은 같은 사람들 아닙니까? 최초에 십이신무종의 선조들이 양쪽의 싸움에 개입하는 바람에 싸움에서 패해 물러난 것이니까요. 원한이 없다 할 수 없지만 이미 수백 년 전의 일이고. 그 와중에 육주에 남은 사람들이나 육주를 떠난 사람들이나 다시 수많은 종족으로 분화되었고 말입니다."

"그렇긴 해도 언제나 미묘한 긴장감을 가질 수밖에 없는 관계지. 그래서 늘 조심스러워. 그러니 미리 조심해야지."

탑살이 말했다.

"알겠습니다. 그 역시 전갈을 보내겠습니다."

보로가 대답했다.

"모두 힘들겠지만 좀 더 힘을 내게. 석림도까지 닷새 안에 도착해야 하네."

"예, 선장님!"

묵룡사왕이 일제히 대답했다.

*   *   *

묵룡대선의 속도가 한층 빨라졌다.

그 와중에도 소룡들은 수련에 매진했다. 그들도 피할 수 없었던 노 젓기는 오히려 그들의 수련에 도움이 되는 면도 있었다.

도검을 들지 않은 상태에서 순수하게 힘을 써야 하는 노 젓기가 그들의 몸을 한층 더 단단하게 만들었기 때문이다. 그래서인지 노를 젓고 돌아온 후 병장기를 들었을 때, 소룡들의 움직임은 한결 더 날카로웠다.

덕분에 소룡들의 무공이 일취월장하고 있었다. 그중에서도 무한의 성장은 묵룡사왕을 놀라게 하고 있었다.

탑살이 말했듯이 무한은 바다와 같았다. 그는 세상의 모든 무공을 흡수할 것처럼 무서운 속도로 무공을 익혀 나갔다.

병장기를 들고 수련하는 무술은 물론 시간과의 싸움이라는 천년구공의 내공 수련도 놀라운 성취를 보여줬다.

"어쩌면 칸 넌 이미 무공을 알고 있었을지도 몰라."

모든 것을 빨아들이는 듯한 무한의 성취에 놀란 하연이 무한과 비무를 끝내고 나서 멍한 표정으로 말했다.

"내가 졌는데요?"

무한이 시무룩하게 말했다.

"네가 이기면 말이 안 되지. 넌 아적삼 아저씨의 검술로부터 따져도 무술을 수련한 지 겨우 서너 달 조금 더 지났을 뿐이고, 난 오 년 이상 이 짓을 했다고. 그런데 네가 날 이기면 내가 완전히 바보가 되잖아?"

하연이 따지듯 물었다.

"그, 그런 것이 아니라."

"아닌 게 아니라. 솔직히 말해서 지금도 넌 조금 징그럽거든."

"예?"

"겨우 서너 달 무공을 배운 녀석이 나와 오십 초를 겨뤘어. 이 게 지금 말이 되는 거야? 소독, 이게 설명이 돼?"

하연이 한쪽에서 검을 휘두르고 있던 소독을 불렀다.

그러자 소독이 무심하게 대답했다.

"당연히 말이 안 되지. 하지만 더 큰 문제는 칸 동생에게는 그 게 자연스럽게 보인다는 거야. 귀선의 공격 때 우릴 구한 것도 그렇고……."

"그래서 하는 말이야. 분명 뭔가 있어."

하연이 손으로 턱을 괴며 말했다.

"뭐가 있다는 거야?"

이번에는 왕도문이 물었다.

"그러니까 내가 말한 대로 칸 요 녀석이 기억을 잃기 전 무공을 알고 있었을 거란 말이지. 그것도 제법 대단한 수준으로 말이야. 그 무공을 머리는 잊었지만 몸이 기억하는 거 아닐까?"

하연이 나름대로 무한의 놀라운 무공 성취에 대한 이유를 추론했다.

그러자 사비옥이 고개를 저었다.

"그 말은 선장님을 무시하는 말이야. 선장님 같은 고수께서 칸의 몸속에 다른 무공이 있다면 모르셨겠어? 고수에게 내공은 숨길 수 없는 거야."

"하! 그러고 보니 그러네. 그럼 결국 요 녀석이 그 징그럽게 재수 없다는 천재란 말인데. 칸, 네 생각은 어때?"

하연이 무한에게 물었다. 그러자 자신을 두고 소룡들의 의견이 분분한 것이 불편했던 무한이 울상이 된 얼굴로 대답했다.

"그거야 나도 모르죠. 난 그저 열심히 할 뿐인데. 에이. 몰라요, 몰라. 배고파요. 밥이나 먹으러 가시죠?"

칸이 손을 저으며 말했다.

그러고는 도망치듯 먼저 수련실을 벗어났다.

"하긴 무슨 이유가 있겠어. 좋은 부모를 만난 모양이지. 좋은 머리, 좋은 몸……."

"하지만 가혹한 운명을 물려줬으니 좋은 부모랄 수 있겠어? 거친 바다에서 조난을 당하고 기억을 잃었는데."

사비옥이 말했다.

"그런가? 하긴 그렇기도 하네. 아무튼 말이야. 우리 좀 더 분발해야겠어, 조만간 저 녀석에게 따라잡히지 않으려면."

하연이 주먹을 불끈 쥐어 보이며 말했다.

두두두!

어둠을 깨우는 말발굽 소리가 무겁게 들려왔다. 포구에 정박한 작은 배 몇 척이 그 진동에 물결을 따라 이리저리 일렁였다.

그러나 포구에선 어떤 변화도 일어나지 않았다. 칠흑같이 어두운 밤, 화려하던 주루와 객관의 불빛도 모두 사라지고 없었다. 마치 거짓말처럼 하루아침에 모든 사람이 사라진 것 같았다.

그 어둡고 공허한 포구 안으로 오십 여 명의 기마인들이 밀려들었다.

검은 두건을 머리에 쓴 기마인들은 두건 아래로 차가운 냉기가 흐르는 눈빛을 번뜩이고 있었다. 살기가 오른 눈빛이다. 그러나 정작 그들의 살기를 쏟아낼 상대가 없었다.

맥 빠진 진격, 그 허탈함이 기마인들의 걸음을 멈추게 만들었다.

"모두 도주한 듯합니다."

가장 앞서서 포구로 진격했던 자가 뒤따라온 자들 중 차갑고 날카로운 인상을 가진 사내에게 말했다.

"도주? 예상치 못한 일이군."

"갈단 신마후님을 누가 두려워하지 않겠습니까?"

무리를 이끄는 자는 앞서 파나류 북쪽의 포구 마을 북창을 찾아와 복종을 강요했던 신마성의 사자 갈단이었다.

그는 약속한 대로 오십 명의 신마성 전사들을 데리고 다시 북창을 찾아온 것이다.

"내 기대와 다른 반응이군. 두려웠다면 항복할 것이라 생각했는데. 설마 마을을 버리고 도주할 거라고는 생각지 못했어. 염호 그자는 북창에 대한 애정이 깊은 자인데……"

갈단의 목소리에 얼마간 당황한 기색이 서려 있었다.

"멀리 가지 못했을 겁니다. 낮까지만 해도 이자들의 배가 포구에 있었습니다. 결국 해가 지자마자 떠났다는 것인데… 추격할까요?"

수하의 말에 갈단이 잠시 생각에 잠겼다가 명을 내렸다.

"상류에 준비해 두었던 배를 가져오라 전하라. 동시에 마을을 뒤져라. 남아 있는 자들은 모두 끌어낸다. 단, 포구를 파괴하지는 마라. 성주께서 특별히 원하시는 포구다."

"예, 갈단 님! 모두 흩어져!"

수하의 명에 따라 갈단을 따라온 기마 전사들이 북창 곳곳으로 말을 몰아가기 시작했다.

"정말 왔군요."

어둠 속에서 북창 경비대의 부대장인 이제문이 분노한 목소리로 말했다.

"설마 안 올 거라 기대했는가?"

촌장 염호가 담담하게 되물었다.

"우리의 선택이 옳은 걸까요?"

염호 옆에서 경비대의 대장 석와룡이 물었다. 그의 목소리에 아쉬움이 가득하다.

"한발 물러난다고 영원한 패배는 아니네. 과거의 교훈을 잊지 말게. 과거 흑라의 마인들이 옛 북창으로 밀려왔을 때 상대의 힘을 제대로 판단하지 못하고 맞서 싸우다가 북창 전사들이 전멸했네. 이후의 삶은 자네도 알 것이고. 지금은 물러나야 할 때네."

"그렇기는 하지만. 이대로 물러나기는 너무 아쉬운 일입니다."

"그래서 작은 선물을 주고 가려는 것 아닌가."

염호가 말했다.

"작은 선물은 아니지요. 애써 일군 터전을 불태우는 일인데."

이제문이 안타까운 목소리로 말했다.

"놈들이 들어와 사는 것보다는 낫지."

석와룡이 말했다.

"하긴, 우리가 지은 집, 우리가 지은 포구가 저놈들의 거처가 되는 꼴을 또 못 보지."

이제문이 고개를 끄떡였다.

"놈들이 마을 깊이 들어온 것 같은데 시작할까요?"

석와룡이 염호에게 물었다.

"좀 더 기다리게. 배를 가져온다고 했으니 놈들의 배가 포구에 들어올 때 시작하세. 배를 태울 수 있다면 놈들의 추격을 막을 수 있을 거야."

"하지만 강 위의 배를 불태우는 것은 어려운 일입니다."

"적어도 시간은 늦출 수 있겠지. 최대한 피해를 줘야 하네. 독 안룡께서 급하나마 얼마간의 사람들을 모아 보냈다니 그들이 올 때까지 버티며 바다로 나가야 하네. 지금부터 하루는 족히 걸릴 거야."

"알겠습니다."

석와룡이 굳은 표정으로 대답했다.

콰아아!

한순간 북창의 강변 포구가 시끄러워졌다. 강을 따라 내려온 다섯 척의 배가 포구로 밀려들어 왔기 때문이다.

"지금이네."

포구의 상황을 살피고 있던 염호가 침착하게 명을 내렸다.

그러자 석와룡과 이제문이 서로 시선을 교환하더니 순식간에 작은 언덕을 내려 달리기 시작했다.

그를 따라 어둠 속에 숨어 있던 북창의 무사들 십여 명이 들짐승처럼 북창을 향해 돌진했다.

화르르!

불길이 일어난 것은 석와룡과 이제문 등이 북창으로 스며든 직후였다.

곧이어 비명 소리가 터져 나왔다.

"악!"

"적이다! 놈들이 숨어 있다!"

곳곳에서 갈단이 데려온 신마성의 전사들이 외치는 소리가 터져 나왔다.

"모두 찾아 죽여! 한 놈도 살려두지 마라!"

살기 가득한 신마성 전사들의 외침이 북창을 가득 메웠다. 숨어 있는 적을 찾아 마을을 종횡하는 말발굽 소리까지 섞이자 북창은 한순간에 아비규환의 상태로 빠졌다.

그런데 이상한 것이 있었다.

분명 적의 매복 공격을 받았는데, 이후 적의 모습을 전혀 찾아볼 수 없다는 것이었다.

애초에 신마성의 전사들이 사방으로 흩어져 북창을 헤집고 다녔기에 어디서든 적의 흔적이 발견되어야 했다. 그러나 적을 찾았다거나 혹은 적과 격돌한 신마성의 전사는 전혀 없었다.

그사이 북창의 건물들은 거친 화염에 휩싸여 순식간에 사람이 견딜 수 없는 화염의 지옥으로 변해가고 있었다.

갈단과 그 수하들이 뭔가 이상하다는 것을 느끼는 순간 이번에는 불길이 마을에서 포구까지 이어진 여러 갈래의 길을 따라 무서운 속도로 밀려가기 시작했다.

"이건……."

"화공(火攻)을 준비해 두었던 것 같습니다."

갈단의 수하가 급히 말했다.

"그렇군. 예상외야. 염호 그자는 북창의 재건을 위해 평생을 바쳤는데 그 스스로 자신이 재건한 북창을 불태우다니."

"일단 물러나는 것이!"

"감히 신마성의 전사가 물러난단 소리를 할 수 있단 말이냐?"

갈단이 분노한 지옥의 사자처럼 으르렁거렸다.

"죄송합니다. 그런 뜻이 아니라……."

"전마(戰馬)를 탄 자들은 마을을 관통해 육로로 놈들을 추격하라. 발견하는 즉시 모두 죽인다. 단, 염호는 살려둔다. 성주께서 특별히 그자의 재주를 원하니!"

"예, 갈단 님!"

"다른 전사들은 모두 배에… 이런!"

말을 하다 말고 갈단이 서둘러 강 쪽으로 달려갔다.

평소 그의 성격을 아는 수하들이 놀랄 정도로 다급한 모습이다.

화르르!

불길이 강으로 밀려들었다. 당연히 물에 닿는 순간 꺼졌어야 할 불길이 그대로 살아 있었다. 그리고 그 불길은 막 포구로 진입해 들어온 신마성의 전선들을 휘감았다.

"포구에서 배를 빼라. 물에 기름이 뿌려졌다."

갈단이 사자후를 터뜨렸다.

그의 명을 들은 전선들이 급히 방향을 돌리기 시작했다. 하지만 불길이 번지는 속도를 이겨낼 수는 없었다.

화르륵!

포구 안쪽으로 깊이 들어와 있던 배들의 하단은 이미 물에 섞여 있던 기름에 젖어 있었다. 그래서 불길이 닿는 순간 무섭게 타오르기 시작했다.

"배를 돌려!"

"뛰어내려!"

당황한 신마성 전사들의 목소리가 포구를 가득 메웠다.

풍덩!

"악!"

개중 일부는 불타는 전선을 버리고 물속으로 뛰어들다가 물 위에 번진 불에 타 죽어갔다.

"멍청한 놈들! 물속 깊이 잠수해 기름이 없는 곳으로 가!"

누군가 배 위에서 욕설을 퍼부었다.

그제야 물속으로 뛰어든 자들이 잠수를 시작했다.

그사이 벌써 두 척의 배가 불길에 휩싸였고, 겨우 방향을 돌린 나머지 세 척의 배는 포구를 벗어나고 있었다.

그런데 그중 한 척의 꼬리에 어느새 불길이 달라붙었다.

"불을 꺼! 이곳에는 기름이 없다. 물을 길어 불길을 잡아라!"

불이 붙은 전선 위에서 무리의 우두머리가 소리쳤다.

그러자 신마성의 전사들이 급히 물을 길어 올려 불길을 잡기 시작했다.

"쥐새끼 같은 것들. 감히 나 갈단을 상대로⋯⋯."

다섯 척의 전선 중 두 척이 불타고 다른 한 척도 큰 피해를 입는 것을 속수무책으로 지켜보고 있던 갈단이 이를 갈았다.

감히 자신에게 도전했다는 것에 대한 분노를 견딜 수 없어 하는 모습이다.

그때 한 명의 수하가 재빨리 그를 향해 달려왔다.

"놈들의 흔적을 찾았습니다."

"어디냐?"

"옛 북창으로 향하고 있습니다."

"옛 북창?"

"그렇습니다."

"이상한 일이군. 산이나 숲으로 숨지 않고 옛 북창이라니."

갈단은 나직하게 뇌까렸다.

파나류는 거대한 땅이다. 세상의 중심이라고 자처하는 육주의 다섯 배 이상의 넓이를 가지고 있다고 알려졌지만 그 정확한 크기를 아는 사람은 없었다. 그래서 사람들의 발길이 닿지 않은 오지 역시 곳곳에 존재했다.

그래서 비록 여러 가지 위험이 도처에 도사리고 있었지만, 그래도 적을 피해 달아나려면 파나류 내륙의 오지로 도주하는 것이 유리했다.

그런데 북창의 촌장 염호는 수백 명이나 되는 사람들을 데리고 폐허가 된 옛 북창으로 도주했다. 쉽게 설명되지 않은 도주로다.

"그곳에 뭔가 준비를 해둔 것이 아닐까요?"

수하가 물었다.

"그럴 수도 있지. 하지만 이곳을 포기한 것은 자신들의 힘으로 우릴 상대할 수 없다는 걸 인정한 것이다. 그런 자가 다른 곳에서 싸울 준비를 한다? 그건 아니지. 싸우려면 이곳에서 싸웠을 거야. 그렇다면… 역시 바다로 나가겠군."

"하지만 바다로 도주할 것이면 처음부터 이곳에서 배를 타고 떠나지 않았을까요?"

평소라면 감히 갈단의 의견에 토를 달 수 없지만, 이런 상황에선 자신의 의견을 말해도 큰 질책을 받지 않는다는 것을 알고 있는 수하가 물었다.

"배의 크기가 문제다. 놈들이 파나류 내륙의 산이나 숲이 아니라 바다로 도주하려는 것은 놈들에게 대해(大海)를 건널 수 있는 큰 배가 준비되었다는 뜻이다. 강에 만들어진 포구를 이용하기에 부담스러운 정도의 크기. 물론 억지로 대려면 댈 수도 있었겠지. 하지만 그렇게 되면 우리의 눈을 피할 수 없었을 것이다."

"그렇군요. 옛 북창 포구에 큰 배를 숨겨 우리의 눈을 피한 것이군요."

수하가 대답했다.

"육로는 육로대로 추격하고 난 배를 타고 옛 북창 포구로 가겠다. 놈들이 대해로 나가면 추격할 수 없어. 본 성의 전선(戰船)은 큰 바다에 나가기에는 너무 작다. 그 전에 놈들을 잡는다."

갈단이 명을 내렸다.

"알겠습니다, 갈단 님!"

수하가 대답을 하고는 서둘러 동료들을 향해 달려갔다.

"일이 커지는구나. 조용히 끝내려 한 일인데. 이렇게 되면 세상에 신마성의 존재가 순식간에 알려질 것이다. 계획보다 조금 빠른데… 성주께서 어찌 생각하실지……"

모든 사람을 두려움에 떨게 하는 자, 말 몇 마디로 북창의 촌장 염호가 목숨과도 같은 북창을 불태우고 도주하게 만든 자, 신마성의 신마후인 갈단이 성주에 대한 깊은 두려움을 드러내고 있었다.

*　　　　　*　　　　　*

무너진 도시, 원혼의 땅, 그리고 언젠가는 돌아와 다시 세울 항구로 수백 명의 사람들이 진입했다.

손에 든 물건들은 제각각, 그러나 사람이 들지 못할 크기의 짐이 없는 것으로 미리 준비를 한 사람들이다.

"어서 서두시게."

노인 한 명이 일행의 앞에서 사람들의 발길을 재촉했다.

"장로님, 아직 멀었나요?"

뒤따르던 여인 한 명이 숨을 헐떡이며 물었다.

"거의 다 왔네. 옛 포구 끝에 배가 있으니 거기까지만 가면 될 것이네."

"아직 촌장님도 오시지 않았는데, 걸음을 조금 늦추면 안 될까요? 아이들이 힘들어합니다."

함께 걷던 중년 사내가 물었다.

"힘들어도 쉴 수 없네. 촌장님이 오셨을 때 모두 배에 올라 있어야 해. 촌장님이 도착하시면 얼마 지나지 않아 적도 도착할 테니까. 배에 탈 사람이 한두 명이 아니지 않나?"

"무슨 말씀인지 알겠습니다. 송아, 힘들어도 좀 더 걷자."

중년 사내가 손을 잡고 있던 어린애를 보며 말했다.

"알았어요, 아버지!"

소년이 씩씩하게 대답했다.

"하하, 우리 송이 씩씩하구나. 커서 훌륭한 무사가 될 거야."

"석 대장님처럼요?"

소년이 물었다.

"석 대장처럼 되고 싶어?"

"예, 친구들이 전부 석 대장님을 좋아해요."

"후후, 그래. 석 대장은 아주 좋은 사람이다. 그리고 지금은…
우리의 운명을 그의 어깨에 의지하고 있구나."

중년 사내가 고개를 돌려 그들이 지나온 길을 돌아보며 말했다.

아스라이 밤하늘에 붉은빛이 보이는 것 같기도 했다. 어쩌면 그들이 떠나온 신북창의 화염 때문일 것이다.

노약자들과 어린애들의 숨이 턱에 차오를 때가 되자 서서히 검은 바다가 보이기 시작했다.

밤이라도 달빛이 있어 불을 밝힐 필요는 없었다. 다행스러운 일이다. 불을 밝히면 추격자들에게 위치가 노출될 것이다.

"어서 오게. 장춘, 고생했네."

신북창에서 촌민들을 이끌고 온 북창의 장로 이장춘을 포구에서 기다리고 있던 다른 노인이 달려 나와 맞이했다.

"형님, 준비는 다 되었습니까?"

"준비는 끝났네. 어서 사람들을 태우게."

노인이 말했다.

"알겠습니다. 자, 모두 서둘러 배에 타게. 배는 모두 다섯 척이네만, 타야 할 사람이 수백이니 자리가 넉넉지 않네. 일단 큰 배에 노인과 어린애를 데리고 있는 가족들이 타고, 다른 사람들은 작은 배에 나눠 타게."

"그래도 배가 부족할 것 같습니다만……."

어두운 포구에 정박해 있는 다섯 척의 크고 작은 배를 보며 중년 사내가 말했다.

다섯 척의 배 중 두 척은 백 명 이상을 태워도 거뜬할 만큼 큰 배였지만, 다른 세 척의 배는 대선(大船)의 절반 크기 정도에 지나지 않았다.

"그래도 어떻게든 타야 하네. 배의 균형이 허물어지지 않게 조심해서 태우게."

"알겠습니다, 장로님!"

중년 사내가 대답을 하고는 촌민들을 향해 소리쳤다.

"자자, 배에 오릅시다. 경비대원들의 지시에 따라 질서 있게 배에 오르세요."

사내의 말이 떨어지자 젊은 경비무사들이 앞으로 나와 촌민들을 다섯 척의 배에 나눠 태우기 시작했다.

"어떻게 구겨서라도 타면 모두 탈 수 있겠지만, 배가 속도를 내기는 어려울 것 같군요. 추격자들이 배를 몰아 오면……."

장로 이장춘이 노인을 보며 걱정했다.

"일단 신북창의 포구에서 놈들의 배가 모두 불탔기를 바라야지."

"전부를 태우지는 못했을 겁니다."

"그럼 어쩔 수 없이 희생을 감수하고 싸워야겠지."

"후우… 젊은 친구들의 희생이 많을 겁니다."

"그래도 어쩌겠나. 모두 죽지 않으려면……."

"구원군은 언제 올까요?"

"촌장님 말씀으로는 내일 새벽이면 도착할 것 같다 하시는데, 그때까지는 어떻게든 버텨야지. 일단 적의 추격을 막을 작고 빠른 배들을 챙겨놓게. 놈들이 촌민들이 타고 있는 배에 접근하는 것을 막는 게 최선이니까."

"알았습니다, 형님!"

장로 이장춘이 대답을 하고는 서둘러 몇몇 젊은이를 데리고 포구로 내려갔다.

그러자 노인이 남쪽 육로를 보며 중얼거렸다.

"운명이 결국 우리를 이 땅에서 떠나게 하는구나."

두두두!

열 필의 말이 무서운 속도로 밤길을 질주했다. 산비탈을 지나고 음울한 초원도 한순간에 지나쳤다. 그리고 말들은 폐허가 된 옛 항구도시에 진입했다.

옛 항구에 진입해서도 말은 속도를 줄이지 않았다. 그들은 단숨에 폐허의 옛 도시를 관통해 북쪽 바닷가에 도착했다.

"촌장님!"

앞서 장로 이장춘과 이야기를 나누던 노인이 말을 타고 달려온 촌장 염호와 석와룡 등 경비대 무사들을 맞았다.

"사람들은?"

염호가 급히 물었다.

"모두 배에 태웠습니다. 다 무사합니까?"

"음, 불에 그슬린 사람이 둘 있지만 상처가 크지 않네. 죽거나 크게 다친 사람은 없네."

염호가 대답했다.

"다행이군요. 어서 배에 오르십시오."

"그러세."

"모두 수고했네. 촌장님을 모시고 배에 오르게."

노인이 석와룡을 보며 말했다.

"저흰 소선(小船)에 타겠습니다. 준비는 되었습니까?"

석와룡이 되물었다.

"준비를 해두었네만. 그 말은… 추격하는 배가 있다는 뜻인가?"

"세 척이 불타지 않았습니다. 그중 한 척은 화공의 피해가 커

따라붙기 어렵겠지만, 다른 두 척은 곧 이곳에 도착할 겁니다."

"큰일이군."

"저희가 소선을 타고 상대할 테니 대장로님은 어서 촌장님을 모시고 출항하십시오."

석와룡이 단호하게 말했다. 적에 대한 두려움 따위는 머릿속에서 지워 버린 모습이다.

"괜찮겠나?"

노인, 북창의 대장로인 첨밀이 걱정스럽게 물었다.

"죽음 따위 생각지 않습니다. 이런 날을 위해 촌장님과 장로님들이 저희들을 애지중지 키우신 것 아닙니까? 걱정 마십시오."

석와룡이 대답했다.

그러자 염호가 말했다.

"최대한 접전을 피하게. 소선에 활과 화살이 충분하니 거리를 두고 싸워. 내일 새벽이면 독안룡께서 보낸 구원군이 도착할 거네. 그들은 숫자가 적어도 해전에 능통하니 놈들을 막을 수 있을 걸세."

"알겠습니다. 촌장님, 어서 오르십시오."

석와룡이 염호를 재촉했다.

"알겠네. 그럼 부탁하네."

염호가 석와룡의 어깨를 한 번 두드리고는 배를 향해 걸음을 옮겼다.

그러자 석와룡이 시선을 돌려 그를 따르는 북창의 경비무사들을 보며 물었다.

"모두 각오는 됐지?"

"걱정 마. 죽을 자리를 찾은 거니까."

이제문이 대답했다.

"죽기는 왜 죽어! 놈들의 길만 막으면 돼. 내일 새벽까지 모두 살아남아! 알겠지?"

"예, 대장님!"

경비대 무사들이 일제히 대답했다.

"흐흐흐, 까짓 죽지 않으면 살겠지. 가자고!"

이제문이 호기롭게 말했다.

"좋아. 적선이 보이면 그땐 두려움 없이 맞서라. 죽고 사는 것은 운명에 맡긴다."

"예. 대장님!"

경비대 무사들이 다시 일제히 대답했다.

                    *   *   *

쿠오오!

두 척의 배가 무서운 속도로 강 하류를 지나 바다로 진입했다.

선두에는 검은 투구를 쓴 자들이 길이가 제법 긴 천리경을 들고 밤바다를 살피고 있었다.

그들 뒤에 지옥에서 올라온 듯한 기운을 뿜어내는 신마성의 신마후 갈단이 있었다.

"찾았느냐?"

"죄송합니다. 아직……."

천리경을 든 자가 고개를 숙였다.

그러자 갈단이 고개를 옆으로 돌렸다. 폐허가 된 옛 북창이 우측으로 스쳐 지나간다. 그때 문득 옛 북창의 북쪽 포구 부근에서 불화살 하나가 하늘로 솟구쳐 올랐다.

"저곳이군."

갈단이 불화살이 오른 방향을 보며 말했다.

그러자 그가 탄 전선이 급격하게 우측으로 방향을 틀었다.

턱!

갈단이 전선의 돛 줄을 움켜잡아 몸이 기우는 것을 막았다. 그리고 전선이 다시 균형을 잡자 천리경을 든 자에게 말했다.

"일각 안에 찾아내라. 찾지 못하면 네 목을 자르고 다른 사람에게 천리경을 넘기겠다."

"예, 갈단 님!"

천리경을 든 자가 두려움에 몸을 떨며 이를 악물고 위태로운 돛대를 오르기 시작했다.

"찾았습니다."

목숨을 걸고 북창 촌민들이 탄 배를 찾던 신마성의 전사가 큰 소리로 외쳤다.

도주하는 자들을 찾은 것보다 자신의 목이 붙어 있게 된 것에 대한 기쁨이 더 큰 듯했다.

"어디냐?"

"서북쪽 방향입니다."

"좋아. 추격한다. 모든 돛을 펼쳐라!"

갈단이 명을 내리자 그가 타고 있는 전선에 매달린 모든 돛이
펼쳐졌다.

*   *   *

"온다!"

이제문이 소리쳤다.

그들의 앞쪽에선 북창 주민을 태운 배들이 큰 바다를 향해 나
가고 있었다.

그리고 포구 쪽에서 중간 정도 크기의 전선 두 척이 새처럼
돛을 펼치고 맹렬하게 그들을 추격하고 있었다.

"준비!"

석와룡이 급히 명을 내렸다.

그러자 다섯 척의 작은 배에 나눠 타고 있던 북창의 경비무사
들이 일제히 화로에 불을 피웠다. 그러고는 촉에 기름 솜을 매
단 화살에 불을 붙여 다가오는 신마성의 전선을 겨눴다.

"조금만 더… 조금만… 됐어! 쏴! 돛을 노려. 돛이 타면 속도
를 내지 못할 거다."

석와룡의 신호가 떨어지자 다섯 척의 배에서 일제히 불화살
이 날아올랐다.

쐐애액!

작은 배에 탄 북창의 무사들이 쏘아 올린 불화살이 신마성의
전선 중 앞선 배를 향해 날아갔다.

퍼퍼퍽!

포물선을 그리며 날아간 불화살이 갈단이 타고 있는 전선의 돛에 꽂혔다.

그러자 한순간 돛이 불타기 시작했다.

"불을 꺼라!"

갈단이 수하들에게 명을 내렸다. 그러자 신마성의 전사들이 급히 물을 길어 돛에 뿌리기 시작했다.

그럼에도 불구하고 한번 붙은 불은 쉽게 꺼지지 않았다. 특히 사람의 손이 닿지 않은 곳에 위치한 높은 위치의 돛은 한순간에 불길에 휩싸였다.

"쥐새끼들!"

돛이 불타 전선의 속도가 느려지자 갈단이 눈에서 붉은 안광이 쏟아졌다. 그의 시선이 불화살을 날리고 있는 소선으로 향했다.

소선에 탄 북창의 젊은 무사들이 계속 불화살을 날리며 다가오는 신마성 전선과의 충돌을 피해 좌우로 물러났다.

스릉!

갈단이 허리춤에 차고 있던 대검을 뽑았다. 그러고는 망설이지 않고 검은 바다를 향해 날아올랐다. 머리 위로 치켜든 그의 검이 시린 달빛을 받아 차갑게 번쩍였다.

제6장

해전, 그리고 전설을 아는 자

쿠오오!

사람들은 검은 마룡(魔龍)을 보았다. 검에서 불쑥 튀어나온 마룡이었다. 허공에서 한차례 강렬한 몸짓을 보인 마룡이 그대로 북창 경비무사들이 탄 작은 소선을 향해 떨어져 내렸다.

"피햇!"

경비대 부대장 이제문이 다급하게 소리쳤다.

그와 함께 소선에 타고 있던 젊은 무사들이 배를 버리고 바다로 뛰어들었다.

"와라, 이 괴물아!"

다른 무사들에게 탈출을 명한 이제문은 홀로 갈단이 만들어낸 검은 마룡을 막아섰다.

"제문! 피해!"

멀리서 석와룡의 다급한 목소리가 들렸다. 그러나 이제문은 갈단이 만든 마룡을 피하지 않았다.

"하앗!"

그의 입에서 강렬한 기합성이 터져 나왔다. 그리고 그의 검이 마룡의 목을 찔렀다.

콰지직!

뭔가 부서지는 소리가 터져 나왔다. 뒤를 이어 이제문의 검이 조각나기 시작했다.

"헉!"

이제문의 입에서 헛바람이 흘러나왔다.

이런 식의 공격은 살면서 단 한 번도 경험해 본 적이 없었다. 검이 바스라지다니.

그가 상대한 갈단의 검기는 차원이 다른 것이었다. 갈단의 검기가 마치 살아 있는 생물처럼 이제문의 검 전체를 감싼 후 우악스럽게 부숴 버린 것이다. 이제문으로선 정말 살아 있는 마룡을 상대하는 것 같았다.

그리고 이제문은 한 가지 더 큰 착각을 했다. 갈단의 검을 막아내지는 못해도 적어도 바다로 뛰어들 기회는 있을 거라 생각했던 것이다. 하지만 그에게는 그 기회는 주어지지 않았다.

"대신마성에 대항하는 자에게 남은 것은 죽음뿐이다!"

번쩍!

검은 마룡을 만들어낸 갈단의 검이 어둠 속에서 재차 강렬한 빛을 뿜어냈다. 그리고 그 빛이 그대로 이제문의 몸을 관통했다.

"컥!"

이제문의 입에서 내장을 토하는 듯한 신음 소리가 흘러나왔다. 그리고 이제문이 그대로 작은 배 위에 고꾸라졌다.

"제문!"

십여 장 떨어져 있던 다른 배 위에서 석와룡이 울부짖었다. 동시에 철궁을 들어 분노의 화살을 갈단을 향해 쏘아 보냈다.

그사이 갈단은 어느새 이제문이 타고 있던 소선에 내려서 있었다.

콰아!

모든 힘을 모아 근거리에서 쏘아 보낸 화살이 무서운 속도로 갈단에게 꽂혔다.

순간 갈단이 슬쩍 고개를 젖혔다. 그러자 화살이 그의 눈앞을 간발의 차이로 스치고 지나갔다.

탁!

화살을 피한 갈단이 재빨리 손을 들어 올렸다. 그러자 화살 끝이 어느새 그의 손에 잡혀 있었다. 놀라운 순발력이다.

갈단이 천천히 고개를 돌렸다. 검은 두건 밑에 있는 그의 눈이 마치 존재하지 않은 것처럼 검은 구멍으로 보였다.

"꿇어라. 목숨은 살려주겠다. 성주께서는 관대하신 분이다. 신마성의 전사가 된다면 세상을 지배하는 위대함을 함께 누릴 수 있을 것이다."

활 쏘는 솜씨를 인정할 것일까? 무지막지하게 이제문을 죽인 갈단이 석와룡에게는 항복을 권했다.

"친구를 죽인 자에게 항복할 무사는 없다."

석와룡이 단호하게 말했다.

"그 기백도 좋다. 한 번 더 기회를 주마. 꿇어라!"

갈단이 다시 말했다.

그를 알고 있는 사람이라면 갈단이 이렇게 두 번씩이나 기회를 주는 경우가 결코 없다는 것을 알 것이다. 그러니 그가 석와룡을 꽤나 마음에 들어 하는 것이 분명했다.

"지켜야 할 자가 있는 사람은 죽음이 두렵지 않은 법이다."

석와룡이 다시 활을 들어 갈단을 겨누며 말했다.

"저들?"

갈단이 수백 명이 구겨 탄 채 대해를 향해 나가는 배들을 가리키며 물었다.

그 위에서 촌장 염호와 북창의 주민들이 갈단에 맞서는 석와룡의 모습을 안타까운 표정으로 보고 있었다.

"그들의 생명을 지키는 것이 나의 운명이다."

석와룡이 단호하게 말했다.

"그들은 죽지 않는다. 네가 항복한다면, 그들 역시 신마성주님의 성민으로 살아갈 것이다."

갈단의 성정으로 볼 때 엄청난 인내심이다.

순간 갑자기 석와룡의 머리에 의문이 떠올랐다.

"한 가지만 묻겠다."

"말하라!"

"왜 이토록 북창에 집착하는 것인가? 북창은 아주 작은 마을인데."

"과거의 북창은 그렇지 않았지."

갈단이 대답했다.

"이미 무너져 폐허가 된 과거의 북창이 무슨 소용이란 말인 가? 그리고 어쨌든 우리가 물러나는 것으로 그 북창을 이미 차 지하지 않았는가? 옛 포구도, 현재의 마을도 모두. 우린 모든 것 을 버리고 떠나고 있다. 그런데도 굳이 우릴 추격해서 죽이려는 이유를 모르겠다."

석와룡의 말처럼 애초에 이해되지 않는 일이었다. 대체 왜 이 들이 마을을 버리고 떠나겠다는 자신들을 추격하는 데 열을 올 리는 것인지 알 수 없었다.

이자들이 흑상들처럼 사람들을 습격해 노예로 파는 노예 상 인들이라면 이해할 수 있지만, 갈단의 태도로 보아 신마성은 그 런 일을 할 자들 같지는 않았다.

"북창은… 네가 알고 있는 그 이상의 의미를 가지고 있다."

"그러니까 그 북창을 이미 차지하지 않았는가?"

석와룡이 다시 물었다.

"고쳐 말하지. 항구 북창이 중요한 것이 아니라 그곳의 사람 들, 특히 촌장 염호가 중요하다."

"촌장님이 왜……."

언뜻 이해가 가지 않은 대답이다.

물론 북창의 촌장 염호는 뛰어난 인물이다. 흑라의 시대, 그나 마 일부의 주민이라도 생존한 것은 모두 염호의 능력 덕분이었 다.

또한 폐허가 된 옛 포구를 떠난 주민들이 지금의 북창에 정착 해 살 수 있게 된 것도 염호의 노련한 지도력 덕분이다.

하지만 그건 북창의 주민들에게나 중요한 능력이다. 신마성 같은 세력에게 염호가 중요할 이유가 없었다.

"우리에게 필요한 재능을 그가 가지고 있으니까."

갈단이 말했다.

"대체 촌장님께 원하는 게 무엇이냐?"

석와룡이 말했다.

"그건 그와 논의할 문제다. 지금은 네 운명에 대해 너 스스로 결정할 때다. 항복하라."

갈단의 목소리가 파도처럼 석와룡에게 밀려들었다. 내공을 담아 토해내는 그의 목소리가 거대한 산처럼 느껴졌다.

도저히 이길 수 없는 상대. 자신도 모르게 두려움이 일어나 스스로 무릎을 꿇고 싶다는 마음이 들 정도였다.

그러나 석와룡은 마음이 강한 무사였다.

"항복은 없다. 원하는 게 뭔지 모르지만 내 임무는 촌장님과 북창의 주민들을 지키는 것이다."

석와룡이 단호하게 말했다.

"너의 결정을 존중하지. 원하는 대로 친구의 곁으로 보내주마."

갈단이 고개를 끄떡이고는 검을 들어 올렸다.

쿠오오!

다시 갈단의 검에서 검은 마룡이 꿈틀거리기 시작했다. 정확하게 말하면 검기다. 그 검기가 살아 있는 생명처럼 일렁이자 그가 타고 있던 작은 배도 가랑잎처럼 움직이기 시작했다.

스스스!

갈단이 탄 배가 검기와 함께 석와룡을 향해 다가왔다.

그 순간 석와룡이 다시 화살을 날렸다.

피융!

석와룡이 쏜 화살이 갈단의 눈을 향해 날아갔다.

순간 갈단이 검을 들지 않은 손을 들어 올렸다.

탁!

갈단의 손이 다시 한번 석와룡이 쏜 화살을 낚아챘다. 화살촉이 그의 눈앞에서 뱀의 혀처럼 반짝이고 있었다.

이렇게 간발의 차이로 화살을 잡아낼 수 있다는 것은 그의 무공이 감히 석와룡이 상대할 수 없는 수준에 이르렀다는 것을 의미한다.

"돌려주마!"

이미 두 대의 화살을 손에 들고 있던 갈단이 동시에 두 개의 화살을 석와룡을 향해 던졌다.

파팟!

갈단의 손을 떠난 두 대의 화살이 어둠을 뚫고 무서운 속도로 날아왔다. 그리고 정확하게 석와룡의 옆에 서 있던 북창의 경비무사들 몸에 꽂혔다.

"욱!"

"큭!"

북창의 경비무사 둘이 신음 소리를 내며 비틀거렸다.

다행인 것은 미리 대비를 하고 있었기에 급소를 피한 것 정도였다.

"배를 물려!"

석와룡이 소리쳤다.

그러자 경비무사들이 힘껏 노를 저어 뒤로 물러나기 시작했다.

"도망갈 수 있을 것 같은가?"

갈단이 물러나는 석와룡을 보며 소리쳤다. 그리고 그 순간, 그가 탄 배가 벼락처럼 전진하기 시작했다.

콰아아!

갈단의 공력은 놀라웠다. 그 혼자 노를 저었지만 배는 마치 여러 명의 장정이 노를 젓는 것처럼 빨랐다.

석와룡이 타고 있는 배와 갈단이 탄 배의 거리가 급격하게 좁혀졌다. 그리고 사오 장 안쪽으로 거리가 좁혀지는 순간 갈단이 허공으로 솟구쳤다.

콰아아!

마룡을 만들어내는 갈단의 검기가 강력한 소리를 내며 석와룡의 배를 향해 떨어졌다.

"모두 피해!"

석와룡이 앞서 이제문과 같은 결정을 내렸다.

동료들을 배에서 탈출하게 하고 그 홀로 갈단을 상대하는 것이었다.

"명예로운 죽임이다. 신마성의 신마후 나 갈단에게 죽는 것은!"

최고의 죽음을 선물하겠다는 듯 갈단이 전력을 다해 석와룡을 내려쳤다.

그 순간 석와룡도 물러나지 않고 갈단을 향해 검을 밀어 올렸다. 석와룡의 검에서도 어릿한 흰빛이 슬쩍 보였다.

완벽한 검기는 아니지만, 적어도 검기의 흔적을 만들 만한 무공이 석와룡에게 있었던 것이다.

"역시 보통이 아니었구나!"

갈단이 감탄했다.

무종의 씨앗을 받아 무공을 수련한 자들조차도 그중 검기를 만들 수 있는 자는 일 할이 되지 않는다.

그나마 실전에서 검기를 사용할 수 있는 자는 그중 또 일 할이다. 검기의 사용은 무인이라면 누구나 꿈꾸는 경지였다.

그런데 작은 포구 마을의 경비대장 석와룡의 무공이 그 경지에 있었다. 놀라운 일이 아닐 수 없었다.

그러나 그럼에도 불구하고, 갈단의 무공에 비하면 석와룡의 힘은 미미할 뿐이었다.

쾅앙!

갈단의 검기와 석와룡의 검기가 충돌하는 순간 눈부신 빛이 터져 나왔다.

쩡!

뒤를 이어 석와룡의 검이 부러져 나갔다.

이제문의 검처럼 완벽하게 부서진 것은 아니지만 석와룡의 검도 절반이 잘려 나갔다.

"웃!"

검이 잘려 나가는 충격에 석와룡의 몸이 맥없이 뒤로 날아갔다.

그 순간 갈단의 검이 석와룡이 타고 있던 배를 반으로 갈랐
다.

쩌적!

한순간에 석와룡이 타고 있던 배가 산산조각 났다.

그리고 내려설 곳을 잃은 석와룡이 그대로 바다에 빠졌다. 이
후 그의 모습이 더 이상 보이지 않았다.

"운이 좋구나. 아니, 실력이 좋은 건가? 내 검을 막아냈으니."

갈단이 바닷속으로 사라진 석와룡을 찾아 주변을 둘러보며
말했다. 그러나 어디에서도 석와룡을 찾을 수 없었다.

"아쉽지만 찾을 시간이 없군. 염호를 잡는 것이 더 큰일이니.
전진하라. 촌장 염호를 잡는다. 항복하지 않는 자는 모두 죽인
다."

갈단이 명을 내렸다.

그러자 그를 따라오던 신마성의 전선 두 척이 속도를 내기 시
작했다.

"뚫린 것 같습니다."

북창의 장로 첨밀이 비통한 표정으로 말했다.

"무사할까?"

염호가 걱정스러운 표정으로 말했다. 바다에 빠진 석와룡과
경비무사들의 생사를 두고 하는 말이다.

"어쩌면… 무사할 겁니다. 물에 익숙하니……."

그러나 대답을 하는 첨밀의 목소리에 힘이 없다. 이미 그들은
바다 한가운데 나와 있었고, 추격하는 적선에 탄 자들이 계속

바다를 향해 활을 쏘아대는 것도 보였다.

아무리 물에 익숙한 사람이라도 살아남기 어려운 상황이었다.

"후우… 우리도 준비를 하세."

염호가 말했다.

"알겠습니다. 무사들은 배 후미로 모인다. 여자와 아이들을 빼고 모두 무기가 될 만한 것을 찾아 들어라. 싸움이 벌어지면 모두 목숨을 걸고 싸운다."

첨밀이 명을 내렸다.

그의 명이 순식간에 다른 네 척의 배에도 전해졌다.

"서둘러!"

"여자와 아이들은 선실로 들어가라!"

다섯 척의 배가 한바탕 소란스러워졌다.

울음을 터뜨리는 아이도 있었고, 겁에 질려 실성한 듯 행동하는 사람도 나왔다.

각 배에 나눠 탄 장로들과 경비무사들이 그런 사람들을 거의 강제로 선실로 끌고 들어갔다.

그리고 아이나 걷기 힘든 노인이 아닌 사내들은 모두 적을 상대할 준비를 하기 시작했다. 도검이 없는 사람은 몽둥이라도 집어 들고 있었다.

그렇게 북창의 촌민들이 적과 싸울 준비를 하는 동안 어느새 이제문이 타고 있던 소선을 뺏어 탄 갈단이 두 척의 추격선에 앞서 염호가 탄 큰 상선 가까이 접근했다.

"염호!"

자신의 목소리가 들릴 거리로 다가선 갈단이 촌장 염호를 불렀다.

그러자 촌장 염호가 대답을 하는 대신 활을 빼 들고 갈단을 향해 시위를 겨눴다.

"배를 돌려라. 북창의 모든 촌민을 죽이고 싶지 않으면!"

갈단이 재차 염호를 향해 소리쳤다.

그 순간 염호가 시위를 놓았다.

쾅!

활이 메겨져 있는 시위에서 강력한 파공음이 일어났다. 그러자 시위가 강하게 화살을 밀어냈다.

쐐애액!

시위를 떠난 화살이 한 줄기 날카로운 바람 소리와 함께 갈단의 심장을 향해 날아갔다.

"소용없다."

자신을 향해 날아오는 화살을 두 눈으로 바라보며 갈단이 비웃음을 흘렸다.

그리고 그의 검이 한 줄기 사선으로 그어지자 염호가 쏘아낸 화살이 그의 검에 걸렸다.

땅!

"흠······."

자신의 검으로 화살을 두 동강 낸 갈단의 표정이 살짝 변했다.

그러고는 조금 놀란 표정으로 염호를 바라봤다. 화살을 두 동강 낼 때 검을 통해 느낀 화살의 무게감이 그의 생각한 것 이상이었던 것이다.

"역시… 괜찮은 무공을 가지고 있었군. 그럴 만하다고 생각했지. 흑라의 시대, 그 혼란한 와중에 살아남았으니."

갈단이 중얼거렸다.

그렇다고 염호에게 두려움을 느끼거나 걱정하는 것 같지는 않았다.

"아무튼 살려서 데려가야 한다는 건 까다로운 일이지."

갈단이 혼잣말을 중얼거리면서 염호를 바라봤다.

그러자 염호가 다시 자신을 향해 활을 겨누는 것이 보였다.

그리고 이번에는 염호 혼자가 아니었다. 그의 주변에 늘어선 북창의 무사들이 일제히 갈단을 향해 활을 겨누고 있었다.

"누구나 약점은 있지. 그리고 염호, 그대의 약점은 너무 쉽다. 신마성의 전선들은 다른 쪽 배를 공격하라!"

갈단이 뒤따라온 신마성의 전선을 향해 소리쳤다.

그러자 두 척의 전선이 북창의 촌민들을 태운 배들 중 자신들보다 크기가 큰 배, 두 척을 놓아두고 중간 크기의 배들을 향해 빠르게 전진하기 시작했다.

"배를 돌려 놈들의 후미로 접근하라!"

염호가 적선의 움직임에 놀라 급히 명을 내렸다.

"놈들을 따라붙어. 뒤를 쳐라!"

장로 천밀이 염호의 명을 받아 소리쳤다.

그러자 그들이 타고 있던 대선이 천천히 방향을 틀기 시작했다. 하지만 그 속도가 너무 느렸다.

염호 등이 타고 있는 배는 큰 바다를 항해할 수 있는 대선(大船)이다. 애초에 빠른 방향 회전을 할 수 없을 뿐더러 지금은 정원을 서너 배 초과하는 사람들이 타고 있었다. 당연히 배의 속도가 느릴 수밖에 없었다.

그사이 빠르게 작은 배들 쪽으로 접근한 신마성 전선의 공격이 시작됐다.

쿠우웅!

신마성 전선들에게는 전술이라는 것이 없었다. 그들은 불문곡직하고 수많은 북창 촌민이 탄 배를 들이박았다.

콰지직!

신마성 전선들과 충돌한 상선들이 안쪽으로 함몰됐다.

"악!"

"살려줘!"

상선 안에서 북창 촌민들의 비명이 터져 나왔다.

"놈들을 막아!"

"배로 건너오지 못하게 해!"

공격받은 상선에서 북창의 경비무사들이 고함을 치며 신마성 전사들과 싸울 준비를 했다.

"건너가 배를 장악한다. 반항하는 자는 모두 죽인다! 항복하는 자들은 손발을 묶어 데려와라."

신마성 전선에서 살기 어린 명이 떨어졌다.

그러자 검은색 두건에 검은색 무복을 입은 신마성의 전사들이 북창의 촌민이 탄 상선을 향해 달려가기 시작했다.

"구할 수 없습니다."

첨밀이 절망적으로 말했다.

적의 전선에 들이받힌 배가 침몰하는 것은 시간문제로 보였다.

"배를 버리라고 하게."

"하지만……."

"어쩔 수 없네. 운 좋게 해안가에라도 닿을 수 있기를 바랄 수밖에. 잡혀가 노예로 사느니……."

염호가 단호하게 말했다.

그러자 천밀이 어쩔 수 없다는 듯 대답했다.

"알겠습니다."

대답을 한 첨밀이 뱃머리로 달려 나갔다. 그러고는 신마성의 전선과 충돌한 배를 향해 소리쳤다.

"배를 버려라. 어떻게든 해안가까지 가라. 부디… 꼭 살아라! 언젠가 다시 만날 것이다!"

첨밀의 울부짖음이 바다 위를 퍼져 나갔다. 그도 알고 있었다. 배를 버리면 그중 살 수 있는 사람은 채 일 할이 되지 않는다는 것을. 특히 아이와 노인들은 절대 해안가에 도달할 수 없는 거리였다. 하지만 어쩔 수 없는 선택이다.

염호의 명이 전해지자 침몰하는 상선에 탄 사람들 사이에서 울음소리가 터져 나왔다. 하지만 그러면서도 사람들이 바다로 뛰어들고 있었다.

"좀 더 멀리 나간다. 적선은 중선이다. 대해로 나가면 승산이 있다."

염호가 차갑게 명을 내렸다.

배 한 척의 촌민들을 포기한 그의 결정이 비수처럼 그의 가슴을 찔러댔지만, 그들을 포기한 이상 살아남은 사람들은 무사히 데려가야 한다.

그런데 그때였다.

아비규환의 전장 속에서 홀로 유유자적 소선에 올라 있던 신마성의 신마후 갈단이 염호에게 말했다.

"염호, 너 하나만 항복하면 모두가 살 수 있다."

순간 염호가 갈단을 노려보며 차가운 분노를 쏟아냈다.

"이미… 많은 사람이 죽었다. 그들이 죽은 이유는 누군가의 노예로 살고 싶지 않았기 때문이다. 북창이 결국 흑라의 수중에 들어간 이후, 우린 사람이 아니었다. 다시는 그런 삶을 살지 않을 것이다. 설사 모든 형제가 죽더라도."

염호의 결심은 확고했다. 절대 신마성의 노예가 되지 않겠다는 것이다.

"너희를 노예로 삼고자 함이 아니다."

갈단이 말했다.

"이런 살겁을 저지른 자가 할 말은 아니군."

"사실 성주께서 정말로 원하는 것은 북창이 아닌 바로 염호 그대다! 오늘의 이 참상은 그대가 성주의 제안을 거절하고 도주했기 때문에 벌어진 일이다."

순간 염호의 얼굴에 의문이 떠올랐다. 북창이 아닌 자신을 원한다는 말이 선뜻 이해가 가지 않았다. 그랬다면 애초에 그 자신만을 잡아가면 되었을 일이다.

"변명이 초라하군. 이제 와서… 애초에 나만 원한다는 말을 하지 않았던 것은 너희들이다."

"단순히 그대를 데려가는 것은 의미가 없으니까."

"……."

"북창과 그 주민들을 손에 넣어야 네가 너의 촌민을 위해 성주의 명에 복종할 테니까. 그래서 북창도 주민도 필요했다. 널 복종시키기 위해."

"대체 왜…;."

염호는 이들이 왜 자신에게 이토록 집착하는지 이해할 수 없었다.

그러자 갈단이 그 순간 오직 무공의 고수들만이 사용할 수 있는 전음의 기술로 염호에게만 들리게 말을 건넸다.

[성주께서 말씀하시길 너만이 빛의 술사를 찾을 수 있다고 하더군.]

순간 염호의 눈이 커졌다.

"대체 그걸 어떻게? 하지만 그건… 불가능한 일이다."

염호가 혼잣말처럼 중얼거렸다.

[알고 있군.]

어둠 속에서 갈단의 눈빛이 번뜩였다. 빛의 술사라는 존재를 알고 있다는 것 자체가 갈단을 흥분시키는 것 같았다.

"신마성주… 대체 누구냐?"

염호가 물었다.

[만나보면 알 것 아닌가?]

갈단이 여전히 전음으로 대답했다.

"하지만 난 절대… 그에게 가지 않겠다. 원하는 것을 들어보니 흑라보다 더 큰 혼란을 가져올 인물이구나."

염호가 고개를 저으며 말했다.

[또는 아비규환의 세상을 깨끗하게 정화해 새로운 세상을 만들 수도 있는 분이지.]

갈단이 지지 않고 대꾸했다. 설득과 협박이 동시에 묻어나는 말이다.

"아니, 이미 그대들은 충분히 그 사악한 성정을 보여줬다. 그대들 같은 살인자들을 부리는 자가 세상을 구원한다? 후후, 개도 웃을 일이지. 그리고… 애초에 세상을 구원한다는 말 자체가 오만한 말이다. 세상은 본래 혼란스러운 법이거늘."

[…그대와 세상의 생김새에 대해 논할 생각은 없다. 어쨌든 그대는 우리와 함께 가야 할 것이다. 아니면 북창의 촌민 모두가 죽을 테니까.]

갈단이 차갑게 협박했다.

그러자 염호가 고개를 저었다.

"모르면 모를까. 그 전설을 찾는다는 걸 안 이상 절대 갈 수 없다. 그리고 내가 신마성에 간다 한들 전설을 찾는 데 아무런 도움이 되지 못한다. 난 정말 그가 어디 있는지 모르니까."

[하지만 그 위치를 찾는 방법을 알고 있겠지.]

"그 역시 이제는 알 수 없다. 옛 북창은 무너졌고, 고대의 성전 역시 바닷속에 수몰되었으니까."

염호가 말했다.

[그러나 기억은 남아 있겠지. 당신의 머릿속에.]

"어리석군. 당시 성전에 새겨졌던 글과 그림을 이해하는 사람은 아무도 없었다. 그런데 한낱 늙은이의 기억으로 그 신비롭고 난해한 기록들을 끄집어내라고? 그건 내 머리를 가루로 만들어도 나올 수 없는 것들이다."

[…그것 역시 성주께서 판단하실 일이다. 그대의 입으로 직접 성주께 지금 한 말을 전하라.]

"후후후… 내가 그렇게 어리석어 보이나. 신마성주란 자… 아마도 내 앞에서 북창의 촌민들을 하나하나 모두 죽이고, 정말 내 머리를 가루로 만든 이후에야 내가 도움이 되지 못한다는 것을 인정할 것이다."

[성주님은 관대하신 분이다.]

갈단이 말에 신마성주에 대한 존경심이 묻어난다.

"적어도 나와 북창에게는 아닌 것 같군. 오늘의 일을 보니."

염호가 냉정하게 말했다.

[그렇다면 어쩔 수 없다. 그대의 말대로 북창의 모든 촌민을 죽일 수밖에.]

갈단의 마성이 다시 폭발했다.

그가 수하들을 향해 소리쳤다.

"모두 죽여서라도 배를 멈춰 세워라!"

콰아아!

신마성의 두 척 전선이 최대한 속도를 끌어 올렸다. 배들은 이미 큰 파도가 일렁이는 대해로 들어서고 있었다.

촌장 염호의 계획대로 큰 바다에선 도주하는 북창의 대선들이 추격하는 신마성의 중급 전선들보다 훨씬 유리했다.

안정적으로 움직이는 대선 위에서 북창의 무사들이 접근하는 신마성의 전선들을 향해 활을 쏘아댔다.

큰 파도를 넘느라 움직임이 불안해진 신마성 전선의 전사들은 몸의 중심을 잡느라 날아드는 화살에 제대로 대응하지 못하고, 적지 않게 화살을 맞고서 쓰러졌다.

그러나 신마성의 전선은 멈출 줄 몰랐다. 배가 뒤집혀 수장이 되더라도 북창의 배를 따라잡고 말겠다는 심사인 듯 보였다.

"촌장님, 이대로라면 따라잡힙니다."

첨밀이 걱정스러운 표정으로 염호에게 말했다.

그러자 촌장 염호가 갈단에게 시선을 고정한 채 말했다.

"이제는 어쩔 수 없네. 하늘의 뜻에 맡기는 수밖에. 있는 화살을 모두 쓰게."

"…알겠습니다."

"항복은 생각지 말게. 항복을 한다면… 모든 주민을 한 사람씩 내 앞에서 죽일 걸세."

"예?"

갈단이 염호에게 전음으로 한 말을 듣지 못한 첨밀이 놀란 눈으로 염호를 바라봤다.

"그들에게 북창이 필요했던 것은 항구를 원해서가 아니네. 날원한 거고, 내 입을 열 수 있는 인질이 필요했던 거지. 하지만 난 그들이 원하는 걸 줄 수 없네. 가지고 있지도 않고. 알고 있다

해도 말해줄 수 없는 것이네. 그 전설이 사실일 수 있다면… 반드시 지켜져야 할 전설이니까. 그래서 신마성주란 자는 내 앞에서 촌민들 모두를 죽일 걸세."

"아!"

첨밀의 입에서 절망적인 탄식이 흘러나왔다.

"그러니 끝까지! 마지막 한 사람까지 싸워야 하네."

"…알겠습니다, 촌장님!"

자신이 모르는 뭔가가 이 싸움에 개입되어 있다는 것을 알게 된 첨밀은 좀 더 묻고 싶은 표정이었지만, 그럴 만한 여유가 없었다.

첨밀이 염호에게 고개를 숙여 보인 후 배 안의 사람들을 향해 소리쳤다.

"동원할 수 있는 모든 것을 사용하라. 마지막 한 사람까지 싸운다."

첨밀의 말에 한순간 배 안에 정적이 감돌았다. 첨밀의 말은 전멸을 각오해야 하는 상황이란 뜻이다.

"이미 많은 형제들이 죽었소. 한 놈이라도 더 죽여 복수를 해야 죽어서도 형제들의 얼굴을 볼 수 있을 것이오."

장로 중 한 명인 이장춘이 소리쳤다.

전멸의 위기에 처했다는 것을 안 순간 급격하게 사그라진 전의를 불러일으키려는 의도였다.

"맞아. 석 대장과 죽은 형제들을 생각해!"

"그래, 끝까지 싸우자. 한 놈이라도 더 죽이자!"

장로 이장춘의 의도는 적중했다.

가라앉았던 전의가 다시 살아났다. 그리고 북창의 촌민들은 정말 모든 것을 동원해 저항하기 시작했다.

"발악인가?"

갈단이 중얼거렸다. 혼잣말이었기에 아무도 듣는 사람은 없었다.

그가 시선을 들었다. 대선 위에서 염호가 자신을 노려보고 있었다. 그 모습을 본 갈단이 다시 중얼거렸다.

"지루하군. 흥미도 없고… 가슴조차 뛰지 않아, 이따위 싸움은. 끝내야겠어."

갈단이 손으로 자신의 목을 베는 시늉을 했다. 염호에 대한 마지막 경고였다.

갈단의 경고에 염호는 강전을 한 번 더 날리는 것으로 대답했다.

피융!

염호의 활을 떠난 화살이 갈단의 옷깃을 스치고 지나갔다.

갈단은 몸도 움직이지 않고 염호의 화살을 흘려보낸 후 화살 촉에 잘려 나간 옷자락을 보며 중얼거렸다.

"이제야 좀 흥미가 생기는군. 신마성의 전사들을 들어라! 이각을 준다. 그 안에 끝내라. 감히 신마성에 대항한 자들이 이각 후에도 살아 있다면, 그땐 내가 너희들의 목을 벨 것이다."

갈단의 냉혹한 명을 받은 신마성 전사들의 눈에 두려움이 떠올랐다. 그리고 그 두려움이 살의로 이어졌다.

"모두 내려가 노를 저어라! 속도를 올려. 배가 뒤집혀도 좋다!"

전선 위에서 날카로운 명령이 떨어졌다.

콰아아!

전복의 위험을 무릅쓴 질주에 신마성 전선과 북창의 촌민이 탄 배의 거리가 급격하게 좁혀졌다.

"끝인가……."

염호의 입에서 탄식이 흘러나왔다.

일단 양측의 배가 충돌하면 싸움은 끝난 것이나 다름없다. 북촌의 촌민들이 신마성의 전사들을 백병전에서 막아낼 가능성은 전무했다.

아마도 갈단이 원하는 대로 이각 안에 전멸을 당하고 말 것이다.

"그래도… 최후까지!"

염호가 활을 내려놓고, 검을 잡았다.

그리고 몸을 날려 근접해 온 적선을 향해 뛰어들려는 순간 갑자기 북쪽에서 천둥 치는 소리가 일어났다.

쿵! 쿵! 쿵!

일정한 간격을 두고 터져 나오는 천둥소리에 모든 사람들의 시선이 북쪽으로 향했다.

그 순간 사람들 눈에 달빛을 타고 검은 덩어리들이 날아오는 것이 보였다. 그리고 그 덩어리들은 정확하게 신마성의 전선 위에 떨어졌다.

쾅!

쿠르릉!

무서운 속도로 떨어진 어른 머리만 한 돌덩어리들이 신마성의 전선을 부수기 시작했다.

"석포다. 모두 피하라!"

신마성의 전선 위에서 날카로운 경고성이 터져 나왔다. 그 와중에도 석포는 계속해서 신마성의 전선에 내리꽂혔다.

콰앙!

급기야 그중 하나가 돛대를 격중했다.

콰지직!

굵은 돛대가 부러지면서 돛이 갑판을 덮었다.

"돛을 걷어. 시야를 확보해라!"

다급한 명령이 신마성 전선 위에서 이어졌다.

돛대가 무너진 전선이 중심을 잃고 크게 회전하기 시작했다. 가뜩이나 앞선 화공으로 인해 성한 돛이 별로 없던 신마성의 전선이었다.

구웅!

돛을 모두 잃어 방향이 틀어진 신마성의 전선이 뒤따르던 다른 전선과 충돌했다.

전선과 전선의 충돌로 양쪽 배 모두 적지 않은 피해가 생긴 것은 물론, 더 이상 전진하지 못하고 제자리를 맴돌기 시작했다.

그 틈을 타 북창 촌민들이 탄 배가 신마성의 전선들과 거리를 벌리기 시작했다.

그리고 그것으로 추격전은 끝이 났다. 크게 파손된 신마성의 전선들이 대해의 거친 파도 속으로 들어간 북창의 배들을 더 이상 추격할 수는 없었기 때문이다.

[이것이 끝이라고 생각하느냐?]

놀라운 무공이다. 갈단의 전음이 이미 수십 장 멀어진 북창의 촌장 염호의 귀에 들려왔다.

"아니. 절대 끝이 아니겠지. 빛의 술사, 그 허황된 전설에 욕심을 가진 자라면 죽을 때까지 그 욕심을 버리지 못할 테니까."

염호가 대답했다. 먼 거리이고 갈단처럼 전음을 사용하지 않았으므로 갈단이 알아들을 거란 생각은 하지 않고 한 말이다.

그런데 놀랍게도 갈단은 염호의 말을 알아들었다. 청력이 뛰어난 건지 입모양을 읽은 건지는 알 수 없었다.

[잘 알고 있군. 더 강하고 더 냉혹한 자들이 널 추격할 것이다.]

"기대하지. 그러나 쉽게 날 찾을 수는 없을 것이다."

염호가 담담하게 말했다.

그런 염호의 모습을 잠시 지켜보던 갈단이 몸을 돌렸다. 그리고 여전히 혼란에 빠져 있는 신마성의 전선들을 보며 명을 내렸다.

"돌아간다!"

그렇게 짧은 명을 내린 갈단이 높은 파도 위에서 낙엽처럼 흔들리는 작은 배를 타고, 홀로 육지로 향하기 시작했다.

*   *   *

신마성의 전사들이 타고 온 전선보다 작고 빠른 전선이 북창의 촌민들을 실은 배들을 향해 바람처럼 접근했다.

석포를 쏴 신마성의 전선들을 물리친 사람들이 탄 배다. 크기가 작음에도 불구하고 배는 대해의 높고 거친 파로를 능숙하게 넘었다. 배를 움직이는 사람들이 바다에 능한 사람들이란 뜻이다.

그 배 위에 두 사람이 어깨를 나란히 하고 서 있었다.

한쪽은 검은 무복을 입은 삼십 대 초중반의 사내, 다른 한쪽은 은빛으로 빛나는 갑주를 걸친 오십 전후의 전사였다.

"다행이군요. 놈들이 버티지 못하고 돌아가니."

삼십 대 사내가 말했다.

"모두 묵룡대선 무사님들 덕분이오. 이렇게 빨리 도착할 거라고는 생각지도 못했소. 더군다나 단번에 놈들을 물리치는 석포술은 놀라웠소."

은빛 갑주를 걸친 사내가 말했다.

"무슨 말씀을요. 은갑전사단의 전사님들이 안 계셨다면 불가능한 일이었습니다. 이 전선(戰船)이 없었다면 어떻게 놈들을 물리쳤겠습니까?"

"후후, 연장이 아무리 좋아도 농부가 기술이 없으면 농사를 지을 수 없는 법 아니겠소? 다시 한번 감탄했소. 바다 위에서 묵룡대선의 전술은… 과연 흑라의 마선들을 수장시킬 만한 실력이오."

"과찬이십니다. 솔직히 당시 전 그 전쟁에서 제대로 싸우지도 않았습니다. 한참 수련 중이었던 때라."

삼십 대 사내가 고개를 저었다.

"물론 알고 있소. 하지만 전 소룡께서는 독안룡님의 첫 제자이시니 해전의 모든 것을 전수받지 않았소이까?"

은갑전사가 물었다.

"실전은 다르지요."

삼심 대 무사, 묵룡대선의 선장 독안룡 탑살의 제자들 중 첫 번째로 꼽히는 전위가 침착하게 대답했다.

전위가 이끄는 제일대의 제자 다섯은 무산열도 서남쪽에 위치한 이릉섬에서 수련행을 하고 있다가 탑살의 급한 연락을 받고 북창의 주민들을 구하기 위해 바다를 건너왔다.

그들은 사령군도에 파견된 은갑전사단의 전사들과 북창 인근 바다에서 합류해 그들이 준비한 전선을 이용하여 신마성의 전선들을 물리친 것이다.

해전에서 유용하게 쓸 수 있는 석포가 있는 전선을 준비한 것은 은갑전사단이었지만, 정작 그 배를 몰고 신마성의 전선들을 패퇴시킨 것은 전위가 이끄는 탑살의 일대제자들이었다.

무공을 몰라도 전선을 모는 일과 해전에 있어서는 타의 추종을 불허하는 묵룡대선의 전사들이었기 때문이다.

"아무튼 크게 늦지 않아 다행이오. 저 사람이 북창의 촌장 염 노사요."

은갑전사단의 전사 구만이 손을 들어 사람을 가득 태운 커다란 상선 위에 서 있는 초로의 노인을 가리켰다.

"이전에 만나보신 적이 있습니까?"

"먼발치서 두어 번 보기는 했었소. 하지만 친분은 없소. 알다시피 내가 하는 일이……."

전사 구만이 말꼬리를 흐렸다.

은갑전사 구만은 수호자들의 섬을 떠나 파나류 북동쪽 지방인 사령반도와 그 앞쪽의 사령군도를 살피는 일을 맡고 있었다.

그가 책임지는 영역은 파나류 중부 위쪽의 이릉섬까지였다.

은밀히 활동하는 그였기에 염호의 얼굴은 알아도 친분이 없는 것은 당연한 일이었다.

"보통 사람은 아닌 것 같군요."

전위가 염호를 바라보며 말했다. 밤바람에 옷자락을 휘날리며 서 있는 염호에게서는 작은 마을의 촌장에게선 느낄 수 없는 위엄이 느껴졌다.

"알려진 것보다 훨씬 대단한 사람이오. 사실, 북창이라는 포구는 세상에 알려진 것보다 훨씬 중요한 곳이었소. 그래서 혹라도 그곳을 가장 먼저 차지하려 했던 것이고. 그 기습적인 공격과 수년 동안의 지배에서 일 할의 촌민이라도 구한 것은 모두 염 노사의 덕분이었다고 할 수 있소."

은갑전사 구만의 얼굴에서 염호에 대한 존경심이 묻어났다.

"그렇군요. 후우… 그나저나 저렇게 많은 사람을 태우고 대해를 건널 수 있을지……."

전위가 걱정스러운 표정으로 커다란 상선에 빼곡하게 타고 있는 북창의 촌민들을 보며 한숨을 쉬었다.

"어디로 데려갈 것이오? 이릉섬이요?"

구만이 물었다.

"아닙니다. 무산해협을 건너 무산열도까지 데려갈 겁니다. 선장님의 명이 있으셨습니다. 그래야 안전하지요. 이릉섬은 파나류와 너무 가깝습니다."

"하긴 사람들의 왕래가 많은 곳이기도 하니⋯ 아무튼 고생하시구려. 무산해협 중부까지는 나도 동행하겠소. 하지만 그 이상은 어려울 것 같소. 맡은 일이 있으니."

"물론이지요. 일단 최대한 안전한 뱃길을 찾아보겠습니다."

전위가 굳은 표정으로 대답했다.

제7장

석림도 만굴성

　서서히 바람이 불기 시작했다. 그러자 사람들 얼굴에도 생기
가 돌았다.

　돛은 만월처럼 부풀어 올랐다. 묵룡대선이 바람의 힘으로 움
직이기 시작했다는 의미다. 노를 젓는 일은 그쯤에서 다시 노꾼
들만의 몫으로 돌아갔다.

　지루한 침묵의 바다가 끝나가고 있었다. 만화류와 침묵의 바
다 경계선을 따라 무산해협을 남쪽에서 서북쪽으로 가르며 이
동하는 항로의 끝이 보이고 있었다.

　그리고 그 끝에 석림도가 있었다.

　"석림도 만굴성은 특별한 곳이야. 원주족과 천인들도 섞여 살
지. 성주는 두와, 채굴과 석공의 장인으로 이름이 높지만 사실은

무공도 대단한 사람이지. 석림도는 단순한 상인 집단이 아니란 뜻이지."

아적삼이 아스라이 보이는 신기루 같은 육지를 바라보며 말했다. 높은 산봉우리 끝에 하얀빛이 보이는 것으로 봐서는 석산이거나 혹은 만년설을 가진 설봉이 분명했다.

묵룡대선의 목적지인 석림도였다.

"그럼 성주는 육주에서 건너온 사람이겠네요?"

무산이 물었다.

"왜 그렇게 생각하냐? 설마 너도 천인(天人)이라 자칭하는 육주의 사람들이 원주족이라 불리는 사람들보다 뛰어난 존재라고 생각하는 거냐?"

아적삼이 되물었다.

"그런 건 아니지만 무공을 가지고 있다고 하셔서요."

"그 역시 선입견이다. 무공이 마치 육주 사람들의 전유물처럼 생각하는 것은 잘못된 생각이야. 무산열도나 파나류에 사는 원주족들 중에도 무종의 종파를 잇는 사람들이 존재한다."

"결국 육주의 천인들에게서 전파된 것 아닌가요?"

무한이 물었다.

"간단하게 설명하지. 검은 마종 흑라는 어디 사람이지?"

"그야… 아!"

"그런 거야. 무종은 세상 모든 곳에 있어. 그중에는 흑라처럼 감히 십이신무종조차 상대하기 힘든 절대무공을 소유한 사람들도 간혹 있다. 그러니 원주족에 대한 편견을 버려라. 그들 중에는 육주의 문명을 능가하는 종족에 대한 전설도 여럿 있단다."

"알겠습니다."

무한이 아적삼의 충고에 수긍했다.

"그럼에도 불구하고 사람들이 무공을 육주 천인들의 전유물처럼 생각하는 것은 십이신무종의 존재 때문이다. 언제부턴가 그들이 마치 세상 무공의 시작과 끝인 것처럼 인식되고 있으니까. 하지만 그건 지난 몇백 년간 십이신무종이 만들어낸 환상 같은 거다. 세상은 넓고 알려지지 않은 무종은 셀 수 없어. 사실 우리가 가보지 않은 세상을 생각하면 육주는 아주 작은 땅이란다."

"그렇군요. 육주에만 살다 보니 그곳이 세상의 전부인 것처럼 생각되었나 봐요."

"그래서 여행이란 것이 필요한 거지. 하지만 뭐, 한 가지 분명한 사실은 있다. 설혹 세상에 알려지지 않은 많은 무종 종파가 존재한다고 해도 역시 십이신무종의 무공은 최고의 무공들이지. 적수를 찾아보기 힘든. 그들의 자부심은 인정해 줄 만하다. 다만 그들이 유일무이한 절대적 존재가 아니라는 것 또한 알아야 한다는 거지."

"알겠습니다."

무한이 고개를 끄떡였다.

"아무튼 저 석림도 만굴성은 무척 중요한 곳이야. 그들이 가지고 있는 광산만도 수백 개에 이른다고 하지. 물론 그중에는 폐광도 여러 곳이 있지만."

"뭘 캐는 광산이죠?"

무한이 물었다.

"땅속에서 나는 모든 광물을 캔다. 금과 은, 옥 같은 보석에서부터 귀한 석재가 나오는 석산을 채굴해 천하의 부자들에게 공급하기도 하지. 하지만 그 무엇보다 중요한 것은 철이다. 그들은 세상에서 가장 좋은 질을 가진 철을 생산한단다. 세상의 모든 무사들이 그들의 철을 원하지. 특히 한철이라 부르는 철은 정말 특별하거든. 한철로 만든 병기는 모든 전사가 원하는 병기지."

아적삼이 욕심이 나는 표정으로 말했다.

"아저씨는 없으세요?"

"나? 나 같은 선원이 무슨 한철로 만든 병기를 가졌겠어. 한철은 금보다 더 비싸단 말이야."

"그렇게 대단한가요?"

아무리 귀하기로서니 금보다 더 귀한 철이 있다는 말을 무한은 믿기 힘들었다.

"한철로 만든 병기만 있으면 보통 병사도 무공을 수련한 무인을 상대할 수 있단다. 웬만한 도검은 그대로 부러뜨려 버리니까."

"그렇게 강해요?"

"웅, 나도 전쟁터에서 한철검을 쓰는 사람을 본 적이 있는데 정말 대단하더라고. 다른 도검은 갈대처럼 보일 정도였어."

"그럼 정말 대단한 철이네요."

"아쉬운 것은 생산되는 양이 극히 적다는 거지. 물론 석림도에서 생산하는 다른 철들도 질이 무척 좋지만."

"재력이 만만치 않겠어요."

"그들이 가진 재산을 측량할 수 없다는 말이 있단다. 그들의 지하 금고에 작은 산을 이룰 만큼의 금은이 있다던가……."

아적삼이 석림도의 먼 그림자를 보며 중얼거렸다.

아적삼의 말을 끝으로 두 사람은 잠시 침묵을 지켰다. 점점 가까워지는 석림도에 대한 호기심이 부쩍 커진 무한이었다.

그렇게 한동안 석림도를 바라보던 무한이 문득 고개를 갸웃하며 말했다.

"그런데 그렇게 가치 있는 석림도가 지금까지 무사한 것은 이상하군요."

세상에서 가장 귀한 철과 가늠할 수 없는 재물을 가진 석림도라면 천하의 모든 강자들이 욕심낼 섬이다. 그런데도 석림도가 독자적인 세력을 유지해 나가는 게 신기한 무한이었다.

"두 가지 이유가 있다. 하나는 그들 자신이 자신들의 섬을 지킬 만큼 강하다는 것, 다른 하나는 천하의 강자들이 석림도가 어느 한 세력의 손에 장악되는 것을 원치 않는다는 것. 그 두 가지 이유가 석림도가 외부의 침입을 막아낼 수 있는 이유지."

"그들이 그렇게 강해요?"

"강하다. 적어도 그들의 섬에서는 천하무적이랄까?"

"적어도 그들의 섬에서라는 건 무슨 뜻이에요?"

"석림도의 성에 왜 만굴성이라는 이름이 붙었는지 알아? 그 이름 그대로 성 안쪽에 셀 수 없이 많은 숫자의 동굴들을 가지고 있기 때문이란다. 그들의 선조들이 처음 석림도에 정착할 때 개발한 광산들이 남아 있는 거지. 그리고 후인들은 그 광산들을 산 안쪽에서 연결해 외부의 침입이 불가능한 요새로 개조했다. 일단 그 안에 들어가 버티면 어떤 세력도 그들을 정복할 수 없단다. 만 개의 굴이 거미줄처럼 연결된 괴성을 정복할 자들은 천하에 없지. 더군다나 그들은 세상에서 가장 강한 철로 만든 병기들을 가지고 있다. 그러니 누가 감히 그들을 공격하려 하겠느냐?"

아적삼의 말에 무한이 고개를 끄떡였다.

"만 개의 굴이라… 그래서 그런 이름을 가진 거군요. 세상에서 가장 완벽한 요새 같은 거군요."

"그렇다고 봐야지. 검은 마종 흑라조차도 석림도를 공격하지는 않았으니까."

"흑라조차도요?"

"그렇다니까. 그러니까 세상 누가 있어서 그들을 정복하겠느냐. 그들이 무너진다면 오직 한 경우야. 석림도가 바닷속으로 가라앉는 것, 하지만 뭐 세상에 그런 일이 일어나겠어?"

아적삼이 어깨를 으쓱하며 말했다.

"우린 어떤 거래를 하나요? 묵룡대선도 한철을 사나요?"

"음, 우리 묵룡대선 역시 그들과 한철을 거래하는 상단 중 하나지. 아주 특별한 특권이야. 그들은 아무하고나 한철을 거래하지 않거든. 그들과 한철을 거래할 수 있은 상단은 다섯 손가락에 꼽히지. 묵룡대선이 얼마나 대단한 존재인지 알겠지?"

아적삼이 자부심을 드러내며 말했다.

"벌써부터 알고 있었어요. 묵룡대선이 특별하다는 사실은요."

무한이 웃으며 대답했다.

"흐흐, 하긴 그래. 그 묵룡대선의 선원이라는 사실이 날 항상 즐겁게 하지."

아적삼은 기분이 좋은 듯 웃음을 흘렸다.

그런데 그때 묵룡대선 앞으로 불쑥 한 척의 배가 모습을 드러냈다.

"독안룡께 석림도의 휘가 인사드립니다."

검은빛이 도는 갑주를 걸치고 한 손에는 역시 같은 빛이 도는 투구를 들어 옆구리에 낀 중년 사내가 묵룡대선의 선수에 나와 있던 독안룡 탑살에게 인사를 했다.

"대공자가 마중을 나오시다니. 고맙소이다."

독안룡 탑살이 가볍게 고개를 끄떡였다.

"독안룡께서는 아버님이 가장 반기시는 귀빈이시지요. 아버님께서 절 보내 특별히 마중하라 전하셨습니다."

"도주의 과분한 배려에 늘 감사할 따름이오. 도주께서는 평안하시오?"

"건강하십니다."

휘라 불린 중년 사내가 대답했다.

"하긴 워낙 강건한 분이시니."

"제가 길을 열겠습니다. 곧 아버님의 생신이라 사방에서 몰려온 상인들로 포구가 분주합니다. 해서 섬 북서쪽에 묵룡대선을 위해서 따로 배를 댈 자리를 마련했습니다."

"고맙소. 손님이 많은가 보구려."

"아버님의 생신에는 늘 그렇지요."

사내가 대답했다.

"하긴 천하의 상인들이 만굴성과의 거래를 원하고 있으니 당연한 일일 것이오. 대공자께서 수고가 많소이다."

"무슨 말씀을! 아들로서 당연한 일이지요. 그럼 앞서 안내하겠습니다! 배를 서쪽 외항 별포로 몰아라!"

중년 사내가 명을 내렸다.

그러자 사내가 타고 온 작은 배가 석림도를 향해 방향을 틀더니 빠르게 물살을 가르기 시작했다.

"두휘라는 사람이야. 석림도주 두와의 첫째 아들이지. 이미 장자로서 다음 대 도주로 유력한 인물이야."

아적삼이 앞선 배에 탄 중년 사내를 보며 말했다.

"나이가 꽤 들어 보이는데요?"

아적삼의 말에 무한이 되물었다.

"사십 중반이지."

"그럼 성주의 나이가……."

"팔십 가까이 되었지. 그래도 건강하니 백 세까지는 너끈하다는 말도 있고. 이런 말 하면 그렇지만 저 사람에게는 안된 일이지. 아무리 빨라도 도주는 너끈히 백 세를 넘길 것 같으니까."

"보통 그런 경우 도주의 직위를 미리 물려주지 않나요?"

"그런 경우도 많은데 석림도의 주인은 그럴 마음이 없나 봐. 아니면 다른 생각이 있든지."

"다른 생각이라뇨?"

무한이 물었다.

"아들이 셋이니까. 더군다나 각기 어머니들이 달라. 아, 그중 막내아들은 나이도 어리고 개차반으로 소문이 나 있어서 경쟁에서 밀렸다지? 하긴 뭐 그 모친의 신분 때문에 후계자 경쟁 자체가 처음부터 불가능하다고도 하더군. 하지만 둘째는 다르지. 모친의 가문도 좋고. 능력으로 보자면 첫째를 능가한다고 평가되니까."

"그럼 여전히 후계자 경쟁이 진행 중이라는 건가요?"

"표면적으로는 오래전부터 저 두휘 대공자가 후계자로 유력하지만 성주가 끝까지 성주 자리를 물려주고 있지 않은 것으로 봐서는……."

아적삼이 말꼬리를 흐렸다.

"초조하겠군요."

무한이 앞서가는 배에 우뚝 서 있는 석림성의 대공자 두휘를 보며 말했다.

"네 눈에도 그렇게 보이느냐?"

"정중하고 신중하게 행동하지만, 선장님과 대화를 하면서 한순간 화가 난 듯도 보였어요."

"어라? 어린 녀석이 그런 것도 읽어내고… 하여간 천재과야."

아적삼이 대견한 듯 말했다.

"제가 제대로 본 건 가요?"

"누군들 화가 나지 않겠느냐? 후계자 생활만 이십 년이 넘었고, 성주는 자리를 물려줄 생각을 않지. 그 와중에 배다른 동생은 날이 갈수록 힘을 키우고 있으니……."

아적삼이 동정심이 느껴지는 목소리로 말했다.

"자칫 큰 분란이 일어날 수도 있겠군요."

"감히 그런 일을 벌이지는 못할 거다. 석림도주는 형제간에 피를 보는 행위는 용서하지 않을 테니까. 에이, 뭐 남의 집안 후사 따위 우리가 신경 쓸 문제는 아니고. 우린 그냥 잔치를 즐기면 되는 거야."

"잔치요?"

"들었잖아? 곧, 성주의 생일이라고. 사실 그래서 선장님도 때를 맞춰 석림도에 들르시는 거야. 일 년에 한 번, 이때가 가장 거래하기 좋은 때니까."

"그래서 그렇게 서두르신 거군요."

무한이 고개를 끄떡였다.

침묵의 바다에서 모든 선원들을 동원해 묵룡대선의 노를 젓게 한 이유가 있었던 것이다.

"아무튼 성주의 생일 전후로 석림도는 섬 전체에서 축제가 벌어진다. 사방에서 온 손님으로 섬이 가득 차지. 볼거리도 많고 먹을거리도 많고. 재밌을 거야."

"배에서 내릴 수 있나요?"

"물론이지. 수호자들의 섬과는 달라. 선장께서도 매년 들를 때마다 항구가 있는 도시로 나가 잔치를 즐기는 걸 허락하셨으니까. 하지만 조심할 일도 있다. 술 취하고 시비를 거는 자들이 적지 않으니 그런 자들은 상대하지 말아야 해. 알았지?"

"알았어요."

무한이 눈빛을 반짝이며 대답했다.

"이 녀석, 무척 기대가 되는 모양이구나?"

"예, 큰 도시 구경은 처음이라서요."

"그렇겠구나. 아무튼 한 며칠 재밌게 놀자꾸나."

아적삼이 빙그레 미소를 지었다.

*   *   *

바다가 호수처럼 잔잔했다. 몇 개의 바위섬이 초원 위 숲처럼 바다 위에 떠 있었다. 그 섬과 섬 사이를 지날수록 물결이 잔잔해졌다.

그렇다고 해류가 흐르지 않는 것은 아니었다. 섬과 섬 사이를 흐르는 해류는 급하지는 않았지만 어지럽게 이어져 바다 위에서 길을 찾는 것이 쉽지 않았다.

그래서 만약 석림도에서 나온 안내선이 아니었다면 묵룡대선은 그들이 정박할 석림도 외항 별포를 찾아가는 데 애를 먹었을 것이다.

"와!"

한순간 무한의 입에서 탄성이 흘러나왔다.

작은 바위섬을 지나치는 순간 그의 눈앞에 화려한 항구도시가 펼쳐졌기 때문이다.

포구에 정박해 있는 큰 배만 해도 열 척이 넘었고, 작은 배들까지 합치면 거의 오십여 척의 배들을 품은 항구의 규모는 무한이 상상했던 것 이상으로 거대했다.

항구에서 섬 안쪽으로 펼쳐진 너른 평지에는 여러 갈래의 대로(大路)가 만들어져 있었는데, 그 대로를 따라 크고 작은 건물들이 빼곡하게 들어찬 도시가 있었다.

족히 수천 명의 사람이 살아갈 수 있는 넓이였고, 굳이 사람을 가득 수용하자면 수만 명도 모일 수 있을 것 같았다.

"대단하지?"

아적삼이 묵룡대선의 오른쪽으로 펼쳐진 항구도시를 보며 말했다.

"듣던 것보다 훨씬 대단해요. 건물들도 하나같이 단단하고 화려하네요."

"석재가 풍부하니까. 여기선 일반 사람들도 저렇게 석재로 지은 집에 살지. 그만큼 물자가 풍부한 곳이다."

아적삼이 말했다.

"그런데 성주는 만굴성에 있다고 하지 않았나요? 성으로 보이는 곳은 없는데?"

"저 길들이 보이지?"

아적삼이 손을 들어 포구에서 평지의 도시로 이어지는 십여 갈래의 대로를 가리켰다.

"예."

"그 길들이 향하는 끝을 봐라."

아적삼의 손을 따라 무한이 시선을 돌렸다. 그러다가 다시 감탄사를 터뜨렸다.

"아! 저기군요!"

열 개의 대로가 중간중간 하나로 모여들어 길게 뻗어간 길은 석림도 특유의 거대한 바위산들의 사이로 사라졌다. 그러다 한순간 사라졌던 길이 불쑥 모습을 드러낸 산 중턱에 거대한 성문이 있었다.

그 성문 뒤로 언뜻 보아서는 그냥 절벽의 일부인 것 같지만, 자세히 보면 사람의 손으로 세워진 거대하고 신비로운 성이 서 있었다.

"저곳이 바로……"

"만굴성이다. 눈에 보이는 성벽은 단지 그 외면일 뿐이고, 안쪽에는 셀 수 없이 많은 석동과 지하 대전들이 들어차 있지. 그곳이야말로 진정한 만굴성이다. 외적의 침입하면 항구도시에 살던 사람들 모두 만굴성으로 피신해 적과 싸우지. 들리는 말에 의하면 만굴성 안에는 모든 성민이 삼 년 동안 외부 조달 없이 버틸 수 있는 식량이 준비되어 있다고 하더구나. 성문을 굳게 닫고 버티면 누구도 석림도를 정복할 수 없는 거지. 솔직히 그 많은 석굴 속에 어떤 무기를 숨겨놓고 있는지도 모르는 거고."

아적삼의 말에 무한이 고개를 끄떡였다.

"다른 출구로 이어지는 비밀 통로가 있을 수도 있겠네요."

"맞아. 보통 석림도라 하면 보통 이 섬 하나를 말하지만 사실 석림도가 지배하는 섬들이 수십 개에 달하거든. 공격하기 참 어려운 곳이지."

언제 봐도 대단한 섬이라는 듯 아적삼이 절벽 중턱의 성을 바라보며 말했다.

그사이 배는 어느새 석림도의 항구도시를 지나 섬의 서북단을 향해 움직이고 있었다.

"어디로 가는 거죠?"

무한이 물었다.

"석림도에는 주항 말고 몇 개의 외항 포구가 있다. 그곳은 번

잡한 주항과 달리 무척 조용하지. 특별한 손님을 맞거나, 혹은 비밀리에 운용되고 있는 석림도의 전선(戰線)들이 섬에 드나드는 곳이야. 우린 그중 한 곳으로 갈 거야."

"특별한 대접이군요."

"당연하지. 묵룡대선인데."

아적삼이 가슴을 툭 치며 말했다.

석림도 만굴성의 대공자 두휘의 안내를 받아 묵룡대선은 절벽에 난 커다란 관문을 통과해 작은 연못 같은 포구에 도착했다.

그곳에는 몇 척의 전선들이 정박해 있었는데, 모두 석림도에서 비밀리에 움직이는 배들이었다.

포구 왼편으로 작은 언덕이 있어서 포구로 불어오는 바람을 막아주고 있었는데 그 언덕 위에 아름다운 장원이 보였다.

"다 왔습니다. 묵으실 곳입니다."

배가 멈추자 두휘가 묵룡대선 위의 탑살을 보며 말했다.

"처음 오는 곳이구려."

일 년에 한 번은 꼭 석림도에 들르는 탑살이었지만, 이 외항 포구는 처음 오는 곳이었다.

"새로 만들었습니다. 거래가 점점 많아지다 보니 자연스레 포구도 새로 만들어지고 있습니다. 저 위에 장원에 묵으시면 됩니다. 묵룡대선 형제들만 사용할 장원이니 배를 지키는 사람을 제외하고는 모두 머무실 수 있을 겁니다."

"과분한 배려구려."

"선장님에 대한 아버님의 존경심을 아신다면 결코 지나친 것이 아니지요."

두휘가 가볍게 미소를 지으며 말했다.

"알겠소. 사양하지 않겠소. 우리 선원들도 긴 항해에 지쳐 있으니 땅에 올라 편안한 잠자리에서 며칠 쉬어가는 것도 나쁘지 않을 테고. 감사의 인사는 성주를 뵙고 드리리다."

"오늘 저녁에 뵙자 하셨습니다만."

"알겠소. 그렇게 하겠소."

탑살이 고개를 끄떡였다.

"장원 왼쪽으로 주항구와 만굴성으로 이어지는 길이 있습니다. 항구까지는 이각이면 도착할 거리이니 묵룡대선 선원들께서도 주항구에서 축제를 즐기실 수 있을 겁니다. 일단 장원까지 안내해 드리겠습니다."

"고맙소. 가봅시다."

탑살이 고개를 끄떡이고는 훌쩍 몸을 날렸다. 그러자 그의 몸이 거대한 묵룡대선 위를 떠나 단번에 접안대에 내려섰다.

두휘가 탑살의 움직임에 잠시 감탄하는 눈빛을 보내다가 그 역시 자신이 타고 있던 소선에서 몸을 날려 탑살 옆에 내려섰다.

"가시지요."

두휘가 먼저 걸음을 옮기기 시작했다.

오랜만에 땅을 밟은 묵룡대선의 선원들은 한껏 생기가 돌았다. 거기에 더해, 그들은 석림도 만굴성에서 그들을 위해 내준 장원에 들어서는 순간 황홀한 상태에 빠졌다.

최고의 솜씨를 지닌 석공만이 새겨 넣을 수 있는 문양들이 장원의 모든 석재에 새겨져 있었다. 목재 역시 좋은 향이 묻어나는 최고급 나무였다.

장원의 곳곳에는 바위섬에 어울리지 않는 귀한 나무들이 심어져 있었고, 이름 모를 꽃들이 가득 찬 정원도 있었다.

이런 화려한 장원은 묵룡대선의 선원들에게는 새로운 경험이었다.

묵룡대선의 명성은 온 세상에 퍼져 있지만, 그들이 생활하는 곳은 결국 바다 위 상선, 배 위의 생활은 화려함이나 편안함과는 거리가 멀었다.

어쩌다 들르는 육지의 포구에서도 평범한 객잔에 묵는 것이 보통이어서 이런 기품 있는 장원에서 머무는 것에 죄를 짓는 것 같은 느낌이 들 정도였다.

"살다 살다 이런 호강도 하네."

이문술이 창을 열어젖히며 말했다.

창을 넘어 귀한 석재로 쌓아 올린 담장이 보이고, 그 담장 너머 화려한 주항구의 정경이 들어왔다.

"오늘 밤?"

아적삼이 물었다.

"그래도 될까? 첫날부터?"

이문술이 되물었다.

주항으로 외출을 나갈 생각을 하고 있는 것이다.

"뭐 어때. 총관께서 삼 일간 자유를 허락하셨잖아? 시간 낭비할 거야?"

아적삼이 추궁하듯 물었다.

"아, 뭐… 그럴 이유는 없겠지? 흐흐."

이문술이 실실 웃음을 흘리며 말했다.

"좋아. 그럼 오늘 밤 가자고. 몇 놈 더 불러 모아서. 제대로 한 번 놀아보자."

"그러지 뭐, 그런데……."

"또 왜?"

"이 소룡님은 어쩌지?"

이문술이 무한을 턱으로 가리켰다.

"나도 같이 가요!"

무한이 소리쳤다.

"아서라. 애들이 낄 자리가 아니다."

아적삼이 고개를 저었다.

"언제는 술을 먹어야 할 나이라면서요?"

"허험… 정말 우리가 술만 먹을 거라고 생각하는 거냐?"

"그럼요?"

"됐고, 넌 다른 소룡과 어울려야지. 이럴 때 친분을 더 쌓아 놓아야지."

"이미 충분히 친하다고요. 한 달 내내 수련실에서 같이 지냈는데……."

"그래도 수련실에서 어울리는 것과는 또 다른 뭔가가 있을 거야. 그리고 너희들이 노는 것과 우리가 노는 방법이 좀 다르니까."

"이제 보니 기루에 갈 생각이시군요?"

무한이 눈을 가늘게 뜨며 물었다.

"어허, 네 녀석이 알 것 없다니까. 그러니까 빌붙을 생각 마. 문술, 나가세. 같이 갈 놈들을 모아보자고!"

아적삼이 단호하게 무한의 동행을 거부하고 자리를 털고서 일어났다.

"정말 나 혼자 두고 갈 거예요?"

무한이 따지듯 물었다.

"오늘은 안 돼. 말했지만 노는 물이 달라. 소룡들과 나가지 않을 거면 무공 수련이나 해라. 가자고!"

아적삼이 문을 열고 나가면서 이문술을 불렀다.

"칸, 미안하다. 하지만 뭐… 우리도 사생활이란 게 있는 거니까."

이문술이 무한을 툭 치고는 아적삼을 따라 숙소를 나섰다.

"…와! 정말 날 두고 가시네."

무한이 허탈한 표정으로 신이 나서 숙소를 나가는 아적삼과 이문술의 뒷모습을 보며 중얼거렸다.

날이 슬슬 저물어가자 마음이 급해졌다.

소룡들에게 가볼까도 싶었지만 아직은 무한이 먼저 외출을 하자고 말을 꺼낼 만큼 편한 사이는 아니었다.

더군다나 아직도 수련의 열기가 남아 있어서 소룡들은 만굴성에서 마련해 준 장원에 들어오자마자 숙소에 틀어박혀 무공수련을 하는 것 같았다.

그런 소룡들에게 주항구 구경을 가지고 먼저 말할 용기가 무한에게는 없었다.

그런데 그런 무한의 고민을 해결해 줄 사람이 나타났다.

"동생! 뭐 해?"

소룡 하연의 목소리다.

"아, 누님!"

무한이 얼른 문을 열었다.

그러자 하연이 간단한 옷차림으로 문 앞에 서 있었다.

"뭐해? 수련하고 있었어?"

"아뇨. 그냥 뭐……."

"나랑 포구에 갈래?"

"포구요?"

"응, 혼자 가려니 심심해서."

"다른 분들은……."

다른 소룡들이 동행하지 않은 것이 이상해서 무한이 물었다.

"흥, 그놈들은 통 재미가 없어. 이런 곳에 오면 하루 정도는 놀러 다닐 만한데 무공 수련을 하겠다네. 참 재미없는 놈들이지?"

하연이 눈을 찡긋하며 말했다.

"좀… 그렇긴 하죠?"

무한도 슬그머니 미소를 머금었다.

"역시 동생은 말이 통하네. 가자. 포구에 가면 신기한 것들이 많을 거야. 이때쯤 석림도에는 온갖 상인들이 모여들거든. 금화가 넘쳐나는 곳이니까."

"그래요. 가요. 그렇잖아도 심심하던 차예요."

무한이 얼른 일어났다.

"다른 분들은?"

하연이 방 안을 들여다보며 아적삼과 이문술을 찾았다.

"벌써 놀러 가셨어요."

"동생 혼자 두고?"

"어린애가 낄 자리가 아니래요."

무한이 어깨를 으쓱하며 말했다.

"호호, 그 양반들 오늘 제대로 한번 놀아보려나 보네. 아무튼 나한테는 잘된 일이지. 동생과 동행할 수 있으니. 가자!"

"예, 누님!"

*　　　　*　　　　*

삼 일 앞으로 다가온 석림도 만굴성주 두와의 생일은 석림도 모든 사람들에게 축복과 같은 시간이었다.

만굴성에서는 석림도의 주민들에게 은화를 아낌없이 선물했고, 그렇게 풀린 은화를 보고 세상 곳곳에서 장사치들이 모여들었다.

두와의 생일 전후 십여 일 동안 석림도에 세상에서 보기 드문 거대한 시장이 형성되는 것이다.

돈이 돈을 부른다고, 석림도의 대축제에 몰려온 여행객들은 또 항구도시에 금화와 은화를 쏟아냈다. 그들이 뿌리고 가는 금화들 역시 만만치 않아서 두와의 생일이 끝나면 오히려 석림도의 부는 크게 증가했다.

결국 석림도는 두와의 생일을 이용해 큰 장사판을 벌이는 것이나 마찬가지였다.

축제는 사람들을 흥분 상태에 빠뜨린다.

곳곳에서 노랫소리가 흘러나오고, 술에 취한 자들의 고함 소리. 이 기회에 큰 거래를 성사시키려는 상인들의 흥정 소리가 뒤섞여 들려왔다.

당연히 작은 다툼도 일어났다. 그러나 그 싸움들이 큰 싸움으로 번지지는 않았다. 시가지를 따라 주기적으로 순찰을 도는 석림도의 경비무사들이 있었기 때문이다.

그렇게 흥청거림 속에서도 질서가 유지되는 축제는 여행객들에게 잊을 수 없는 행복감을 선사했다. 시가지에서 만난 사람들은 모두 가벼운 미소를 띠고 있었다.

그 청년이 나타나기 전까지는.

"술!"

한눈에 봐도 부유한 집안의 아들로 보였다.

턱!

청년이 허리에 차고 있던 검을 풀어 길게 이어 붙인 나무 탁자 위에 올렸다.

청년이 찾은 주점은 본래 문 안쪽 실내에서만 술을 파는 주점이었지만, 석림도주 두와의 생일 전후에 몰려드는 손님들을 상대하기 위해 주점 밖에도 길게 이어진 간이 탁자를 놓고 술과 음식을 팔고 있었다.

"저기……."

그런데 청년 앞에서 주점의 점원이 망설이며 입을 열었다.

"왜?"

"그것이… 공자님께는 술을 팔지 말라는 도주님의 엄명이 있으셔서."

"그래서 못 준다고?"

청년이 눈을 치켜떴다.

"그게… 잠시만 기다리십시오!"

점원이 하던 말을 멈추고 도망치듯 주점 안으로 뛰어 들어갔다.

"이것들이 날 뭘로 보고… 뭘 봐?"

청년이 문득 자신을 바라보고 있는 사람들의 시선을 깨닫고는 주위를 돌아보며 소리쳤다.

그러자 사람들이 그와 눈을 마주치지 않기 위해 서둘러 고개를 돌렸다.

"클클… 거지 같은 것들! 뭘 빌어먹을 게 있다고 이렇게 몰려들 와서는… 시끄럽게!"

청년이 투덜거렸다. 청년은 이 작은 주점에 오기 전에 이미 어디선가 제법 많을 술을 마신 듯 보였다.

눈은 풀려 있고, 머리는 헝클어져 있었다. 풀린 눈으로 흘려내는 시선은 세상에 대한 불만으로 가득 찬 듯 보였다.

"석림도 사람이오?"

문득 청년이 앉은 긴 탁자 왼쪽 끝에 손님 세 명이 자리를 잡고 앉았더니, 그중 한 명이 청년에게 말을 걸었다.

"그런데 왜? 뭐 할 말 있어?"

청년이 시비조로 대답했다.

"옷차림을 보니 귀한 집 자제 같은데. 사양하지 않겠다면 내가 술 한잔 사겠소."

사내의 말에 청년의 눈빛이 살짝 변하는 듯하다 이내 다시 빈정거리는 눈빛으로 돌아왔다.

"날 알아봤군."

청년이 씩 미소를 지으며 말했다.

"미안하지만 누군지는 모르겠소만."

청년에게 말을 건 사내가 고개를 저었다.

"모르는 사람에게 술을 산다?"

"본래 여행지에서는 이런 식으로 사람을 사귀지 않소?"

사내가 뭐가 문제냐는 듯 되물었다.

"그렇긴 하지만… 누군가를 사귀려면 이유가 있어야지. 보통은 잘나 보이는 놈과 친해지기 위해 술을 사는 것이고. 그런데 딱 봐도 난 잘난 놈이 아니잖아. 누가 봐도 술 취한 어린 망나니 놈인데, 이런 나와 친해지고 싶은 사람이 누가 있겠어. 봐. 모두들 날 벌레 보듯 하잖아!"

청년이 손을 들어 주점 주변에 있는 사람들을 가리켰다. 그러자 사람들이 그의 시선을 피해 급히 고개를 돌렸다.

"사람마다 사람을 사귀는 기준은 다른 법이오."

사내가 덤덤하게 말했다.

"에이, 아니야. 당신은 분명 내가 누군지 알아. 그렇지?"

청년이 따지듯 사내에게 물었다.

그러자 사내가 잠시 청년을 바라보다 고개를 저으며 말했다.

"후우… 어쩔 수 없구려. 맞소이다. 솔직히 공자께서 석림도의 삼공자임을 누가 모르겠소이까?"

"클클… 거봐. 알고 있잖아! 내 눈은 못 속인다니까!"

청년, 석림도주 두와의 셋째 아들이자, 석림도 제일의 망나니로 불리는 두굴이 비릿한 미소를 지었다.

두굴은 석림도주에게는 큰 골칫거리였다. 그는 하루 거의 대부분 만굴성 밖으로 나와 있었다. 주로 주점을 전전했고, 간혹 도박을 즐겼다.

그가 주점을 출입하기 시작한 것이 열세 살 무렵이었다고 하니 애초에 그는 술망나니의 본성을 타고난 것일 수도 있었다.

그러나 한편으로 석림도의 사람들은 그에게 동정심을 가지고 있기도 했다.

두굴은 석림도에서 가장 존귀한 혈통을 타고 태어났지만, 또한 그 혈통으로 인해 태어나는 순간부터 가장 비참한 운명의 존재로 전락했기 때문이다.

그 이유는 단 하나. 그를 낳다가 죽은 그의 어머니 때문이었다.

두와는 평생 세 명의 여인과 혼인했다. 원주족의 풍습이 살아 있는 무산열도에서 권력자가 여러 명의 부인을 두는 것은 흠이 아니다.

두와는 그중 두 명의 부인으로부터 큰아들 두휘와 둘째 아들 두수를 얻었다. 그리고 마지막 여인에게서 얻은 아들이 두굴이었다.

그런데 두굴의 모친은 두와의 다른 두 부인과 달랐다. 두굴의 모친은 굴란이라는 이름을 가진 여인이었는데, 석림도 출신이 아닌 무산열도 오지의 이족 출신 하녀였다.

석림도주 두와가 왜 이족 출신의 미천한 하녀를 자신의 여자로 거뒀는지는 아직도 의문이지만, 어쨌든 굴란은 하루아침에 하녀에서 석림도주 두와의 아이를 잉태한 행운의 여인이 되었다.

그러나 그 행운은 아이를 낳는 순간까지만 이어졌다. 두굴을 낳은 굴란은 채 열흘을 넘기지 못하고 산고로 죽었기 때문이다.

그 이후 두굴은 석림도주 두와의 가문에서 철저하게 소외됐다.

출신이 미천한 어머니, 그것도 이미 죽은 사람을 어머니로 둔 두굴을 다른 두 형제 두휘와 두수는 형제로조차 인정하지 않았다.

당연히 처음부터 두와의 후계자 후보로도 꼽히지 않았다.

두휘와 두수의 외가는 석림도주 두와도 함부로 무시할 수 없는 가문들이었기에 두굴이 두 사람과 후계자 경쟁을 한다는 것은 처음부터 불가능한 일이었다.

후계자가 될 수 없는 왕의 자식은, 그것도 반쪽 피에는 미천한 하녀의 피가 흐르는 왕의 자식은 결국 좌절하고 타락할 수밖에 없었다.

그래서 두굴은 정해진 운명처럼 석림도 제일의 망나니가 된 것이다.

"대석림도의 삼공자께 술 한잔 사는 영광을 주시겠소이까?"

중년 사내가 빈정거리는 시선으로 자신을 바라보는 두굴에게 재차 물었다.

"그러니까 왜?"

이유를 말하라는 듯 두굴이 물었다.

"삼공자께 술을 사는 것은 당연히 우리 같은 상인에게 영광스
러운 일이기 때문이지요."

사내가 짐짓 정중한 표정으로 말했다.

"흐흐흐, 헛소리 집어치우고. 원하는 게 뭐야?"

두굴이 소문난 망나니다운 말투로 사내를 추궁했다.

하지만 어린 두굴에게 상스러운 대우를 받으면서도 사내의 얼
굴에선 웃음이 떠나지 않았다.

"역시… 화통하시군요. 좋습니다. 사실 삼공자님과 긴밀하게
상의할 일이 있는데……."

"상의라. 장사꾼인가?"

두굴이 다시 물었다.

"뭐. 겸사겸사."

사내가 말을 얼버무렸다.

"난 무사들인 줄 알았는데?"

두굴이 사내의 허리춤에 매달린 검을 보며 말했다.

"무공을 모르는 것은 아니지요."

"무공이라. 검술이 아니라 무공이라 말하는 것은 무종까지 얻
었다는 뜻이군. 그런 사람이 나와 긴밀하게 할 이야기가 있다라.
이제 보니 한철(寒鐵)을 원하는군."

두굴이 피곤한 듯 한 손으로 이마를 짚으며 말했다.

"…역시, 혜안이 날카로우시군요."

사내가 아부를 하기 위해선지 정말 감탄한 건지 알 수 없는 표정으로 말했다.

그러자 두굴이 손을 저으며 말했다.

"그럼 사람 잘못 찾았어. 난 할 수 있는 게 술 마시는 거밖에 없는 사람이거든. 한철은 내 소관 밖이야! 야! 술 안 가져오고 뭐 해?"

두굴이 주점 안을 보며 소리쳤다.

그러자 주점 안에서 초로의 노인이 황급하게 달려 나왔다.

"삼공자님… 그만 성으로 돌아가시지요? 이미 많이 취하신 것 같은데."

주점에서 나온 노인이 두굴을 보며 조심스럽게 말했다.

"잔소리 말고 술이나 줘요. 상노!"

"도주님의 엄명이 있으셨습니다. 삼공자께 술을 파는 사람은 보름간 주점 문을 닫아야 한다고……."

"젠장, 언제는 허락 맡고 마셨나? 그리고 그럼 지금까지 나한에 술을 판 사람들은 간이 배 밖으로 나와서 판 거야?"

"그야……."

"거봐. 말은 그렇게 해도 위대하신 아버님께서 나에게 술을 팔았다고 주점 문을 닫게 할 일은 없어, 다들 그걸 아니까 못 이기는 척 술을 내주는 거라고. 그러니까 술 가져와."

"그럼 그런 주점으로 가시지요? 전 못 내드립니다."

노인이 단호하게 말했다.

"은전이 떨어졌으니까 그렇지. 그 새끼들은 외상은 안 준다고. 상노 말고는……."

"당연하지요. 삼공자께서 언제 외상 술값 갚으신 적이 있습니까?"

"그러니까 상노를 찾아온 거 아니야. 이 허름한 술집을 말이야. 내가 상노에게는 외상 술값 꼭 갚았잖아? 하루 이틀 거래하는 것도 아니고."

"그럼요. 열세 살 되시던 해부터니까 십 년이 넘었지요. 그런데 정말 제게 진 외상 술값을 다 갚았다고 생각하세요?"

노인이 따지듯 물었다.

"아, 뭐… 자잘한 것이야. 퉁칠 수도 있고 그런 거지."

"그 자잘한 거 모으면 이런 주점 하나는 더 냈을 겁니다."

"그래그래. 그래서 내가 항상 고마워해. 나중에 잘되면 내가 큰 주점 하나 차려줄게. 그러니까. 오늘……."

"됐습니다. 오늘은 안 됩니다. 도주님의 특별한 명이 있으셨습니다. 절대 사고 치시면 안 된다고."

"젠장, 오늘은 뭐 다른가?"

"다르지요. 묵룡대선이 들어오지 않았습니까?"

"묵룡대선이? 독안룡께서 오셨다고?"

두굴이 놀란 표정으로 물었다.

"그것도 모르셨습니까? 정말… 이렇게 막 사실 겁니까?"

상노가 화가 난 표정으로 소리쳤다.

"젠장, 내 인생은 내가 알아서 해. 아니, 그런데 독안룡께서 오신 것과 내가 술 마시는 게 무슨 상관인데?"

"인사는 하셔야 할 거 아닙니까. 어서 성으로 가보세요."

"인사라… 됐어. 내일 뵈면 돼. 술이나 줘."

"못 줍니다."

"정말 이럴 거야? 주점 다 부숴 버리는 수가 있어!"

두굴이 협박을 해댔다.

"그럼 도주께서 새로운 주점을 번듯하게 차려주시겠지요."

노인이 한발도 물러서지 않았다.

그러자 두굴이 노인을 빤히 바라보다가 자리를 박차고 일어났다.

"젠장, 여기 아니면 술 마실 데가 없는 줄 알아? 상노, 큰 실수하는 거야. 오랜 단골 끊은 거라고!"

"제발 그랬으면 좋겠습니다."

노인이 지지 않고 대답했다.

"에이! 쌍!"

쾅!

두굴이 검집째 검을 휘둘렀다. 그러자 길게 이어진 탁자의 중간이 맥없이 무너져 내렸다. 술주정뱅이의 무공으로 치부하기에는 너무 강력한 일격이다.

그러나 그렇게 놀라운 힘으로 탁자를 부수어 버린 두굴은 태연하게 주점을 떠나면서 손까지 흔들었다.

"상노, 탁자값은 아버님께 청구해. 다음에 보자고!"

"제발 다른 곳으로 가지 말고 성으로 돌아가세요! 오늘은 어디서도 더 이상 술을 안 팔 겁니다."

"글쎄, 과연 그럴까?"

두굴이 고개를 돌려 씩 한 번 웃어 보이고는 주점을 떠났다.

"…에이, 불쌍한 사람!"

두굴이 떠나자 상노라 불린 주점 주인이 화를 내며 주점 안으로 들어갔다.

그러자 두굴에게 술을 사겠다고 했던 사내들이 슬그머니 자리에서 일어나 두굴을 따라가기 시작했다.

제8장

두굴

"이상한 사람이군요."

무한이 눈부신 시가지를 떠나 작고 어두운 골목으로 사라진 두굴을 보며 입을 열었다.

"불쌍한 사람이지."

하연이 대답했다.

"적삼 아저씨에게 석림도주의 아들들에 대해 듣기는 했어요. 삼공자는 생모의 신분 때문에 석림도주의 후계자 경쟁에서 제외 됐다고요."

"목적 없는 삶은 사람을 무너뜨리지. 서서히 폐인이 되어가고 있는 것 같아."

두 사람은 석림도주의 셋째 아들 두굴이 주인과 실랑이를 벌 이던 작은 주점 맞은편 반점에 앉아 있었다.

석림도의 특별한 저녁을 즐기기 위해 일부러 굶고 나온 두 사람이어서, 소문난 반점을 찾아 바다 위에서는 쉽게 즐길 수 없는 요리들을 즐기다가 두굴과 술집 주인의 실랑이를 보게 되었던 것이다.

"그런데… 전 그렇게 보이지 않았는데요."

무한이 하연과 다른 생각을 가지고 있는 듯 말했다.

"그래? 동생 눈에는 어떻게 보였는데?"

하연은 생각이 다르다는 무한에게 화를 내지 않고 호기심을 드러냈다.

"순간순간 그의 눈에서 분노가 보였어요."

"분노? 그거야 당연하겠지. 자신의 처지에 대한 분노. 사람들의 멸시에 대한 분노를 왜 느끼지 않겠어."

"자포자기한 사람은 그런 분노를 느끼지 않죠."

무한이 말했다.

"글쎄… 자포자기했다고 분노가 없어질까?"

이번에는 하연이 무한의 생각에 동의하지 않았다.

인생의 목적을 잃었다고, 그래서 무의미한 삶을 살아간다고 해서 분노가 없어지는 것은 아니라고 생각하기 때문이다.

"조금 다른 의미의 분노를 말씀드리는 거예요."

"분노에도 종류가 있나?"

하연이 무한의 생각이 재밌다는 듯 되물었다.

"그저 화를 내는 것과 무엇인가를 하기 위해 참는 사람의 분노는 다르죠."

무한이 진지하게 대답했다. 스물 한참 이전 나이의 소년이 하는 말치고는 제법 어른스러운 면이 있었다.

"뭔가를 하려는 사람의 분노라고? 그에게서 그런 의욕을 봤다는 거야?"

"예."

무한이 짧게 대답했다.

"이상하네. 그런 걸 어떻게 구분해 내지?"

하연이 고개를 갸웃하며 무한을 바라봤다.

그러나 무한은 하연에게 자신이 두굴에게서 받은 느낌을 자세하게 설명할 수는 없었다. 왜냐하면 그걸 알아챈 이유가 동질감이었기 때문이다.

팔 년 동안 철사자 무곤의 홀로 남은 나약한 아들로 살아야 했던 시절, 그는 사자림을 에워싼 숲에서 보내오는 시선들을 감당해야 했다.

육주의 강자라는 사람들이 보낸 첩자들의 멸시와 동정 어린 시선을 모른 척하며 사자림에서의 탈출을 계획하던 당시의 그가 석림도주의 삼공자 두굴과 닮아 있었던 것이다.

그래서 무한은 두굴의 눈빛을 알아볼 수 있었다.

두굴이라는 사람은 아마도 기회만 주어지면 반드시 뭔가를 시도할 것이다. 그의 눈빛은 마치 황량한 광야에서 먹이를 찾아 헤매는 표범과 같았다.

그런 사람이 폐인일 수는 없었다. 하지만 그런 느낌을 하연에게 설명할 수는 없었다. 그러려면 자신이 기억을 잃지 않았다는 것을 말해야 하기 때문이다.

"그냥… 그렇게 느껴져요."

"느낌이라. 가끔 육감이 그 어떤 것보다 정확하기는 하지만……."

그저 느낌으로 한 말이라면 선뜻 동의할 수 없다는 듯 하연이 말꼬리를 흐렸다.

"아무튼 재미있는 사람이에요."

무한이 재차 두굴이 사라진 작은 골목으로 시선을 돌리며 말했다.

"동생 마음에 들었나 봐?"

하연이 물었다.

"뭐… 알아보고 싶은 사람이기는 하네요. 동정심도 생기고."

무한이 대답했다.

"동정심… 맞아. 재주에 비해서 아까운 사람이기는 하지. 아까 탁자를 검집으로 부숴 버리는 것 봤지? 저 나이에 그 정도 무공은 쉽지 않거든. 아, 그러고 보니 동생 말이 맞을지도 모르겠다. 자포자기한 폐인이 이십 대 초반의 나이에 그런 무공을 가지고 있다는 것은……."

갑자기 하연이 눈빛을 빛냈다.

"어렵죠. 목적 없이 무공을 수련할 사람은 없으니까요."

무한이 자신의 생각이 맞지 않냐는 듯 하연을 바라봤다.

"그렇게 생각해 보니… 재밌네. 나도 갑자기 확 흥미가 생기는데."

하연도 무한과 마찬가지로 두굴의 사라진 골목으로 시선을 돌리며 말했다.

화려한 항구도시의 빛들도 밤이 깊어지자 하나둘 꺼지기 시작했다. 그러나 그렇다고 항구의 아름다움이 사라진 것은 아니었다.

사람들이 밝혔던 빛들이 사라지자 자연(自然)이 만들어낸 빛들이 항구를 빛내기 시작했다.

어두운 밤, 보석 같은 별빛들이 석림도의 항구도시에 쏟아져 내렸다. 그 모습이 황홀해서, 별빛 내린 항구를 바라보는 것만으로도 하루 종일 시간을 보낼 수 있을 것 같았다.

무한과 하연은 별빛에 휩싸인 항구의 정경을 숲 어귀에서 바라보고 있었다. 포구를 떠나 숙소가 있는 외항 별포 위의 장원으로 돌아가는 길이었다.

"이런 곳은 처음 봐요."

무한이 항구의 아름다움에 취한 듯 중얼거렸다.

"그러게. 많은 곳을 다녀봤지만 이 석림도의 항구는 언제 봐도 아름다워. 그런데 나도 이렇게 별빛에 휩싸인 항구를 보는 건 처음이야."

"석림도 방문이 세 번째라고 하셨나요?"

무한이 물었다.

"응, 그런데 같은 곳이라도 오늘 같은 느낌은 처음이야. 잘 나왔어."

하연이 이때만큼은 무인이 아니라 여인의 감성을 드러냈다. 소룡으로서 살아가는 그녀에게선 좀처럼 볼 수 없는 모습이다.

무한은 문득 그런 하연의 모습이 포구의 별빛만큼 아름답다는 것을 깨달았다.

그리고 또 하나 깨달은 것이 있었다. 자세히 살펴보면 하연은 애초부터 무척 아름다운 사람이라는 것이었다. 굳이 이런 별밤의 신비로운 빛을 빌지 않아도 그녀는 이미 충분히 아름다운 여인이었다.

다만 그동안은 무인으로서의 삶이 그 아름다움을 덮고 있을 뿐이었다. 그래서 궁금했다. 하연이 왜 묵룡대선이 소룡이 되었는지.

"어쩌다 소룡이 되셨어요?"

무한이 불쑥 물었다.

"응?"

"어떻게 묵룡대선의 소룡이 되셨는지⋯⋯."

무한이 다시 물었다.

그러자 하연이 어깨를 으쓱하며 말했다.

"멋있잖아?"

"예?"

"대영웅 독안룡 탑살의 제자가 되는 걸 누가 거부하겠어? 이런 멋진 삶이 어디에 있다고."

"그⋯ 그야 그렇지만."

"하하하, 농담이고! 사실 소룡들 중 누구도 평범한 과거를 가진 사람은 없어. 나 역시 마찬가지야. 본래 우리 집은 사해상가가 있는 육주 송강 하구에 위치한 작은 상가였어. 묵룡대선이나 사해상가처럼 상선을 소유했던 것은 아니고, 육주 내륙을 왕래하는 몇 대의 마차가 있었지. 그런데 내가 칸 동생 나이쯤 되었을 때, 사해상가가 갑자기 거래를 끊는 바람에 큰 손해를 입고 파산했어. 그래서 빚쟁이들이 들이닥치고⋯ 그자들이 빚을 갚지 못하면 나라도 데려가겠다고 패악을 부렸었지."

"아⋯⋯."

무한이 자신도 모르게 탄식을 흘렸다.

"그래서 꼼짝없이 누군가에게 끌려갈 상황이었는데, 갑자기 두 가지 길이 열리더라고."

"두 가지 길이요?"

"응. 하나는 누군가의 첩이 되는 길이고. 다른 하나는 독안룡 님의 제자가 되어 사해(四海)를 여행하는 길이었지. 동생이라면 뭘 선택하겠어?"

"그야 당연히……."

"그래, 당연히 독안룡님의 제자가 되는 것을 택했지. 그래서 소룡이 된 거야. 독안룡님이 부모님을 겁박하던 채무자들을 정리해 주셨고. 난… 선장님께 큰 은혜를 받은 사람이야. 그래서 목숨도 바칠 수 있어."

하연이 독안룡 탑살에 대한 충성심을 드러냈다.

"그… 첩이 될 수도 있었다는 이야기는……."

"사해상가주 노백에게 세 아들이 있어. 모두 장성해서 별도의 상가를 이룰 정도로 나이들이 많지. 그중 셋째가 노룡이라는 작자인데 그자가 제안을 하더군. 자신의 첩이 된다면 아버지의 빚을 모두 대신 갚아주고, 사해상가와 다시 거래를 할 수 있게 해 주겠다고."

"하! 빌어먹을 놈!"

무한이 욕설을 내뱉었다.

그러자 하연이 씁쓸하게 미소를 지으며 물었다.

"알겠지? 일이 어떻게 된 건지?"

"그 개자식이 일부러 누님 가문을 곤경에 빠뜨린 거군요? 누님에게 흑심을 품고."

"아마도······."

"그냥 놔뒀어요?"

"그럼 어떻게 하겠어. 거래를 끊고 안 끊고는 사해상가 권리인데. 아무튼··· 이 모든 게 내가 너무 예뻐서 생긴 일이니 결국 내 탓이고, 날 이렇게 예쁘게 낳아준 부모님 탓이지."

"아이고, 누님······."

무한이 어이없는 눈으로 하연을 바라봤다.

이 와중에도 농담을 하는 하연이 미친 사람처럼 보일 정도였다.

"하하하, 미안미안. 그냥 우울한 이야기만 하는 것 같아서. 어쨌든 결론은 나쁘지 않잖아? 부모님도 작은 여관을 내셨고. 난 대영웅 독안룡님의 제자가 되었으니. 결과적으로는 사해상가의 그 망나니 셋째 아들놈 덕을 본 거지."

"···뭐, 그렇기도 하네요."

"하하, 그래서 그자를 원망하지는 않아. 물론 싫어는 하지만. 언젠가 기회가 되면 한번 호되게 골려줄 생각도 있고."

"그때 제가 도와드릴게요."

"어? 그럴래? 약속하는 거야?"

"그럼요. 벌써부터 기대가 되네. 죽일 놈!"

무한이 손가락을 우드득 비틀며 중얼거렸다.

"좋아. 내가 동생 하나 잘 두었어. 자. 이제 돌아가자. 조금 늦었네. 총관님께 혼이 날 수도 있겠어."

"그러게요. 어서 가요."

"그래도 뭐, 설마 이런 날 크게 화를 내시겠어? 가끔은 이런 날도 있어야지. 너무 걱정 마."

하연이 무한을 안심시키며 걸음을 옮겼다.

그러나 두 사람은 오늘 쉽게 숙소로 돌아갈 수 있는 운명이
아니었다.

쾅!

갑작스러운 소음이 무한과 하연의 걸음을 멈추게 만들었다.

"뭐죠?"

무한이 겁이 난 표정으로 물었다.

"그러게 뭐지? 저기쯤에서 난 소리 같은데?"

하연이 길 위쪽으로 우거진 숲을 보며 말했다. 워낙 무성한 숲
이고, 어두운 밤이라 소리가 난 곳의 상황을 제대로 볼 수 없었다.

"짐승 소리였나?"

쾅음 이후에는 다시 소리가 들리지 않자 무한이 고개를 갸웃
했다.

그러나 무한보다 고수인 하연의 생각은 달랐다.

"아니, 사람들이 있어."

하연이 목소리를 낮춰 말했다.

"예?"

"누군가 있어. 인기척이 들려. 사람 목소리도 들리는 것 같고."

"정말요? 그럼 어쩌죠?"

"음… 보통의 경우라면 모른 척하고 지나가는 것이 좋은데 이
곳이 석림도라면 이야기가 좀 다르지."

"왜요?"

"석림도에서 분란을 일으키는 자들이 있다면 그걸 모른 척할

수 없으니까."

"석림도 사람들일 수도 있잖아요?"

"물론 그럴 수도 있지. 하지만 이렇게 외진 곳에서 한밤중에 누군가를 협박하는 자들이 과연 석림도 사람들일까?"

"협박이요?"

"응."

하연이 고개를 끄떡였다.

"그걸 어떻게 아세요?"

"안 들려? 분명 어떤 자들이 누군가를 협박하고 있어."

"…누님의 무공은 생각보다 훨씬 강하시군요? 난 아무 소리도 들리지 않는데."

"자세히 귀를 기울여 봐. 동생도 들을 수 있을 거야."

하연이 손가락을 입에 가져다 대며 말했다.

무한이 그녀의 말대로 입을 다물고 숲을 향해 귀를 열었다. 그러자 무한의 귀에서 의미를 지닌 소리들이 미미하게 들리기 시작했다.

그리고 소리들 중 한 단어가 명확하게 무한의 귀를 파고들었다.

삼공자…….

순간 무한이 하연을 바라봤다.

하연 역시 무한과 시선이 닿았다.

"가봐야겠어. 삼공자의 일이라면……."

하연이 말했다.

그러고는 미처 무한이 말릴 사이도 없이 숲으로 들어갔다.

"하여간 화끈해서 좋기는 한데 가끔 너무 과격하단 말씀이야……."

망설임 없이 숲으로 들어가는 하연을 보며 무한이 고개를 저었다. 그러나 어쩔 수 없다. 무한도 급히 하연의 뒤를 따르기 시작했다.

쾅!

묵직한 발이 날아와 석림도 삼공자 두굴의 가슴을 찼다.

"어이쿠!"

두굴이 비명을 토하며 뒤로 날아가 커다란 바위에 부딪혔다.

"쿨럭쿨럭!"

입에서 술인지 피인지 혹은 액체가 흘러나오며 두굴이 기침을 해댔다.

"그러게 왜 깨서 이 고생이요? 푹 자고 있었으면 이런 고생을 안 했을 텐데. 안 그래요, 공자님?"

두굴에게 발길질을 해댄 사내가 바위에 너부러진 두굴을 보며 말했다.

"흐흐흐, 이 정도로 내가 죽겠어? 좀 더 세게 해봐."

죽을 만큼 맞은 것 같은데도 두굴이 실실 웃으며 비꼬았다.

"야, 이거 정말 괴상한 사람일세. 이쯤 되면 살려달라고 싹싹 빌어야 하는데 아직도 오기가 남아 있으니."

사내가 어이가 없다는 표정을 지었다.

"대체 이렇게까지 하는 이유가 뭐냐?"

두굴이 물었다. 이번에는 웃음기가 사라진 얼굴이다.

"석림도에서 원하는 게 뭐가 있겠소. 한철이지."

"날 어떻게 한다고 한철이 생길 것 같으냐? 한철은 나도 건드리지 못해."

"에이, 그래도 뒷구멍으로 조금이라도 빼돌릴 수 있겠지. 그렇게 들었는데?"

사내가 빈정거렸다.

"그런 식으로 거래를 할 거면 날 이렇게 대하면 안 되지. 가뜩이나 위험한 거래를 이런 식으로 하려고 해?"

"아아, 걱정 마시오. 삼공자가 나설 일은 없으니까. 아마 지금쯤 우리 배에 적지 않은 한철이 실리고 있을 거요."

순간 두굴의 표정이 딱딱하게 굳었다.

이 일이 결코 단순히 한철을 욕심낸 자들이 저지른 것이 아니란 사실을 깨달은 것이다.

"대체… 무슨 일을 꾸미고 있는 거냐?"

두굴이 서늘한 시선으로 물었다.

그러자 사내가 잠깐 움찔하다가 피식 실소를 흘렸다.

"훗! 힘도 쓰지 못하는 양반이 뭘 그렇게 노려보쇼? 그런다고 달리 어떻게 할 방법도 없으면서!"

"말해라. 대체 무슨 일을 꾸민 것인지?"

"음… 자세한 것은 말할 수 없고. 한 가지 확실한 것은 우린 삼공자 덕에 금보다 귀하다는 한철을 꽤 많이 얻어가지고 오늘밤 이곳을 떠난다는 거요. 그리고 무슨 일이 벌어졌는지는 내일이 되면 아마 알게 될 거요."

"이놈들 대체 무슨……."

두굴이 몸을 세우려고 애를 썼다. 그러나 그의 몸은 마치 모든 뼈가 사라진 것처럼 흐느적거렸다.

"아아, 괜히 힘쓰지 마시고. 자! 한 잔 더 하시오. 아까 마신 술이 부족해서 이렇게 빨리 깨어나 고생을 하고 있으니 이번에는 아예 병째로 드리겠소. 뭐, 평소 좋아하던 술 아니오."

사내가 두굴에게 말을 하고는 뒤에 서 있는 동료를 바라봤다.

사내가 눈짓을 하자 동료로 보이는 두 사람 중 한 명이 술병을 사내에게 건넸다.

"이번엔 좀 독하게 탔지?"

술병을 받아 들며 사내가 물었다.

"죽지 않으면 다행일 겁니다."

"좋아. 그런데 참 이상하지? 보통 사람들은 아까 먹인 정도로도 한나절은 너끈히 잠들어 있는데, 겨우 한 시진도 안 돼서 정신을 차리다니. 참, 여러모로 재밌는 사람이야."

사내가 고개를 갸웃하면서 다시 두굴에게 다가갔다.

"자, 시원하게 들이켜!"

사내가 두굴에게 술병을 내밀었다.

"너나 처먹어라!"

두굴이 술병을 받는 대신 침을 뱉었다. 두굴이 뱉은 침이 정확하게 사내의 얼굴에 떨어졌다.

"에잇, 더럽게! 이런 미친 새끼가! 어디다가 감히!"

사내가 화를 내며 소매를 들어 얼굴에 묻은 침을 닦아냈다. 그러고는 검을 들어 두굴의 목에 겨눴다.

"어이, 삼공자. 소문대로 하는 짓이 더럽구먼. 성질도 더럽고… 뭐, 피도 더럽다고 했던가? 킬킬킬!"

사내가 조롱하듯 킬킬거렸다. 두굴의 모친이 하녀였던 것을 조롱하는 것이다.

순간 두굴의 눈에서 차가운 살광이 쏟아졌다.

"너… 정말 죽고 싶구나!"

두굴이 사내의 눈을 차갑게 응시하며 말했다.

순간 사내의 표정이 딱딱하게 굳었다. 그리고 마치 정말 두굴이 자신을 죽일 것 같은 생각이 드는지 두어 걸음 뒤로 물러났다.

"경고하겠는데. 지금 날 죽여야 할 거다. 만약 내가 살아난다면 세상 끝까지 네놈을 쫓아가 결국 죽이고 말 테니까."

두굴이 낮은 목소리로 말했다. 오히려 소리를 지르지 않으니 더 서늘한 느낌이 드는 경고다.

그러자 사내가 눈에 한순간 갈등의 빛이 떠올랐다.

"젠장, 이걸 정말 죽여?"

사내가 물러났던 걸음을 앞으로 옮겨 두굴의 목에 칼을 들이댔다.

"형님! 일 크게 만들지 마시구려. 잠만 재워두면 내일 그 사람들이 어련히 알아서 하지 않겠소? 여기서 그 망나니를 죽이면 석림도주가 분명 끝까지 우리를 추격할 것이오."

"음… 하긴! 내일이면 한철을 몰래 **빼내** 판 죄인이 되어 옥에 갇힐 놈을 두려워할 필요가 없지."

순간 두굴이 다시 물었다.

"누가 사주했느냐?"

"내일이 되면 자연히 알게 될 거요. 삼공자에게 무슨 일이 일어난 건지. 자! 우리 인연은 여기서 끝냅시다. 난 술 한잔 대접한 거고. 당신은 술 한잔 얻어 마시고 푹 자고 일어나는 것으로! 그게 서로 깔끔해!"

턱!

이번에는 반항을 용납지 않겠다는 듯 사내가 두굴의 목울대를 움켜잡았다. 그러자 두굴의 입이 숨을 쉬기 위해 자연스럽게 벌어졌다.

"자, 한 잔 주욱 하시오!"

사내가 두굴의 입에 술병을 가져다 댔다.

그런데 그때 갑자기 한 줄기 빛이 어둠을 뚫고 날아와 정확하게 사내가 들고 있던 술병을 꿰뚫었다.

픽!

술이 든 술병이라 부서지며 둔탁한 소리를 냈다. 그러자 술병 안에 들었던 술들이 사방으로 쏟아졌다.

"웬 놈이냐?"

놀란 사내가 두굴을 두고 재빨리 자리에서 일어났다. 민첩한 몸놀림, 검에 깃드는 무형의 기운, 확실히 보통 사내는 아니다.

어디선가 무종을 얻어 무공을 수련한 자가 분명했다.

"당신들이었군."

어둠 속에서 하연이 모습을 드러내며 말했다.

"뭐야. 계집 아냐?"

사내가 황당한 표정을 지으며 말했다.

"왜 여자라서 실망했어?"

"이 계집이 뭐라고 지껄이는 거야? 대체 넌 누구냐?"

"그러는 네놈들은 누구기에 감히 석림도의 삼공자님께 이런 패악을 부리고 있는 거지?"

하연이 되물었다.

물론 이자들이 시가지에서 삼공자 두굴에게 술을 사겠다며 말을 붙였던 자들임을 모르지 않는다. 하지만 궁금한 것은 이자들의 정확한 정체다.

"후우… 계집, 경솔하구나. 스스로 죽을 자리를 찾다니. 우리 얼굴을 보았으니 이대로 보낼 수는 없고. 뒤를 막아!"

사내가 짧게 명을 내렸다.

그러자 사내의 동료들이 재빨리 하연의 뒤쪽으로 돌아가 그녀의 퇴로를 막았다.

"날 죽이겠다는 거냐?"

"그럼 살려줄 거라고 생각한 거냐? 순진하긴… 아니, 살 수 있는 방법이 없는 것도 아니군. 나랑 같이 가자. 곧 우리 배가 출발할 텐데 같이 가겠다면 살려주지. 뭐, 얼굴도 봐줄 만하니까."

사내가 하연의 등장에 당황했던 마음을 진정시켰는지 비릿한 농담도 던졌다.

"그것보다 더 좋은 방법도 있어. 너희들이 내 손에 잡히는 거야. 어때?"

하연이 당차게 물었다.

"후후후, 어린 계집이 어디서 무술을 조금 배웠나 보군. 하지만 이 아저씨들은 너 같은 어린 계집이 상대할 사람이 아니란다. 그러니까 아저씨를 따라가든지, 아니면… 죽어라!"

웅!

사내가 검에 내공을 주입했다. 내공을 머금은 검이 바람 소리를 내며 거칠게 울었다.

사내의 검에 희뿌연 아지랑이가 서리기 시작했다. 검기를 만들 수 있는 경지의 초입에 이른 모습이다.

사내의 무공이 결코 가볍지 않다는 증거다. 최소한 하연보다 강하면 강했지 약할 것 같지는 않았다.

하지만 하연은 속으로는 긴장되면서도 겉으로는 전혀 긴장한 기색을 드러내지 않았다.

"늙은이를 따라가긴 싫어. 역시 당신들이 죽거나 잡히는 게 제일 좋겠어."

하연도 검을 빼 들었다.

"그래? 그럼 어쩔 수 없지. 아쉽지만 죽이는 수밖에."

사내가 하연을 향해 달려들며 검을 내리그었다.

팟!

사내의 검이 사선으로 하연을 벴다.

그러자 하연이 몸을 비스듬히 뉘며 사내의 검을 옆으로 흘려내고는 바짝 땅에 몸을 붙였다. 그리고 그 상태에서 옆으로 회전하며 사내의 다리를 베려 했다.

"제법!"

사내가 비웃음 같은 칭찬을 흘리며 가볍게 허공으로 솟구쳤다. 허공에 떠오른 사내가 기형적인 움직임으로 방향을 틀며 하연의 머리에 검을 꽂았다.

창!

하연이 급히 검을 들어 사내의 검을 막자 강렬한 충돌음이 어두운 밤공기를 타고 숲으로 퍼져 나갔다.

주룩!

하연이 몇 걸음 뒤로 밀려났다. 공력에서 사내에게 밀린 듯 보였지만, 사실은 일부러 사내와의 거리를 만들기 위해 물러난 것이었다.

사내가 재빨리 하연을 따라붙으며 하연이 움직이는 방향을 차단하겠다는 듯 벼락처럼 검을 찔렀다.

창!

하연이 능숙하게 검을 들어 사내의 검을 막아냈다. 그리고 그 이후부터 놀라운 검들의 충돌이 이어졌다. 사내는 빈틈없이 촘촘하게 공격을 이어나갔고, 하연은 그 공격들을 빠짐없이 막아냈다.

물론 그녀가 계속 뒤로 밀리는 것은 어쩔 수 없었다. 하지만 그럼에도 불구하고 그녀는 몸의 균형을 제대로 유지하고 있었다.

사내의 표정이 변했다. 공력으로는 모르겠지만, 검술의 정교함에서는 하연이 결코 자신보다 아래가 아니라는 것을 깨달은 것이다. 더군다나 그에게는 사실 시간도 별로 없었다.

"안 되겠다. 적사, 날 도와 이년을 죽인다. 여적은 그 술망나니를 지켜!"

사내가 소리치자 뒤쪽에서 퇴로를 막고 있던 사내의 동료들이 급하게 움직였다.

한 명은 사내와 싸우고 있는 하연을 향해 달려왔고. 다른 한 명은 여전히 제대로 몸을 가누지 못하고 있는 석림도의 삼공자 두굴을 향해 달려갔다.

그런데 하연을 합공하기 위해 달려오던 사내가 갑자기 중간에 걸음을 뚝 멈췄다. 그러고는 재빨리 땅 위를 굴렀다.

퍽!

사내가 구르고 지나간 자리에 한 자루 검이 꽂혔다.

"딴 놈이 있었구나."

적사라 불린 사내가 바닥을 차고 일어나며 소리쳤다. 그런 그의 눈에 앳된 청년이 보였다.

이제 겨우 십 대 중후반의 나이로 보이는 앳된 청년이 불안한 표정으로 검을 들어 사내를 겨누면서도, 몸은 본능적으로 주춤주춤 조금씩 뒤로 물러나고 있었다.

무한이었다.

"뭐야? 겨우 요런 애송이였어?"

적사라 불린 사내가 자신을 공격한 사람이 앳된 청년임을 알고는 어이가 없는 듯 무한을 아래위로 훑어봤다.

그러나 무한은 사내의 말에 대꾸할 여유가 없었다. 지금은 묵룡대선에서 얼떨결에 괴고수를 공격할 때와는 완전히 다른 상황이었다.

그때는 제정신이 아닌 상태에서 자신도 모르게 검을 휘둘렀지만, 지금은 온전한 정신으로 적을 상대해야 했다.

그만큼 두려움도 컸다. 정신없었던 귀선에서의 싸움을 제외하면 그로서는 처음으로 제대로 된 싸움을 하는 순간이었기 때문이다.

더군다나 상대는 무공을 수련한 무인이다.

그나마 다행인 것은 하연이 상대하고 있는 중년 사내처럼 고

강한 무공을 가진 고수는 아닌 것 같다는 것이었다.

무한이 겁을 먹고 뒤로 물러나는 듯한 자세를 취하자 사내의 얼굴에 비릿한 미소가 떠올랐다.

"애송이 놈, 저 계집과 동행이냐?"

사내가 물었다.

그러나 무한은 침묵으로 대답을 대신하며 좀 더 강하게 검을 움켜잡고 사내의 공격에 대비했다.

"후후후, 요 어린 녀석아. 아이들은 어른 싸움에 끼어드는 게 아니다. 부모가 누군지 몰라도 네놈을 잘못 가르쳤구나. 그래서 오늘 네놈이 죽는 거다. 결국 널 잘못 가르친 부모 탓이랄까?"

사내가 빈정거렸다.

순간 무한의 입이 반쯤 열렸다가 다시 다물어졌다. '철사자 무곤이 내 아버지다'라는 말이 입안까지 올라왔다 들어갔다. 이 역시 긴장한 탓에 벌어진 일이다.

'긴장 풀어! 멍청한 놈!'

무한이 스스로를 자책했다. 그러면서 슬슬 어깨뼈를 움직여 몸의 긴장을 풀기 시작했다.

그 모습을 보고 있던 사내의 눈빛이 변했다.

"제법 스스로를 통제할 줄 아는구나. 그렇다면 나와 검을 섞을 자격은 되지. 어디 한번 보자. 얼마나 잘 배웠는지!"

팟!

사내가 가볍게 땅을 찼다. 그러자 그의 몸이 한순간에 무한 앞에 도달했다.

웅!

사내의 검이 무한의 정수리에 떨어졌다. 어떤 격식도 없는 검이다. 그래서 조금 거친 듯하지만 그래서 더 위험해 보였다.

무한은 두려움을 참으며 떨어지는 사내의 검을 노려봤다. 그러다가 사내의 검이 그의 머리 바로 위에 도달했을 때, 검을 사선으로 들어 올리며 앞다리 오금을 약간 굽히고 뒷발을 오른쪽으로 반걸음 정도 움직였다.

순간 사내의 검이 무한의 검을 가격했다.

캉!

"윽!"

무한의 입에서 자신도 모르게 신음 소리가 흘러나왔다. 검을 통해 전해지는 사내의 힘이 생각보다 강했던 것이다.

그러나 사내 역시 당황하기는 마찬가지였다. 단 일격에 끝장을 보려던 공격이었다. 상대는 겁에 질린 애송이. 오래 끌 싸움이 아니었다. 그런데 사내의 검이 애송이의 검과 충돌하는 순간 얼음을 타듯 미끄러지며 땅에 박힌 것이다.

우연일 수도 있었다. 엉겁결에 들어 올린 애송이의 검이 운 좋게 자신의 검을 밀어낸 것일 수도 있다.

그러나 사내는 가진 무공 실력보다 더 뛰어난 경험을 가지고 있었다. 사내는 경험으로 알고 있었다. 검을 들고 싸우는 싸움에서 우연은 없다.

"이 녀석! 재주가 있구나!"

사내가 땅에 꽂힌 검을 뽑아내며 재빨리 몸을 틀어 무한을 바라봤다. 그런데 그 순간 사내의 입에서 헛바람이 터져 나왔다.

"헉!"

어느새 다가온 무한의 검이 사내의 허벅지를 찌르고 있었다.

사내가 황급히 물러나며 검을 휘둘렀다. 역시 거친 검이다.

그런데 무한의 검이 그런 사내의 검을 교묘하게 스쳐 지나가면서 그대로 사내의 허벅지를 찔렀다.

"욱!"

사내의 입에서 비명이 흘러나왔다. 그러면서도 검을 거꾸로 고쳐 잡아 자신의 우측 하단으로 빠져나가는 무한의 등에 꽂았다.

삭!

사내의 검이 무한의 옆구리 쪽 옷자락을 길게 베며 다시 땅에 박혔다.

퍽!

무한으로서는 시선을 사내에게서 떼지 않았던 것이 천행이었다. 덕분에 자신의 등 쪽으로 다가오는 상대의 검을 보고 재빨리 땅을 굴러 피했던 것이다.

옷을 뚫고 들어온 검이 옆구리에 길게 검상을 남기기는 했지만, 치명적인 부상은 아니었다. 그리고 그로 인해 만들어진 또 다른 기회는 덤이었다.

사내가 다시 땅에 꽂힌 검을 뽑아 올리는 순간, 그에게 허점이 드러난 것이다.

일단 싸움이 시작되자 무한은 두려움을 잊어버렸다. 이 싸움을 이겨내 살아야 한다는 절실함이 두려움조차도 묻어버린 것이다.

그런 무한이 상대가 드러낸 허점을 흘려보낼 리 없었다.

"핫!"

무한이 나직한 기합성을 토해내며 사내를 향해 땅을 기듯 달려들었다.

최대한 자세를 낮춘 무한이 순식간에 사내에게 접근해 검을 횡으로 휘둘렀다.

콰아!

매서운 검풍이 무한의 검에서 일어났다.

앞서 사내의 허벅지를 찌른 검법은 아적삼에게 배운 익숙한 검법, 혈랑검이었고, 지금 사내의 다리를 벤 검법은 그가 정식으로 탑살에게 배운 파랑십이검이다.

아적삼의 혈랑검만큼 손에 익은 것은 아니지만, 위력 면에서는 파랑십이검이 몇 배는 뛰어났다.

"흡!"

파랑십이검에 실린 기운이 범상치 않음을 깨달은 사내가 숨을 들이쉬며 급하게 뒤로 물러났다.

팟!

순간 무한의 검이 이번에는 사내의 왼 허벅지를 길게 베고 지나갔다.

"이… 개자식이……."

사내가 주춤주춤 뒤로 물러나며 무한을 노려봤다.

무한은 사내의 욕설에도 아랑곳하지 않고 두 다리에 부상을 입어 움직임이 불편해진 사내를 향해 다시 달려들었다.

그 역시 옆구리에서 흐른 피가 홍건하게 옷을 적시고 있었지만, 한번 잡은 기회를 놓칠 수 없었다.

"적사! 정신 차렷!"

하연을 상대하던 우두머리가 큰 소리로 외쳤다.

그러자 적사라 불린 사내가 이를 악물며 달려드는 무한을 향해 소리쳤다.

"와라. 이 애송이 놈! 네놈 따위에게 죽을 내가 아니다!"

분노로 가득 찬 얼굴이 지옥에서 올라온 마귀 같다. 그러나 무한의 검을 멈추게 할 만한 두려움은 아니다.

무한은 오직 자신의 검에 집중했다. 뛰어난 고수들이 보았다면 감탄하지 않을 수 없는 집중력이다.

지금 무한에게는 상대를 베는 것 이외에 어떤 것도 눈에 들어오지 않았다. 마음속 깊은 곳에 존재하는 사내에 대한 일말의 두려움조차도 그의 집중력에 방해가 되지 않았다.

차창!

검과 검이 충돌했다.

방어에 집중한 사내 적사가 무한의 검을 어렵게 막아냈다.

두 다리가 자유롭지 않아 반격을 할 수는 없었지만, 그래도 가진 능력이 있어 방어에 치중하자 더 이상 무한의 검에 베이지는 않았다.

그렇게 무한과 사내 적사의 공방이 몇 차례 이어졌다.

"젠장… 결국 저 애송이를 상대하는 데 나까지 나서야 하는 건가? 이보쇼, 삼공자. 괜한 짓 하지 말고 얌전히 있으시오. 만약 도망이라도 가려 하면 부단주님 손에 죽고 말 테니까."

"부단주?"

삼공자 두굴이 되물었다.

순간 사내의 얼굴이 찌푸려졌다.

"젠장, 나도 모르게……."

부단주라는 직위를 입에 올린 것에 대한 자책인 듯했다.

"어디 소속이냐?"

두굴이 다시 물었다.

"그건 알 것 없소. 아무튼 움직이지 말고 계시오. 다시 말하지만 달아나려고 했다가는 이번에는 정말 팔다리 중 어디 하나는 사라지고 말 테니까. 그래도 석림도 삼공자이니 이 정도 대접을 하는 거요."

앞서 여적이라는 이름으로 불린 사내가 시선을 무한에게서 떼지 않으며 말했다.

"이러고도… 무사할 것 같으냐?"

두굴이 물었다. 협박이 아니었다. 진심으로 석림도의 삼공자를 상대로 이런 일을 벌이고도 무사할 거라 생각하는지 이해할 수 없었다.

"아마도 무사할 거요. 우린 오늘 밤 이곳을 떠날 것이고, 뒷일은 그들이 알아서 처리할 테니까."

"그들?"

"그만, 여기까지요. 제길, 저러다 적사 저 친구 죽겠군."

여적이란 사내가 무한의 공격을 겨우겨우 막아내는 동료 적사를 보며 혀를 찼다. 그러고는 검을 들고 무한을 향해 다가가기 시작했다.

무한은 초조해지기 시작했다.

두 다리를 거의 쓰지 못하면서도 사내는 무한에게 결정적인 일검을 허용치 않고 있었다. 그러는 사이 석림도의 삼공자를 지키던 자가 동료를 돕기 위해 다가오고 있었다.

'어떡하지?'

가장 현명한 방법은 지금 공격하는 적사란 자를 놔두고 여적이란 자를 상대하는 것이다. 둘 모두를 상대로 싸우는 것은 불가능했다.

그러니 아예 다리가 불편한 자가 싸움에 끼어들지 못하도록 먼 곳으로 여적이란 자를 유인해 싸우는 것이 최선이었다.

하지만 욕심도 있었다. 당장 몇 번만 더 공격하면 적사란 자를 제압할 수 있을 것 같았다.

그런데 그 잠깐의 망설임이 무한의 실수였다. 어느새 여적이란 자가 내공을 사용해 단숨에 무한의 등 뒤로 다가섰기 때문이다.

"놈!"

사내 여적의 검에는 단 한 올의 인정도 없었다. 이미 동료가 어린 애송이에게 당하는 것을 봤기 때문이다.

팟!

여적의 검이 희끄무레한 기운을 머금고 무한의 등을 찔렀다.

검기까지는 아니어도 검의 잔영을 만들어내는 것으로 봐서 적사란 자보다 더 강한 내공을 가진 것 같았다.

"에이!"

기회를 놓친 것에 스스로 화를 내며 무한이 급히 몸을 던져 땅을 굴렀다.

삭!

사내의 날카로운 검이 아슬아슬하게 무한의 등 쪽 옷을 베고 지나갔다. 순간 베인 무한의 옷자락을 통해 등으로 싸늘한 바람이 들어왔다. 그리고 뒤를 이어 쓰라린 통증이 느껴진다.

옷과 함께 등을 베인 것이다.

다행인 것은 옆구리의 부상처럼 통증은 있지만 그리 큰 부상이 아니라는 것이다. 등의 부상이 몸을 움직이거나 힘을 쓰는 데 방해가 될 것 같지는 않았다.

"애송이가 무척 빠르구나."

무한을 기습한 여적이란 자가 자신의 검을 피한 무한에게 놀란 듯 입을 열었다.

"조심해. 보통 놈이 아니야. 내 쪽으로 몰아. 빨리 끝내자고!"

두 다리가 불편한 적사란 자가 소리쳤다. 협공으로 싸움을 빨리 정리하자는 뜻이다.

"알겠네."

사내 여적도 협공에 찬성했다. 무인의 명예 따위는 애초에 관심이 없는 사람들 같았다.

파팟!

여적이 땅을 찼다. 그러자 그의 몸이 바람처럼 무한의 뒤쪽으로 돌아갔다. 그러고는 망설임 없이 무한을 공격하기 시작했다.

차차창!

무한이 검을 들어 여적의 공격을 막기 시작했다. 검법은 탑살의 파랑십이검. 검이 만들어내는 검파의 강력함으로 그 수준을 판단할 수 있는 탑살의 독문 검법이다.

열두 개의 단계 중 무한은 겨우 첫 번째 단계를 수련하고 있었다.

그래서 그가 일으키는 검파는 작은 파도에 지나지 않았지만 그것만으로도 사내의 공격을 얼마간 막아낼 수는 있었다.

하지만 사내 역시 당장 무한을 벨 생각은 아니었다. 그의 목적은 무한을 적사란 사내 앞쪽으로 밀고 가는 것이었다.

"좋아. 이놈! 팔다리를 모두 잘라주마!"

불편한 두 다리 때문에 제자리에 서서 무한을 기다리고 있던 사내 적사가 차가운 살기를 뿜어내며 으르렁거렸다.

그런데 그 순간, 갑자기 그의 뒤쪽에서 껄렁한 조롱이 들려왔다.

"아이구, 이거 미안해서 어쩌나. 너한테는 그럴 기회가 없을 것 같은데!"

제9장

우울한 축제

"악!"

단말마의 비명 소리가 터져 나왔다.

뒤를 이어 사내 적사가 그대로 그 자리에 무너졌다. 죽은 것인
지 혹은 정신을 잃은 것인지는 알 수 없었다. 그러나 확실한 것
은 그가 더 이상 일어날 수 없는 상태라는 것이다.

"다, 당신······."

무한을 밀어붙이던 여적이 움직임을 멈췄다. 놀란 그는 하마
터면 가장 소중한 검을 떨어뜨릴 뻔했다.

"좀 놀랍지?"

여적을 보며 적사를 일격에 무너뜨린 사내가 말했다. 석림도
의 삼공자 두굴이었다.

"…어떻게?"

여적이 이해할 수 없다는 듯 중얼거렸다.

비록 예상보다 훨씬 일찍 깨어났지만, 두굴은 이렇게 멀쩡하면 안 되는 사람이었다.

그와 동료들은 지난 하루 종일 두굴에게 술을 먹일 기회를 노리고 있었다.

두굴이 쫓겨난 작은 주점에서 기회를 잡지 못한 그들은 두굴이 어둡고 작은 골목에서 술 중독자들을 상대로 안주도 없이 술만 파는 허름한 술집을 찾아갔을 때, 드디어 기회를 잡았다.

그런 술집에서조차 외상으로는 술을 먹을 수 없는 처지였던 두굴에게 사내들이 술을 살 기회를 얻은 것이다. 그러고는 모든 일이 일사천리였다. 그들은 두굴이 마음껏 취할 수 있을 만큼의 술을 사줬다.

그리고 그 와중, 은밀하게 묘한 비약(秘藥)을 섞었다. 그 비약은 최소한 두굴을 내일 아침까지 잠재울 수 있는 것이었다.

예상대로 두굴은 잠이 들었고, 그들은 두굴을 이 깊은 숲속까지 들쳐 업고 왔다.

계획대로라면 두굴은 이 숲에서 한잠 푹 자고 내일 아침 두굴성으로 돌아가면 되는 일이었다. 그때쯤 그들은 이 일을 사주한 자에게서 금보다 귀하다는 석림도의 한철을 받은 후 먼 바다로 나가 있을 것이다.

두굴이 비약이 든 술만 마셔준다면 아주 간단하고, 어떤 변수도 있을 수 없는 일이었다.

그런데 이 간단한 일에 변수가 생겼다. 두굴이 그들의 예상보다 너무 일찍 깨어난 것이다.

뭐, 사실 그것도 그리 큰 문제는 아니었다. 다시 약을 먹여 재우면 되는 일이니까.

그런데 일이 묘하게 돌아갔다. 예상치 못하게 두굴을 도우려는 어린연놈이 나타났고, 다시 지금, 깨어는 났어도 약 기운에 취해 제대로 몸을 움직일 수 없어야 하는 두굴이 멀쩡한 모습으로 자신의 동료를 주먹 한 방에 잠재워 버린 것이다.

여적으로서는 도저히 이해할 수 없었다. 그들이 쓴 비약은 결코 허술한 것이 아니었다. 수면의 효과도 효과지만 깨어난다 해도 본래의 기력을 반나절 정도는 회복할 수 없는 기이한 비약이었다.

그런데 이 석림도의 망나니 삼공자는 아직 자정도 되지 않았는데 온전히 자신의 힘을 회복한 것으로 보였다.

"내가 말이야. 사실 모든 면에서 아주 뛰어난 사람이야. 물론 술이나 퍼마시고 도박판이나 기웃대니까 사람들이 그 사실을 모르고 있지만. 그러나 제대로 알고 있는 사람들은 날 아주 무서워한다고. 아마도… 그래서 오늘 같은 일이 벌어졌겠지. 하지만 오늘 이 일을 사주한 사람도 나에 대해 완벽하게 알지는 못한 거지. 내가 얼마나 재수 없게 잘난 놈인지 말이야. 그래서… 너희들은 이제 큰일 난 거야."

두굴이 당혹스러운 얼굴로 자신을 바라보고 있는 여적을 보며 심드렁하게 말했다.

"아무리 그래도……."

여적은 여전히 두굴이 완전히 회복됐다는 것을 믿지 못하는 모양이었다.

"보고도 못 믿으면 어쩔 수 없는 거지. 아무튼 나도 이제 일 좀 하자. 여기 어린 형제자매님들께 계속 신세를 질 수는 없으니까. 보자… 소형제, 조금 더 이자와 놀아줄 수 있을까? 아무래도 저쪽 고기가 좀 더 큰 것 같은데."

두굴이 무한에게 물었다. 그의 손이 하연과 싸우고 있던 부단주라는 자를 가리키고 있었다.

"예, 물론!"

무한이 얼떨결에 고개를 끄떡였다.

무한조차도 두굴의 이 갑작스러운 변화는 당황스러울 수밖에 없었다.

"좋아. 내가 나중에 술 한잔 살게. 이봐! 나 술 깼어. 그러니까 제대로 한번 붙어보자. 이 개자식아!"

무한이 채 대답하기도 전에 두굴이 훌쩍 몸을 날려 하연과 싸우고 있는 중년 사내에게로 날아갔다.

하연이나 중년 사내나 놀라긴 마찬가지였다.

그런 두 사람의 반응에 상관없이 벼락처럼 다가온 삼공자 두굴이 껄렁껄렁한 표정으로 중년 사내를 바라봤다.

"운이 좋아!"

"무슨… 소리냐?"

중년 사내가 잔뜩 긴장한 표정으로 되물었다.

제대로 정신을 차린 두굴의 기세는 주점에서 술을 구걸할 때나 혹은 비약에 취해 몸의 기력을 잃었을 때와는 완전히 달랐다.

흐트러진 머리카락을 뚫고 나오는 강렬한 안광, 그러면서도 입가에 깃든 염세적인 미소가 뒤섞여 상대에게 기이한 두려움을 안겨주었다.

더군다나 흐트러진 옷가지로 감싸여 미처 드러나지 않았던 그의 몸은 쇠처럼 단단한 모습을 하고 있었다.

사람이 이렇게 변할 수도 있을까. 정말 같은 사람일까 하는 의심이 생길 수밖에 없었다.

"본래 내가 이 정도 당했으면 그 대가는 반드시 죽음이거든. 다시 말해 내 성질대로 하자면 넌 여기서 죽어야 한다는 거야. 그런데 난 널 죽이지 않을 거야. 그러니까 얼마나 운이 좋은 거냐. 안 그래?"

"삼공자… 여전히 세상 물정을 모르는군. 물론 그대에게 얼마간의 무공이 있을 거라고는 생각하지만, 그런 정도로는 감히 날, 헉!"

한순간 중년 사내가 헛바람을 토해내며 급히 옆으로 몸을 날렸다.

쾅!

투명한 검기가 중년 사내가 있던 자리에 떨어졌다. 그러자 낙엽 쌓인 숲의 바닥에 깊은 웅덩이가 생겼다.

그 위쪽으로 중년 사내의 베인 옷자락과 그가 흘린 피가 흥건하게 흩뿌려졌다.

"네 말대로 내가 개망나니로 세상 물정을 모른다 치자! 그런데 넌 나를 너무 모르는군."

어느새 사내의 옆구리를 베어낸 두굴이 빠르게 중년 사내를 따라붙으며 말했다.

중년 사내를 따라가는 그에게선 지금까지 보였던 허튼 기운이 단 한 올도 느껴지지 않았다.

그 모습을 보는 순간 중년 사내의 얼굴이 검게 굳었다. 고수는 한순간에 그 실체가 드러나는 법이다. 그리고 지금 그는 한 명의 젊은 고수를 보고 있었다.

그리고 그제야 이해가 갔다. 그에게 삼공자를 하룻밤 동안 잡아두는 일을 맡길 때, 그 일을 맡긴 단주가 반드시 강력한 비약(秘藥)으로 삼공자를 잠재우라고 한 이유가.

그때만 해도 그는 술망나니 한 명 잡아두는 데 꼭 비약까지 쓸 필요가 있을까 내심 불만을 가지고 있었다. 그런데 지금 삼공자 두굴의 진면목을 대하고 보니 단주의 치밀함은 결코 과한 것이 아니었다.

웅!

사내가 매섭게 검을 휘둘렀다.

비록 옆구리를 베이기는 했으나 사내의 움직임은 여전히 날렵했고, 검에는 힘이 있었다.

차차창!

삼공자 두굴의 검은 거칠었다. 하지만 그 거침 속에도 일정한 결이 있었다. 그래서 거친 검법이지만 허점이 거의 없었다.

그의 검이 거칠어 보이는 것은 어쩌면 강렬함 때문일 수도 있었다. 두굴은 마치 한풀이를 하는 사람처럼 거세게 검을 휘둘렀다.

그의 검에서 일어난 검기들이 광기처럼 사방으로 흩뿌려지는 듯한 느낌이었다.

그 광폭한 두굴의 검을 그런대로 막아내던 중년 사내의 얼굴이 시간이 지나자 서서히 절망감으로 물들었다.

그도 검기의 그림자 정도는 만들 수 있는 고수지만, 투명한 검기를 아낌없이 뿌려대는 삼공자 두굴의 검법을 막아내는 데는 한계가 있었다.

더군다나 그는 이미 하연과의 싸움에서 상당한 공력을 허비한 이후였다.

쾅!

"욱!"

한순간 강력한 격돌 직후, 중년 사내가 신음성을 토하며 주르륵 뒤로 밀려났다. 그의 입에서 한 뭉텅이의 피가 쏟아졌다. 무종을 얻은 무인들에게는 최악의 상황, 내상을 입은 것이다.

그런 사내를 향해 두굴이 인정사정없이 검을 뿌렸다.

서걱!

사내의 허벅지가 길게 베여 나갔다. 베어진 검상을 따라 붉은 피가 터져 나왔다.

"꿇어라!"

쾅!

두굴이 차갑게 소리치며 사내의 복부를 걷어찼다.

"컥!"

사내가 피를 토하며 그 자리에 고꾸라졌다.

"얼굴 좀 자세히 보자!"

팍!

앞으로 고꾸라진 사내를 두굴이 다시 한번 걷어찼다.

그러자 사내가 비명도 지르지 못한 채 하늘을 보고 뒤집어졌다.

차가운 달빛이 그런 사내의 얼굴에 내려앉았다.

"낮에 본 것과 다르지 않군. 변장을 한 것은 아니었던 거지."

슥!

혹시라도 변장을 한 것인지 의심한 두굴이 손으로 사내의 얼굴을 매만지며 말했다.

"사, 살려주시오."

사내의 입에서 지금까지와 전혀 다른 성질의 목소리가 흘러나왔다. 대석림도 삼공자에게 독을 쓰고 주먹질을 할 때의 기세는 전혀 찾아볼 수 없었다.

그러자 두굴이 살짝 눈살을 찌푸렸다.

"뭐야. 제대로 된 무인이 아니라는 거야? 이따위로 목숨을 구걸하는 것은 마적들이나 장사치가 하는 짓인데. 정체가 뭐냐?"

"⋯⋯."

"이봐. 오는 게 있어야 가는 게 있지. 살고 싶으면 말을 해."

두굴이 검을 들어 사내의 목젖에 가져다 대며 말했다.

그러자 사내가 땅 위에 너부러진 그의 수하 적사와 여전히 무한과 검을 겨누고 있는 여적을 슬쩍 바라봤다. 마치 그들의 눈치를 보는 것 같았다.

그 또한 이상한 일이었다. 이 무리의 우두머리는 분명 사내였다. 여적과 적사란 자는 사내의 수하가 분명했다. 그런데도 사내는 수하들의 눈치를 보고 있었다.

그 의미를 두굴은 금세 알아챘다.

"그러니까, 네가 입을 열면 그 사실이 저들을 통해 누군가에게 전해질 것을 걱정하는 모양이군."

두굴의 말에 사내가 침묵했다. 긍정의 의미다.

"그럼 간단하군. 저놈들을 모두 죽일까?"

두굴이 물었다.

순간 무한과 대치하고 있던 사내가 소리쳤다.

"아닙니다, 아닙니다. 오늘 부단주께서 하신 말들에 대해선 절대 발설치 않겠습니다. 그리고!"

땡그렁!

여적이란 자가 말을 하면서 검을 집어 던졌다. 그러고는 무한을 보며 말했다.

"소형제, 그만하세."

갑작스러운 항복에 무한이 어리둥절한 표정으로 사내와 두굴을 번갈아 바라봤다.

그런 사내를 보며 두굴이 소리쳤다.

"야, 너도 이리 와봐. 아무래도 삼자대면을 해야 할 것 같다!"

두굴의 말에 검을 집어 던진 여적이 주춤거리면서 두굴에게 다가갔다.

"일어나 앉아. 너도 이리 앉고!"

두굴이 부단주라 불린 사내와 그의 수하 여적을 자신 앞에 꿇어 앉혔다. 그리고 입을 열었다.

"내가 공평하게 해줄게. 같은 질문을 너희 둘에게 따로 할 거야. 둘의 대답이 일치하면 진실인 것이고, 다르면 거짓인 거겠지? 그럼 둘 다 죽는다. 물론 진실일 경우, 너희 둘은 서로가 서로의 비밀을 지켜줘야겠지. 어때, 괜찮지?"

두굴의 말에 사내 둘이 시선을 교환한 후에 재빨리 고개를 끄떡였다.

"좋아. 그럼 일단 너부터 시작하자. 어이 소형제들, 도와준 김에 조금 더 도와줘. 이놈 좀 잘 감시해 줘. 도망가지 않게!"

두굴이 부단주란 자를 끌고 큰 바위 뒤쪽으로 향하면서 소리쳤다.

심문은 오래 걸리지 않았다.

부단주란 사내와 그의 수하 여적은 자신들이 아는 것을 모두 털어놨다.

일단 죽을 위기에 처하자 그들은 살기 위해 최선을 다했다. 뭐 이런 족속들이 있나 신기할 정도였다.

그러나 그들의 신분을 아는 순간 그들의 이런 행동들이 이해가 됐다.

흑상의 무리는 마적이나 해적들이 약탈한 물건을 밀거래로 처리하는 일을 주업으로 한다. 정상적인 거래가 아니니 각 성이나 왕국에서는 철저하게 금지하는 상행위다.

그러나 큰 이익이 남는 장사이므로 세상에 흑상이 없는 곳은 없었다. 그래도 역시 그들이 주로 활동하는 곳은 육주의 힘이 미치지 않는 곳이었다.

무산열도나 검은 대륙 파나류, 혹은 사자의 섬도 흑상들이 주로 활동하는 지역이었다.

그리고 그중 가장 큰 이득을 남기는 장사는 뭐니 뭐니 해도 사람 장사였다.

육주에도 노예상들이 있기는 했다. 그러나 육주의 노예상들은 흑상이 아니었다. 그들은 전쟁 포로나 혹은 먼 이족의 땅에서 잡아온 사람들을 거래했다.

물론 그 역시 비인간적인 장사이기는 하지만, 그래도 노예들의 출신이 명확하다는 점과 노예들의 신상 기록이 함께 거래된다는 점에서 육주의 왕국들도 정상적인 상거래로 인정하고 있었다.

반면 흑상에 의해 이뤄지는 노예 거래는 대부분 불법적인 납치로 잡아들인 사람들을 거래하는 것이어서 세상 사람들의 지탄의 대상이 되고 있었다.

하지만 그럼에도 불구하고 육주의 노예상들조차 은밀하게 흑상들에게서 노예를 공급받는다는 사실은 공공연한 비밀이었다.

물론 그 경우 그들이 파는 노예의 신분은 철저하게 조작되고, 문서에 기록되어 완벽하게 정상적인 노예 거래로 위장된다.

아무튼 흑상은 그렇게 세상 어두운 곳을 쑤시고 다니며 금화를 모으는 일이라면 어떤 일도 하는 자들이었다.

하지만 그럼에도 불구하고 석림도의 삼공자 두굴을 상대로 청부를 받아 음모를 꾸민 것은 무척 대담한 행동이라고 할 수 있었다.

"떠나지 않았을까요?"

바쁘게 걸음을 옮기며 무한이 물었다. 그러자 앞서가는 두굴이 대답했다.

"아마도 그랬겠지. 그놈들이 시간에 맞춰 돌아오지 않으면 일이 잘못되었다고 생각할 테니까. 흑상이란 자들은 동료를 기다리는 법이 없지. 죽으면 죽는 대로 놔두고 가는 자들이니까."

두굴이 심드렁하게 말했다.

"그래도 확인은 해야지요. 그 배를 잡아야 누가 이 일을 청부했는지 단서를 찾을 수도 있고."

하연이 말했다.

"쉽지 않을 것이오. 혈화단이라면 흔적을 남길 리 없지."

두굴이 말했다.

"혈화단을 아세요?"

무한이 물었다.

"알지. 그자들은 사화군도를 무대로 활동하는 흑상이야. 규모는 작지만 워낙 악랄한 자들이라 큰 거래를 종종 한다고 하더군. 들리는 소문에 의하면 육주의 권력자들과도 거래를 해서 무서울 것이 없다고도 하고. 워낙 철저하게 신분을 숨겨서 지금까지 그 단주의 얼굴을 본 사람이 없다고도 하고……"

두굴이 대답했다.

두굴을 상대로 음모를 꾸민 자들은 혈화단이라는 흑상 소속의 무인들이었다. 그들은 혈화단주의 명을 받고 두굴에게 접근했다.

석림도의 누군가가 혈화단에 청부를 한 것인데, 그 대가로 혈화단은 청부인으로부터 막대한 양의 한철을 은밀히 공급받기로 했다고 한다.

그런데 죽이면 죽이지 왜 두굴을 하룻밤 동안만 잠들게 만들어야 했나 하는 의구심이 생기는 청부였다.

하지만 그 의구심은 금세 풀렸다. 청부자는 한철을 혈화단에 빼돌린 일을 두굴에게 덮어씌우려 하고 있었다. 혈화단에 한철을 빼돌리는 장소가 그 증거였다.

청부자와 혈화단은 두굴의 거처가 있는 석림도 동북쪽 작은 포구에서 한철을 빼돌렸던 것이다.

"그런 자들을 움직였다면 청부자 역시 보통 신분은 아니겠군요."

하연이 걱정스럽게 말했다.

"날 곤란하게 만들고 싶은 사람들이야 여럿 있을 수 있겠지만, 그 대가로 한철을 빼돌릴 수 있는 사람은 많지 않소. 그 정도 양의 한철을 빼돌릴 수 있는 사람은… 채 다섯이 되지 않을 거요."

두굴이 대답했다.

"혹, 짐작 가는 사람이 있으세요?"

이번에는 무한이 물었다.

"뭐… 대충!"

두굴이 대답했다.

"누군데요?"

무한이 기다리지 않고 물었다. 그러자 두굴이 고개를 저었다.

"증거 없이 말할 수는 없어. 아! 그렇다고 소형제를 못 믿어서
는 아니야. 그냥… 에이. 그냥 좀 그래. 뭐 창피하다 해야 할까.
내일이 되면 모든 게 드러나겠지. 그때가 되면 소형제도 알게 될
거야."

"내일 무슨 일이 있는데요?"

무한이 다시 물었다.

그러자 두굴이 이번만큼은 얼굴을 차갑게 굳히며 대답했다.

"내일 그들이 날 공격하겠지. 한철이 빼돌려진 것을 내 책임으
로 돌리면서 날 옥에 가두거나 추방하자고 하겠지."

"대체 왜……."

"뭐… 자신들의 일에 내가 방해가 되나 보지."

두굴이 어깨를 으쓱했다.

"삼공자님의 능력을 아는 사람들이군요."

"능력이라곤 술 마시는 재주 말고는 볼 게 없는 사람인데, 참
사람들이 겁은 많아가지고."

두굴이 혀를 찼다.

그러나 무한도, 하연도 이제는 분명히 알고 있었다. 석림도의
삼공자 두굴이 소문처럼 타락한 망나니만은 아니라는 사실을.

철썩철썩!

배 두어 척이나 들어올 만한 작은 접안대에 파도 소리만 요란
하다.

사람의 손길이 닿지 않은 접안대 곳곳은 허물어지기 일보 직전이다. 한눈에 봐도 제대로 관리되지 않는 포구였다. 포구 주변으로 대여섯 채의 작은 집들이 있기는 했으나, 사람이 거주하는 것 같지는 않았다.

보통 자정이 넘어도 포구의 건물들은 대체로 작은 불은 밝혀둔다. 밤늦게 들어오는 배도 있기 때문이다. 그런데 이 낡고 작은 포구에는 빛을 밝힌 집이 없었다.

"여기가 내 포구지."

텅 빈 포구를 향해 두 팔을 벌리며 두굴이 말했다.

"배는 어디에……."

무한이 물었다. 적어도 두굴의 배 한두 척은 있어야 하기 때문이다. 그런데 배가 보이지 않았다.

"배? 없어."

두굴이 머리를 긁적이며 대답했다.

"예?"

무한이 이해가 가지 않아 되물었다.

"뭐… 관리하기도 귀찮고. 사람도 고용해야 해서 다 팔아버렸어."

"하지만……."

"이거 참. 소형제, 우리 서로 치부는 이야기하지 말자고. 설마 내 입에서 술값이 없어 배를 다 팔아먹었다는 고백을 들으려는 건 아니지?"

두굴이 싱글거리면서 무한을 바라봤다.

"설마… 그럴 리가요."

"설마가 사람 잡는 법이야."

"그럼 정말⋯⋯."

"겸사겸사. 누구든 배를 가지고 있으려면 자금이 돌아야 해. 선원도 써야 하고 배 수리도 해야 하고. 그러려면 그 배를 이용해 장사를 해야 하는데. 난 장사꾼은 못 되는 사람이라서."

두굴이 어깨를 으쓱하며 치부라고 회피한 이야기를 서슴없이 내뱉었다.

"그래서 정말 다 파셨어요?"

"뭐, 쓸모도 없는 배인데."

"도주님께서 허락하셨어요?"

"물론 그 배는 아버님이 내게 주신 거지. 하지만 물건이란 건 한 번 주면 끝인 거야. 그다음에 그걸 팔아먹든 삶아 먹든 받은 사람 차지지. 그게 상인의 법도야."

두굴은 자신이 석림도주에게 받은 배를 판 것은 당연히 자신의 권리라고 강변했다.

"그게⋯⋯."

"대대로 석림도주의 아들들은 스무 살이 되면 한 채의 장원과 작은 포구, 그리고 두 척의 배를 받게 되지. 그리고 그것들을 이용해 자신의 능력껏 장사를 하는 거야. 음⋯ 한철의 경우는 예외지만 다른 광물들은 자유롭게 거래할 수 있으니까. 그렇게 각자 자신의 능력을 증명하고 그중 뛰어난 자가 후계자로 정해지는 거지. 하지만!"

두굴이 조금 언짢은 표정을 지으며 잠시 말을 끊었다. 그리고 숨 한 번 크게 쉰 후 다시 입을 열었다.

"하지만 그 경쟁은 공평하지 않아. 왜냐하면 후계자 경쟁을 하는 자들의 주변에는 은연중에 그들을 돕는 자들이 있기 때문이지. 예를 들며 그들의 외가(外家)라든가. 그렇게 되면 결과가 어찌 될지는 짐작이 가지?"

두굴이 무한에게 물었다.

무한은 고개를 살짝 끄떡일 뿐 입을 열어 대답하지는 않았다. 차마 두굴은 친모가 이족 출신의 하녀여서 도와줄 사람이 없었는 것을 말할 수 없었다.

"애초에 난 그 경쟁에서 이길 재간이 없었지. 그래서 아예 배를 팔아버린 거야. 그런 식으로 후계자 싸움에 뛰어들 생각이 없다는 걸 선언한 거지. 결과도 나쁘지 않았어. 두 형이라는 사람들이 날 괴롭히지는 않게 되었으니까. 물론 사람들의 멸시를 견뎌야 했지만 그 또한 내가 그런 자들 신경 쓰지 않으면 그만이지."

두굴이 덤덤하게 말했다.

그러나 무한은 두굴의 덤덤한 말투에 숨어 있는 쓸쓸함과 분노를 느꼈다. 아마 다른 사람, 하연조차도 그 느낌을 알아채지 못했을 것이다.

그러나 무한은 분명히 느낄 수 있었다. 왜냐하면 그 자신이 사자림에서 그와 같은 마음으로 오랜 시간을 버텼기 때문이다.

그리고 그런 사람에게는 또 하나의 마음이 숨겨져 있다.

"석림도를 떠나고 싶으시군요?"

불쑥 무한이 물었다. 자신도 모르게 흘러나온 질문이다. 그래서 질문을 해놓고 무한조차 흠칫 놀라고 말았다.

하지만 이미 입 밖으로 뱉어낸 말이다. 주워 담을 수 없는 질문이었다.

다행이 두굴은 크게 화를 내거나 하지는 않았다. 대신 호기심이 생긴 표정으로 무한에게 물었다.

"왜 그렇게 생각하지? 소형제."

"떠나고자 하는 사람만이 자신이 가진 것들을 정리하지 않나요?"

무한이 되물었다.

그러자 두굴이 물끄러미 무한을 바라봤다. 그러다가 고개를 돌려 하연에게 물었다.

"이 친구는 어쩌다가 묵룡대선에 타게 되었소?"

두굴은 이미 숲에서 하연을 통해 두 사람이 묵룡대선의 소룡들임을 들어 알고 있었다. 그래서 두 사람을 의심하지 않고 자신의 거처까지 데려온 것이다.

"칸 동생은… 말해도 돼?"

무한에 대해 말하려다 말고 하연이 무한에게 물었다.

그러자 무한이 고개를 끄떡였다.

"숨길 것도 없는 일인데요. 사실 전 서너 달 전쯤에 육주의 바다 인근에서 묵룡대선에 구조되었어요."

"바다에서?"

두굴이 물었다.

"예."

"그 전에는?"

"바다에 빠졌을 때 과거의 기억을 잃었어요. 그래서 떠날 곳이 없어서 묵룡대선에 머물게 되었다가 선장님의 눈에 들어 무종을 받고 제자가 된 거지요."

그러자 두굴이 조금 놀란 눈치를 보였다.

"타고난 재능이 특별한가 보군. 조난을 당한 신세에, 기억도 없은데 대영웅 독안룡 탑살 님의 제자가 되다니."

두굴 역시 어떤 종파든 무종의 전수가 재능을 넘어 그 사람의 신분에 대한 철저한 조사 후에 이뤄진다는 것을 알고 있었다.

"운이 좋았지요."

"운으로만 될 일은 아니고. 아무튼 소형제는 생각이 깊군. 눈도 좋고. 맞아. 난 사실 석림도를 떠나고 싶네. 실제 아버님께도 몇 번 이곳을 떠나겠다고 말씀드렸고. 하지만 허락하지 않으셨지. 이유는 잘 모르겠어. 왜 날 이 섬에 붙들어두려 하시는지……."

두굴이 우울한 표정으로 말했다.

"어쩌면 도주께서 삼공자님을 특별히 아끼는 것일지도 모르겠군요."

이번에는 하연이 말했다.

"왜 그렇게 생각하시오?"

두굴이 되물었다.

그러자 하연이 침착하게 대답했다.

"어느 누구도 후계자 경쟁을 포기한 타락한 사람을 상대로 이런 음모를 꾸미지는 않을 테니까요. 아마도 도주께서는 삼공자님을 여전히 후계자 대상 중 한 명으로 생각하고 계시는 것 같아요. 그래서 섬을 떠나는 것을 허락지 않으셨고. 그 사실을 알기에 누군가 삼공자님을 향해 이런 음모를 꾸민 것이겠지요."

"…그 말이 얼마나 무서운 말인지 아시오?"

두굴이 깊은 눈으로 하연을 보며 말했다.

"부인하고 싶으신 건가요?"

하연이 되물었다.

그러자 두굴이 잠시 침묵을 지키다가 고개를 저으며 말했다.

"아니오. 사실 그들 말고는 이런 일을 꾸밀 사람들이 없소. 하지만… 에잇, 신세 진 김에 두 사람에게 어려운 부탁 하나 더 합시다."

갑자기 두굴이 하연과 무한을 보며 말했다.

"뭘 도와드릴까요?"

하연이 되물었다.

"내일, 아니, 이제 오늘이군. 오늘 어쩌면 난 이 섬을 떠날 기회를 잡을 수도 있을지 모르겠소. 두 분 덕에……."

두굴이 한 줄기 미소를 지으며 말했다.

총관 함로와 독사검왕 서군문이 팔짱을 끼고 무한과 하연을 지그시 바라봤다.

무한과 하연은 아무 말도 하지 않고 고개를 숙인 채 두 사람의 시선을 묵묵히 받아내고 있었다.

"아무 말도 할 수 없다라……."

함로가 중얼거렸다.

무한과 하연이 언덕 위 장원으로 돌아온 것은 새벽 무렵이었다.

당연히 늦은 귀가에 대한 총관 함로와 독사검왕 서군문의 질책을 받을 상황이었다.

그래서 무한과 하연은 장원으로 돌아온 이후 겨우 한 시진도 제대로 눈을 붙이지 못하고 아침부터 총관 함로와 독사검왕 서군문으로부터 늦은 귀가의 이유를 추궁받고 있었다.

이런 경우 대체로 이런저런 변명을 하며 조금이라도 벌을 줄여 받으려는 것이 보통이다. 그런데 두 사람은 어떤 변명도 하지 않고 있었다.

"정말 할 말 없느냐?"

서군문이 다시 다그쳤다.

"죄송합니다."

하연이 고개를 숙이며 대답했다.

"허어… 칸, 너도 입을 닫겠다는 거지? 연이야 본래 고집불통이니 그렇다 쳐도. 칸 네 녀석은 아직 고집부릴 처지가 아닌데?"

총관 함로가 화살을 무한에게 돌렸다.

본래 묵룡대선 내에서도 소룡 하연의 고집은 유명했다.

괄괄한 성정에 시원시원하게 일을 처리하는 하연이었지만, 일단 어떤 문제에 대해 고집을 부리기 시작하면 아무도 그 고집을 꺾을 수 없었다.

그래서 함로가 화살을 무한에게 돌린 것이다. 무한은 나이도 어릴뿐더러 묵룡대선에 탄 지 얼마 되지 않아 감히 자신의 말을 무시하지 못할 거라 생각한 것이다.

그러나 함로가 모르는 것이 있었다. 무한이 팔 년이라는 시간

동안 본마음을 숨기고 사자림에 고립되어 살았던 사람이라는 것이다.

끈기라면 아마도 묵룡대선에 탄 사람들 중 다섯 손가락 안에 들 무한이었다.

"죄송합니다."

겁을 먹은 것 같지도 않았다. 오히려 평온한 얼굴이었다.

그게 함로와 서군문을 당황하게 했다. 하연은 입을 굳게 닫고 말하지 않겠다는 의지를 얼굴에 드러내고 있는데, 오히려 무한은 하연보다도 덤덤한 모습이다.

"와, 이것들이 정말 사람 미치게 하네! 갑자기 승부욕이 확 끓어오르는구먼, 그러니까, 무슨 벌이 주어지든 감당하겠다는 거지?"

"……."

하연과 무한이 침묵으로 수긍했다.

"좋아. 그럼 바로 오늘부터 시작하지. 일단 내일까지 굶는다."

"그게……."

문득 무한이 입을 열었다.

"왜? 못 굶겠어? 수련할 때도 종종 검왕께서 그런 벌을 내리시지 않았느냐? 그리고 네 녀석들도 어떤 벌이든 감당하겠다고 했고."

이 또한 이해가 가지 않는 일이다. 금식의 벌은 소룡들에게는 다반사로 있었던 것이다. 무한 역시 수련을 시작한 이후에 여러 번 금식의 벌칙을 받았었다.

새삼스럽지도 않은 벌이다. 때문에 금식 외에도 함로가 두 사람에게 내릴 벌은 더 있었다.

"그게… 어디를 가야 할지도 몰라서요."

"뭐?"

"초대를 받았습니다."

무한이 대답했다.

순간 함로와 서군문이 어이없음을 넘어 당황한 표정을 지었다.

엄벌을 받아야 할 놈들이 누군가에게 초대를 받았으니 다시 외출을 하겠다고 말하고 있었기 때문이다.

"칸, 너 어디 아픈 건 아니지?"

총관 함로로 부드러운 목소리로 물었다. 정말 걱정이 되는 말투다.

"예, 아픈 곳은 없습니다."

무한이 얼른 대답했다.

그러자 함로가 고개를 저었다.

"아니야. 아마도 넌 어디가 조금 아픈 모양이다. 어쩌면 조난당했을 때 기억을 잃은 것은 머리를 다쳐서일 수도 있어, 그렇지 않다면 이렇게 엉뚱한 말들을 쏟아낼 수는 없는 거지. 하연! 역시 이 모든 것은 네가 설명을 해야겠구나."

함로가 칸을 제쳐두고 다시 하연에게로 질문의 화살을 돌렸다.

그러자 하연이 침착하게 대답했다.

"물론 지금은 두 분께서 이해할 수 없는 일이라는 것을 잘 알고 있습니다. 하지만 조만간 모든 것을 설명할 수 있습니다. 이르면 오늘 저녁에라도……."

"음, 분명 무슨 일이 있기는 하군."

"무척… 중요한 일입니다."

"우리에게도 비밀로 해야 할 정도로?"

"그게… 약속을 한 일이라."

"누구와?"

함로가 재빨리 물었다.

하지만 이 질문에선 역시 하연도 입을 닫았다.

"너희들의 외출을 허락지 않겠다면?"

함로와 하연의 대화를 듣고 있던 서군문이 물었다.

"그럼 선장님을 뵙기를 청하겠습니다."

"선장님을?"

서군문이 되물었다. 그의 표정이 조금 더 변했다. 탑살까지 거론한다는 것은 이 일이 보통 일이 아니라는 것이기 때문이다.

"대체 무슨 일들을 하고 다니는 거냐?"

갑자기 물러나 있던 독사검왕 서군문이 냉정한 눈빛으로 물었다.

지금까지는 그저 석림도 항구도시에 놀러갔다가 늦게 귀가한 일에 대한 추궁이었다.

그런데 그 일이 독안룡 탑살까지 관여해야 하는 일이라면 단순히 늦은 귀가만 따지고 있을 문제가 아니었다. 경우에 따라 묵룡대선에 큰 영향을 미칠 수도 있는 일이다.

그런데 그때, 갑자기 문밖에서 한 사내의 목소리가 들렸다.

"총관님!"

"누구냐?"

총관 함로가 귀찮은 듯 소리쳤다.

"이종입니다."

"이종? 선장님을 모시고 있어야 할 네가 웬일이냐?"

그러자 문이 열리면서 삼십 대 사내가 모습을 드러냈다. 묵룡대선의 용전사이면서 선장 탑살을 곁에서 보필하는 임무를 가진 이종이다.

지난밤 독안룡 탑살은 석림도주 두와의 초대로 만굴성에 들어갔다.

만굴성에는 석림도의 귀빈들만 따로 머무는 화려한 거처 보성각이 있었다. 석림도주의 특별한 초대를 받은 자만이 머물 수 있는 곳이고, 또한 초대를 받은 사람은 반드시 머물러야 한다. 석림도 한철의 다섯 거래처 중 하나인 묵룡대선의 선장 탑살이 보성각에 초대되는 것은 당연한 일이었다.

그래서 탑살은 묵룡대선 선원들의 숙소인 언덕 위 장원이 아니라 만굴성 내 보성각에 머물고 있었다.

"선장님의 명을 가지고 왔습니다. 소룡 하연과 칸을 만굴성으로 데리고 오라는 명이십니다."

"뭐?"

함로와 서군문 둘 다 놀란 표정으로 이종을 바라봤다.

"급히 데려오라는 명이어서 이유는 저도 잘 모르겠습니다."

이종이 대답했다.

"대체 무슨 일이냐?"

함로가 다시 하연과 무한을 보며 물었다.

그러자 하연이 대답했다.

"선장님께서 우릴 부르신다면 대충 이 일을 알고 계신다는 뜻이니 이젠 말씀드려도 되겠군요. 사실 저희 두 사람은 지난밤 우연찮게 석림도 삼공자님의 일에 관여하게 되었습니다."

"뭐? 대체 무슨 일로 그 망나니와 엮이게 된 거야?"

함로가 갈수록 태산이라는 듯 호통을 쳤다. 석림도 제일의 망나니 두굴이라면 그게 어떤 일이든 골치 아픈 일이 분명했다.

"누군가 흑상 혈화단이라는 곳에 청부를 넣어 삼공자를 음모에 빠뜨리려고 했습니다. 항구 구경을 마치고 돌아오는 길에 우연히 그 광경을 보고 삼공자를 도와줬습니다. 아마 그래서……."

"그래서 고맙다는 의미로 너희를 초대했다고?"

"그런 것은 아니고."

"그럼 뭐?"

"아마 그 일에 대한 증언을 부탁할 것 같습니다만……."

"어이쿠야. 석림도 내부의 일에 관여해야 한다는 건가? 좋지 않아. 좋지 않아."

함로가 고개를 저었다.

두 사람이 증언을 하면 삼공자에게는 좋겠지만 묵룡대선은 새로운 적을 만들 수도 있었다.

만약 그 상대가 석림도 내부 인물들이라면 향후 석림도와의 거래에서 손해를 볼 수도 있었다.

"저기… 급히 데려오라십니다. 말까지 준비해 주셨습니다만……."

이종이 조심스럽게 재촉했다.

"어쩔 수 없구려. 선장님이 판단하신 일이니 따를 수밖에. 내가 이 친구들과 함께 가겠소."

독사검왕 서군문이 자리에서 일어나며 말했다.

"검왕께서 직접이요?"

"혹, 이 아이들의 증언을 방해하려는 자들이 있을 수도 있으니……."

"하긴 이 일이 밖으로 드러났다면 누군가는 길을 막을 수도 있겠습니다."

함로가 고개를 끄떡였다.

"일어나거라. 같이 가자!"

서군문이 무한과 하연을 보며 말했다.

＊　　　　＊　　　　＊

두두두!

네 필의 말이 무서운 속도로 질주했다.

석림도 서북쪽 절벽 지대 사이로 난 위태로운 길을 바람처럼 지난 말들은, 석림도 중부 지대의 숲을 지나 단번에 만굴성 입구까지 도달했다.

만굴성은 신이 만든 자연의 험준함과 인간이 만든 복잡한 구조물이 뒤섞여 탄생한 신비한 성(城)이다.

인간은 신의 작품에 도전하지 않고, 신이 의도한 자연의 모습에 순응해 만굴성을 만들었다.

하늘의 기둥처럼 서 있는 두 개의 절벽은 중층부가 신기하게

다리처럼 연결되어 있었다. 분명 사람이 인공적으로 만든 다리
는 아니었다.

다리 위에 형성된 작은 숲도 있었다. 그 숲은 석림도의 전사
들을 은밀히 품고 있을 것이다.

물론 두 개의 절벽 아래쪽 거대한 통로를 막아선 채 만굴성의
출입을 통제하는 모습을 드러낸 석림도 전사들도 있었다.

"멈추시오!"

그 전사들이 네 필의 말을 타고 온 무한 일행을 멈추게 했다.

"새벽에 나갔던 묵룡대선의 용전사 이종이오."

이종이 앞으로 나서며 길을 막은 석림도의 전사에게 말했다.

그러자 이종을 알아본 석림도의 전사가 고개를 끄떡였다.

"벌써 돌아오셨구려. 들어가시오!"

석림도의 전사가 옆으로 비켜서며 말했다.

그러자 이종이 고개를 숙여 보이고 서군문에게 말했다.

"가시지요."

"앞장서게."

서군문이 말하자 이종이 잠시 멈춰 세웠던 말에 박차를 가했
다.

그 뒤를 따라 무한과 하연, 그리고 서군문이 하늘 아래 가장
견고한 성이라는 만굴성으로 진입했다.

제10장

새로운 동행자

무한은 석림도의 항구도시가 한눈에 내려다보이는 만굴성 중심부에서 눈부심을 느꼈다.

세상에서 가장 부유할지도 모른다는 만굴성은 석림도 정상을 향해 치솟은 거대한 석봉과 절벽의 군락들에 사이에 세워진 괴성(怪城)이었다.

석봉과 절벽에는 일정한 간격을 두고 셀 수 없이 많은 석굴들이 뚫려 있었는데, 이 석굴들이야말로 이 성이 만굴성이라는 이름을 갖게 된 이유였다.

그러나 무한을 눈부시게 만든 것은 만굴성의 셀 수 없는 석굴들도, 외부에 세워진 웅장한 건물과 동상들도 아니었다.

항구도시를 향해 열려 있는 남쪽 공간, 그 공간을 통해 보이는 광경이 무한을 눈부시게 만들었다.

멀리 보이는 아름다운 항구도시는 물론, 열린 남쪽 공간을 통해 막힘없이 밀려들어 온 태양빛은 만굴성의 모든 것들을 보석처럼 빛나게 만들었다.

아마도 이곳에는 허름한 초가를 세워놓아도 금으로 만든 듯 눈부시게 빛날 듯싶었다.

"이쪽으로!"

자연이 만든 거대하고 신비한 성, 만굴성의 모습에 잠시 넋을 잃고 있던 무한 등에게 이종이 걸음을 재촉했다.

그의 재촉에 정신을 차린 일행이 다시 말을 몰기 시작했다.

그들이 말을 타고 이동한 시간은 그리 길지 않았다. 어느새 그들 앞에 뱀이 똬리를 틀듯 휘어감아 오르는 돌계단이 나타났기 때문이다.

"이제부터는 걸어가야 합니다."

이종이 서군문을 보며 말했다.

"알고 있네."

서군문이 대답했다.

무한과 하연은 만굴성 내부로 들어온 것이 처음이지만, 서군문은 과거에 몇 차례 만굴성에 들어온 경험이 있었다. 그래서 그는 독안룡 탑살이 머물고 있는 보성각으로 가는 길을 기억하고 있었다.

서군문이 말에서 내리자 무한과 하연도 말에서 내렸다. 그러자 어디서 달려왔는지 늙수레한 노인 둘이 나타나 일행이 타고 온 말의 고삐를 건네받았다.

말을 노인들에게 넘긴 일행이 지체하지 않고 돌계단을 오르기 시작했다.

"정말 놀라죽겠어요."

무한이 다른 때와 달리 과장된 얼굴로 하연에게 속삭였다.

"나도 그래, 정신을 차릴 수 없네. 어떻게 이런 성을 만들 수 있었을까?"

계단은 마치 하늘을 향해 끝없이 이어질 것 같았다. 가끔은 절벽 안쪽으로 파고 들어갔다가 눈부신 남쪽 바다를 향해 열리기도 했다. 그렇게 굴곡진 계단을 오르면서 중간중간 열린 공간으로 나타나는 만굴성의 풍경에 무한과 하연은 계속해서 감탄하지 않을 수 없었다.

그러나 단순히 계단을 오르며 바라보는 풍경만이 놀라운 것은 아니었다. 무한과 하연은 이 모든 것들, 아름다운 풍경들을 바라볼 수 있게 만든 계단의 구조들이 사실은 철저히 계산된 설계에 의해 만들어졌다는 것을 알고 있었다.

석림도의 장인들이 이 계단을 오르는 사람들이 석림도에서 가장 아름답고 신비로운 풍경들을 바라볼 수 있도록 의도적으로 계단을 설계한 것이다.

"듣던 것보다 훨씬 대단한 사람들인 것 같아요."

"정말 그래. 나도 이 정도일 줄은 몰랐는데."

하연이도 고개를 끄떡였다.

그러는 사이 일행이 수백 개의 계단을 올라 수백 장 넓이의 평지에 도착했다.

이종은 평지 서남쪽으로 일행을 데려가 그곳에서 하나의 석굴 입구로 들어갔다.

절벽을 뚫어 만든 석실임에도 태양은 충분했다.

아니, 태양이 없어도 상관없었다. 석실의 기둥과 벽면의 상당 부분이 금으로 칠해져 있어서 그 자체로 빛을 만들어내고 있었기 때문이다.

그곳에 독안룡 탑살이 있었다.

"선장님, 두 사람을 데려왔습니다. 검왕께서도 함께 오셨습니다."

보성각 내 탑살의 거처로 들어가자마자 이종이 탑살에게 가볍게 고개를 숙이며 말했다.

"검왕께서도 오셨구려."

탑살이 서군문을 맞이했다.

"이 녀석들에게 이야기를 들어보니 혹시 오는 길에 위험이 있을 수도 있어서……."

서군문이 대답했다.

그러자 탑살이 하연에게 물었다.

"대체 무슨 일이냐? 왜 삼공자가 너희들을 불러달라고 도주에게 요구한 것이냐?"

"아직 삼공자님을 만나지는 못하셨나 보군요?"

하연이 되물었다.

"그렇다. 새벽에 도주를 통해 너희들을 급히 불러달라는 말만 들었을 뿐이다."

탑살이 말했다.

"알겠습니다. 그럼 지난밤에 있었던 일을 이제 말씀드리겠습니다."

하연이 빠르게 지난밤 무한과 자신이 겪은 일을 탑살에게 말
했다.

하연의 이야기를 다 듣고 난 탑살이 잠시 생각에 잠겼다. 그러
다가 무심한 듯 입을 열었다.

"그러니까 삼공자가 원하는 것은 너희들의 증언이겠군."

"아마도 그럴 것 같습니다."

하연이 대답했다.

"너희들 생각은?"

"허락하신다면 그를 위해 증언할 생각입니다."

하연이 망설이지 않고 대답했다.

"신중해야 하는 일이다. 생각보다 많은 일이 벌어질 수 있어."

듣고 있던 서군문이 입을 열었다.

"알고 있습니다. 저희도 선장님의 허락이 필요한 일이라 생각
했습니다."

하연이 대답했다.

그러자 탑살이 망설이지 않고 말했다. 이미 마음의 결정을 한
모양이었다.

"너희들이 보고 들은 것만 증언하면 된다. 추측이나 너희들의
판단은 배제한다. 그것만 명심하면 증언을 허락하겠다."

"알겠습니다."

하연이 탑살의 결정에 만족한다는 듯 미소를 지었다.

"괜찮을까요? 향후 석림도 내부에 적이 생길 수도 있습니다.

그럼 석림도와의 거래가……."

서군문이 걱정했다.

"언제 우리가 그런 걸 두려워했나?"

탑살이 되물었다.

그러자 서군문이 당황한 표정을 짓다가 이내 가볍게 실소를
흘렸다.

"훗, 정말 그렇군요. 이득을 좇아 움직이는 묵룡대선은 아니지
요. 하물며 흑라와 대해전을 한 우린데……."

서군문이 앞일을 걱정했던 자신이 창피했던지 쑥스러운 미소
를 지었다.

"아무튼 묘하군. 삼공자에 대한 음모라… 대체 왜? 그는 이미
후계자 경쟁에서 밀려난 사람인데. 음……."

"한 가지 경우에만 설명이 가능한 상황이지요."

서군문이 대답했다.

"역시… 도주가 여전히 삼공자를 포기하지 않았다는 뜻이겠
군. 삼공자의 선택과 상관없이."

"그것 말고는 설명이 되지 않지요."

"재밌군."

탑살이 턱을 괴며 말했다.

그러자 하연이 조심스럽게 말했다.

"그럴 만한 사람 같았습니다."

"무슨 말이지?"

서군문이 물었다.

"석림도주께서 포기하기에는 삼공자의 숨은 능력이……."

"그래? 망나니가 아니란 말이지?"

"그 스스로 석림도주의 후계자가 되는 것은 포기했을지 몰라도 가진 능력은 정말 뛰어난 사람 같았습니다. 무공도 우리 소룡들 이상으로 보였고요."

"그래? 뜻밖이군. 하긴 도주가 미련을 가질 정도면 타고난 재능이 대단할 수도 있겠군."

"그야 당연히 석림도주의 혈통이니."

서군문이 고개를 끄떡였다.

"아니, 그의 생모 이야기네."

"그의 생모라면… 그녀는 미천한 신분으로 알려지지 않았습니까?"

"그 신분이란 것이 누구의 시선으로 보느냐에 따라 다르지. 석림도 터줏대감들의 시선으로 보면 당연히 이족 출신에 하녀로 끌려온 그녀는 비천한 신분이라고 할 수 있네. 하지만 사실 그녀는 이곳으로 끌려오기 전 무산열도 북쪽에 위치한 작은 섬의 족장 딸이었네. 그러니 다른 시선으로 보면 결코 미천한 신분이 아니지. 재능도 탁월했고. 그래서 석림도주의 눈에 든 것이네."

"…그렇군요. 다만 운이 없었던 것이군요."

"그렇다고 봐야지. 아무튼 도주가 이 일을 어찌 처리할지 궁금하군. 그의 결정을 보면 마음을 알 수 있겠지. 그럼 그를 만나러 가볼까?"

탑살이 무한과 하연을 보며 말했다.

"예, 선장님!"

"내가 뒤에 있으니 걱정 말고 보고 들은 대로 말하거라."

"알겠습니다."

무한과 하연이 동시에 대답했다.

*   *   *

역시 남쪽을 향해 트인 절벽 안, 대전은 너른 석실이어서 빛이
아낌없이 들어왔다.

백 명이 넘는 사람이 들어서도 너끈한 공간이다. 천장을 떠받
히는 거대한 기둥들이 둥글게 원을 그리며 서 있고, 그 안쪽에
석림도주이자 만굴성의 성주인 두와의 자리가 있었다.

두와는 황금으로 장식된 거대한 대좌(臺座)에 턱을 괴고 앉아
있었다. 그의 얼굴에 짜증과 고민의 흔적이 가감 없이 나타났다.

그런 그가 대전 입구로 들어오는 독안룡 탑살과 무한 일행을
발견하고는 손을 들어 누군가의 말을 가로막았다.

그러고는 자리에서 일어나 탑살을 맞이했다.

"어서 오십시오. 이른 아침부터 독안룡께 큰 실례를 범했소이
다. 어려운 청에 응해주셔서 감사하오."

"아닙니다. 석림도의 일에 조금이라도 도움이 될 수 있다면 오
히려 영광이지요. 그런데 제가 어떤 도움을 드려야 하는지?"

이미 석림도주가 필요로 하는 것이 무엇인지 모르지 않는 탑
살이다.

그러나 적어도 이 자리에서는 석림도주가 원하는 방식으로 무
한과 하연의 증언이 이뤄져야 한다.

분위기를 보니 대전에 모인 사람들은 독안룡 탑살이 왜 이 자

리에 왔는지 그 이유를 모르는 눈치였다.

"무례한 부탁이지만 독안룡께서는 잠시 기다려 주실 수 있겠소이까?"

석림도주 두와가 대답을 미루며 물었다.

"난 상관없소이다."

탑살이 순순히 두와의 요구를 승낙했다.

"고맙소이다. 자, 그럼 계속하지."

석림도주가 중년 사내를 보며 말했다.

"…이 일에 외부인이 관여하는 것은……."

중년 사내가 탑살 일행이 신경 쓰이는지 말꼬리를 흐렸다.

"무례하군. 감히 독안룡께 그런 말을!"

석림도주가 노한 표정으로 질책했다.

"죄송합니다."

중년 사내가 얼른 고개를 숙였다.

"독안룡께서는 절대 본 성의 일을 외부에 알릴 분이 아니다. 그러니 걱정 말고 하던 말을 계속하라."

석림도주가 냉정하게 말했다. 그러자 중년 사내가 다시 한번 고개를 숙여 보인 후 입을 열었다.

"그래서 어제 정체불명의 흑상들에게 넘어간 한철이 오백 근입니다. 그리고 그 밀매의 흐름을 파악한 결과, 말씀드린 것처럼 삼공자님의 포구 근처에 흑상의 배가 머물렀던 것이 확인되었고, 또한… 삼공자님께서 이틀 전 한철을 보관하는 창고 중 한 곳을 방문하셨던 것도 확인했습니다. 그리고… 가장 중요한 것은 어젯밤 포구 주점에 잠시 모습을 보이셨던 삼공자님의 이후 행적을 확인할 수 없었다는 겁니다. 그래서……"

중년 사내가 말꼬리를 흐렸다.

"굴이 이 일에 연관이 있다?"

"……"

사내가 무언으로 대답을 대신했다.

"좋아. 굴은 앞으로 나와라!"

석림도주가 두굴을 불렀다.

그러자 두굴이 아직 술이 덜 깬 듯한 부스스한 모습으로 주적 주적 걸어 나왔다.

"묻겠다. 굴! 한철에 손을 댔느냐?"

"그럴 수 있었으면 좋겠지만, 한철을 지키는 무사들이 절 창고에 들여보내 주지 않아서……"

두굴이 아쉬운 듯 말했다.

"이놈! 지금 이 일이 장난처럼 보이느냐?"

심드렁한 두굴의 모습에 석림도주 두와가 호통을 쳤다.

"아니요. 그럴 리가요? 지금 내가 꼼짝없이 한철 도둑으로 몰리게 생겼는데 어떻게 장난을 칠 수 있겠습니까?"

두굴이 말했다.

"좋아. 그럼 대석수 샤반의 지적에 대해 반론하라. 만약 제대로 반론치 못하면 넌 지난밤 흑상에게 반출된 한철에 대해 책임 져야 할 것이다."

"그 전에 저도 한 가지 요구 사항이 있습니다."

"뭐냐?"

두와가 물었다.

"일단, 만약 제가 한철을 빼돌린 것이라면 전 어떤 벌을 받게 됩니까?"

"모르느냐? 한철에 손댄 자는 그 수량에 따라 뇌옥에 갇히거나 최악의 경우 참수한다는 것을! 한철 오백 근이면 오 년은 족히 옥에 있어야 할 것이다."

"그렇군요. 뭐… 아버지 아들이라도 예외는 없겠지요?"

"이 일은 예외를 둘 수 없는 일이다. 알고 있지 않느냐?"

두와의 냉정하게 말했다.

"바로 그 대답을 듣고 싶었습니다. 이 일에는 예외가 없다. 그럼 이제부터 제가 제 무죄를 입증하고, 또 이 일의 진범을 찾아낸다면 그가 누가 되었든 적어도 오 년의 뇌옥형을 받아야 하는 것이겠지요. 이 부분 약속하시겠습니까?"

두굴이 정색을 하며 두와에게 물었다.

"이놈… 감히……."

"약속하시겠습니까?"

두와가 화를 냈지만 두굴은 두려움 없이 다시 물었다.

"오냐. 약속하마!"

"좋습니다. 그럼 오늘, 제가 어떤 개같은 놈들이 날 이 음모에 몰아넣었는지 밝혀보지요!"

두굴이 희미한 미소를 지으며 말했다.

"소형제! 약속대로 와줬군!"

두굴이 사람들 앞에서 자신의 무죄를 입증하기 전에 손을 들어 무한에게 알은척을 했다.

그러자 사람들의 시선이 일제히 탑살 옆에 서 있는 무한에게
향했다.

갑작스러운 두굴의 행동에 무한이 당황하면서도 가볍게 고개
를 숙여 인사를 하고는 슬쩍 탑살의 뒤쪽으로 숨었다.

그러자 두굴이 가볍게 미소를 짓고는 시선을 대석수 샤반에
게 돌렸다.

석림도주와 그의 혈족을 제외하고 만굴성 최고의 권력자로 인
정되는 대석수(大石手)는 모두 다섯 명이 있었다.

대체적으로 대석수의 직위는 혈통으로 계승된다. 그런 면에서
대석수의 가문들은 석림도에 일정한 지분을 가지고 있는 지배자
들이라고도 할 수 있었다.

그러나 그들은 늘 긴장한 상태로 살아야 한다. 왜냐하면 한
가문이 대석수라는 지위를 유지하기 위해서는 도주의 절대적인
신임과 대석수의 자리를 물려받은 후계자의 능력이 반드시 필요
하기 때문이었다. 능력이 없는 자는 그 가문이 대석수의 집안이
라 해도 결코 대석수가 될 수 없다. 그래서 대석수 가문은 후계
자들을 양성하는 데 최선을 다했고, 그렇게 길러진 재능들은 석
림도의 큰 자산이었다.

대석수 샤반 역시 그런 고통스러운 수련의 시간을 보내고 대
석수라는 지위를 이어받은 인물이다. 그래서 그에게는 혈통에
대한 자부심과 자신의 능력에 대한 자신감이 넘쳐흘렀다.

그런 사람임으로 미천한 여인에게서 태어난 두굴에 대한 멸시
의 감정은 어쩔 수 없었다. 그러나 두굴은 그런 샤반의 시선 따

위는 신경도 쓰지 않는 것 같았다.

대석수 샤반 앞에서 두굴은 당당했고, 도도했으며 한편으로는 상대에 대한 경멸의 마음까지 드러냈다.

그런 두굴의 태도가 샤반을 분노하게 만드는 것은 당연했다. 아무리 도주의 셋째 아들이라 해도 이 비천한 핏줄의 애송이가 감히 대석수인 자신을 모욕할 수는 없다고 생각하기 때문이었다.

"삼공자! 이 일에 대한 변명을 할 수 있소?"

샤반이 물었다.

그러자 두굴이 물었다.

"그럼 대석수는 이 일에 내가 연관되었다는 확실한 증거를 내 놓을 수 있소? 그 뭐… 내 포구 주변에서 흑상의 배가 보였었다는 둥, 내가 며칠 전 한철 창고 근처에 어슬렁거렸다는 둥, 이런 헛소리 말고. 명확한 증거 말이오. 예를 들자면 내가 흑상과 거래하는 모습을 직접 본 사람이 있든지, 아니면 창고에서 한철을 빼내는 모습을 직접 본 사람이 있든지."

두굴의 추궁에 샤반이 기다리고 있었다는 듯 침착하게 되물었다.

"증명은 삼공자께서 하셔야 하오. 어젯밤 흑상들과 거래를 하지 않았다는 사실을 어찌 증명하시겠소?"

"이상하군. 본래 죄를 추궁하는 사람이 증거를 들이대야 하는 것 아니오? 그게 석림도의 전통인 것으로 아는데?"

두굴이 되물었다.

그러자 샤반이 잠깐 당황한 표정을 지었다.

"증거는… 이미 정황으로 충분하다고 생각하오만."

새로운 동행자 **303**

"흐흐흐, 억지는… 체면 떨어지게 대석수라는 양반이!"

두굴이 비웃음을 흘렸다.

순간 대좌 위에서 두와의 호통이 떨어졌다.

"굴! 대석수께 예의를 갖춰라!"

그러자 두굴이 천천히 시선을 돌려 두와를 바라봤다.

"지금 예의라고 하셨습니까? 아버님!"

"대석수들은 석림도의 기둥이다. 네가 비록 내 아들이지만 그들에 대한 존경심을 가져야 한다!"

"존경심까지요? 하하하! 아버님은 음모를 짜 자신을 나락으로 떨어뜨리려는 자에게 존경심을 가질 수 있습니까?"

"이놈! 감히!"

"대석수 샤반은 제가 한철을 훔쳐 흑상에게 넘겼다는 확실한 증거를 단 하나도 제시하지 못했습니다. 그럼에도 그는 석림도의 전통과 다르게 절 범인으로 단정 짓고 증거도 없이 몰아붙이고 있지요. 유죄의 증명은 나의 죄를 주장하는 그의 책임임에도 불구하고 말입니다. 아마도 그가 그럴 수 있는 이유는 제 어머니의 혈통이 미천하기 때문이겠지요. 그런데… 도주께도 제 어머니가 미천한 여인이셨습니까?"

두굴이 강렬한 원망을 담은 눈으로 두와에게 물었다.

"이놈… 그걸 말이라고!"

"만약 이런 모함을 형님들이 받았다면 그때도 아버님께서는 형님들 스스로 무죄를 증명하라 하셨겠습니까? 아닐 겁니다. 아마도 죄를 묻는 대석수에게 죄의 증거를 대라고 했겠지요. 아니 대석수께서도 이따위 어쭙잖은 정황만 가지고 감히 두 분 형님을 추궁할 생각조차 하지 않았을 겁니다. 아닙니까?"

두굴이 두와를 노려보며 물었다.

"이놈… 네가 감히 그런……."

두와가 당황과 분노가 뒤섞인 표정으로 중얼거렸다.

그러자 두굴이 다시 입을 열었다.

"아, 아무튼 알겠습니다. 뭐, 이쯤 하지요. 어쨌든 내가 그 일과 관련이 없다는 것만 증명하면 되는 거니까. 맞소?"

두굴이 대석수 샤반을 보며 물었다.

"증명… 하셔야 할 것이오."

샤반이 자신이 받은 모욕을 그대로 넘기지 않겠다는 듯 말했다.

그러자 두굴이 한 줄기 미소를 지으며 말했다.

"당연히 증명할 거요. 그런데 그때는 대석수도 감히 도주의 혈통을 모함한 대가를 치러야 할 것이오. 대석수! 난 어젯밤 나의 장원에 머물지 않았소. 당연히 내 포구에도 없었소. 그리고 나에게는 한철의 밀매를 시킬 만한 수하도 없소. 됐소?"

"그건 증명이 아니고 주장일 뿐이오. 삼공자가 공자의 포구에 없었다는 사실을 어찌 증명하실 것이오?"

샤반이 추궁했다.

"하하하, 걱정 마시오. 나에겐 그 사실을 증명해 줄 친구들이 있으니까. 아마도… 이쯤 되면 대석수께서도 짐작하셨을 텐데? 설마 천하의 대영웅 독안룡님과 그 제자분들을 아무 이유 없이 이곳에 초대했겠소?"

"그럼……."

샤반이 당황한 표정을 지으며 되물었다.

두굴의 말처럼 사실 대석수 샤반도 뭔가 자신이 모르는 일이 일어나고 있음을 직감하고 있었다. 아무리 대영웅 독안룡 탑살이라 해도 특별한 이유 없이 석림도 내부의 문제를 다루는 장소에 나타날 수는 없었다.

"뭐, 일단 내 초대에 응해준 소형제의 이야기를 들어봅시다. 소형제, 날 위해 어젯밤 있었던 일을 모든 사람에게 말해줄 수 있겠나?"

두굴이 무한을 보며 소리쳤다.

'대체 왜 나야?'

무한은 이해할 수가 없었다.

어젯밤 일에 대한 증언이라면 자신보다 하연이 하는 것이 맞다. 그녀는 오랫동안 묵룡대선의 소룡이었고, 스물이 넘은 성인이었다.

반면 자신은 아직 스물도 되지 않은 나이, 더군다나 묵룡대선에 탄 지 얼마 되지 않아 석림도에서 그를 아는 사람은 한 사람도 없었다.

그래서 무한은 대체 두굴이 왜 어젯밤 일에 대한 증언자로 하연이 아닌 자신을 지목한 것인지 알 수가 없었다. 그러다가 문득 두굴과 눈이 마주치는 순간 무한은 맥이 빠졌다.

'뭐, 저런 사람이 다 있지?'

무한은 어이가 없었다. 자신을 바라보는 두굴의 눈에 장난기가 가득했기 때문이다.

두굴은 자신의 신변에 엄청난 변화를 가져올 이 사건을 마치 장난하듯 다루고 있었던 것이다.

하연이 아니라 무한에게 증언을 요청한 것 역시 무슨 특별한

다른 이유가 있어서가 아니라, 단지 무한을 곤란하게 하는 재미를 위해 장난을 치고 있었던 것이다.

"칸, 걱정 말고 증언하라!"

장난기 가득한 두굴의 시선에 당황하고 있던 무한에게 탑살의 목소리가 들렸다.

탑살은 당황한 듯한 무한을 걱정해 자신을 믿고 증언하라고 말해준 것인데, 사실 그가 무한이 당황한 이유를 알 리 없었다.

'아무튼 재밌는 사람이긴 하군.'

탑살의 말에 한 걸음 앞으로 나서면서도 무한은 두굴의 괴팍한 성정에 혀를 내둘렀다.

어쨌든 시간이 조금 지나자 무한은 침착함을 되찾았다. 대전의 모든 사람들이 자신을 바라보고 있어도 무한은 더 이상 동요하지 않았다.

그리고 그 순간 한 가지 사실을 더 깨달았다. 두굴의 장난이 단순한 장난이 아니라 자신의 긴장을 풀어주는 역할을 했다는 사실이다.

'그래서였나?'

그런 의문이 생겼지만 이제는 입을 열 때였다.

"삼공자께서는 어젯밤 저와… 아니, 저희와 같이 계셨습니다."

"확실한가?"

무한의 말에 대석수 샤반이 의심 어린 표정으로 되물었다.

"그렇습니다."

무한이 대답했다.

"어떻게……? 과거에 삼공자님과 친분이 있었나?"

샤반이 계속해서 질문을 던졌다.

그러자 무한이 크게 한숨을 쉬고는 담담하게 대답했다.

"아닙니다. 어제 삼공자님과 저희가 함께 있었던 것은 우연히 일어난 일입니다. 어제, 하연 누님과 저는 석림도 항구 시가지에서 저녁 늦게 돌아오는 길에 삼공자께서 누군가에게 공격당하시는 것을 보았습니다. 그들은 삼공자님을 수면독으로 중독시켰는데 삼공자께서는 그들의 예상보다 일찍 수면독에서 깨어나셔서 실랑이를 하고 있었지요. 그들은 재차 삼공자님을 중독시키려 하고 있었는데, 마침 저희가 그 모습을 보고… 삼공자님을 돕게 되었습니다."

"음……."

"후우……."

무한의 말이 끝나자 대전 곳곳에서 서로 다른 감정이 실린 음성들이 흘러나왔다.

그 와중에 삼공자 두굴이 여전히 장난스러운 표정으로 무한을 보며 말했다.

"수고했네, 소형제. 고마워! 내가 나중에 정말 술 한잔 살게."

두굴의 말에 무한이 못 말리겠다는 듯 고개를 저었다. 그러고는 서둘러 다시 탑살의 뒤쪽으로 걸음을 옮겼다.

"자! 이제 내 무죄는 증명된 것 같은데. 어떻소?"

두굴이 대석수 샤반에게 물었다.

그러자 샤반이 다시 뭔가 반박을 하려다 문득 석림도주 두와와 시선이 마주쳤다. 그리고 그 순간, 샤반이 급히 하려던 말을 삼켰다. 그의 눈에서 도주 두와의 분노를 보았기 때문이다.

실제로 두와는 분노하고 있었다. 아무리 생모가 미천한 신분이라 해도 두굴은 자신이 아들이다. 그런 두굴을 상대로 이런 음모를 꾸몄다는 것은 곧 자신에 대한 도전이나 마찬가지였다.

그리고 적어도 이 석림도에서 자신에 대한 도전은 그 누구도 용서받을 수 없는 죄였다.

하지만 두와는 분노를 입 밖으로 내지 않았다. 그는 현명한 사람이었다. 오늘날 두굴이 이런 음모에 빠진 이유를 그 자신이 너무 잘 알고 있었다. 그리고 이런 음모를 꾸며 두굴을 파멸시키려 한 사람들이 누구일지도 짐작이 갔다.

그래서 그는 분노를 터뜨릴 수 없었다. 분노를 터뜨리는 순간 그의 세 아들들 중 누군가는 반드시 몰락할 것이기 때문이었다.

"대석수? 내 무죄는 증명되었소?"

대답 없는 샤반을 향해 두굴이 다시 물었다.

"그, 그렇습니다."

샤반이 굴복했다.

사실 무한의 증언만으로 이렇게 쉽게 물러날 샤반이 아니었다.

하지만 도주 두와의 분노를 알아챈 순간, 샤반은 두굴의 무죄를 인정할 수밖에 없었다. 인정하지 않는다면 그건 두굴이 아닌 도주 두와와의 싸움이 될 것을 직감했기 때문이다.

"아이고, 다행이네. 대석수께서 인정해 주시니. 난 아주 겁이 많이 났었는데… 그런데 아버님!"

"뭐냐?"

두와가 짜증스럽게 되물었다. 음모에 빠질 뻔했던 이 와중에도 진중하지 못한 두굴에게 화가 난 것이다.

"제 혐의는 없어졌으니 이제 이 음모를 꾸민 자들을 찾을 차례인 것 같습니다. 그리고 그자들을 찾아내면 약속하신 것처럼 그자들에게 엄중한 벌을 내려주십시오."

순간 두와의 표정이 딱딱하게 굳었다.

두굴과의 약속을 지키기 위해서 자신이 누굴 몰락시켜야 하는지 너무 잘 알고 있었기 때문이다.

그리고 그 경우 일어날 석림도의 혼란과 위기 역시.

'쉽지 않겠네.'

무한이 속으로 생각했다. 무한은 석림도주 두와의 얼굴에서 두려움을 보았다.

석림도의 사정을 모르는 사람이라면 모를까, 그 내막을 알고 있는 사람은 이 일이 후계자 다툼과 연관되었을 가능성이 크다는 것을 누구나 짐작할 수 있었다.

그럼 당연히 음모자도 두 명으로 좁혀진다. 대공자 두휘, 아니면 이공자 두수, 둘 중 한 명이 아니면 감히 이런 일을 꾸밀 사람이 없었다.

그래서 도주 두와는 두려워하고 있을 것이다. 이 일이 짐작대로 두 아들 중 한 명이 꾸민 것이라면 아들들 중 누군가는 치명적인 몰락을 겪어야 하고, 그 경우 석림도는 큰 혼란에 빠질 것이기 때문이다.

"그래서 찾았느냐?"

두와가 감정 없는 표정으로 물었다. 그러나 그가 누구보다 긴장하고 있다는 것은 감출 수 없었다.

"아직 찾지는 못했지만 이곳에서 찾을 수 있을 겁니다."

"어떻게 말이냐?"

"날 공격한 자들을 잡아왔으니까요."

"음……."

두와가 나직하게 신음 소리를 냈다. 범인을 잡고 있다면 그들에게 이 일을 사주한 자를 알아내는 것은 그리 어려운 일이 아니다. 흑상들은 본래 자신들이 살기 위한 배신을 미덕으로 생각하는 자들이니까.

"그런데 왜 아직 그들이 입을 열지 않았지?"

"아직 따끔한 맛을 보여주지 않았어요. 그럴 시간도 없었고…놈들을 데려오느라 너무 바빴거든요. 그리고 모두가 보는 앞에서 놈들의 입을 열고 싶었습니다. 혹, 다른 소리가 안 나오게 말입니다. 데려와! 추노!"

두굴이 대전 밖을 향해 소리쳤다.

그러자 대전 문이 열리고 한 노인이 두 사내를 끌고 들어왔다.

"꿇어!"

퍽!

두굴이 끌려 들어온 혈화단의 부단주와 그 수하 여적의 오금을 발로 찼다.

그러자 두 사람이 석림도주 두와의 대좌 앞에 무릎을 꿇었다.

"그자들이냐?"

두와가 물었다.

"예, 잠깐만 기다리세요. 이제 이들의 입을 열 테니까요."

두굴이 소매를 걷어붙이며 말했다.

그러자 두와가 손을 들어 두굴을 제지했다.

"기다려라. 그 일은 딴사람에게 맡기겠다."

"제게 일어난 일이니 제가 하겠습니다."

"그래서 다른 사람이 해야 한다는 거다."

순간 두굴의 표정이 굳었다.

"절 믿지 못하시겠다는 뜻입니까?"

"널 믿지 못하는 것이 아니라 일을 확실하게 하자는 것이다.
한후!"

"예, 성주님!"

두와의 부름에 구릿빛 피부에 강렬한 눈빛을 지닌 중년 사내
가 두와의 뒤에서 대답했다.

사내의 이름은 한후, 두와를 자신들의 목숨처럼 지키는 세 명
의 호위무사, 석림도 삼전룡 중 일인이다.

"자네에게 맡기지."

"알겠습니다."

"굴, 넌 물러나 있거라."

두와가 두굴을 보며 말했다.

어떤 반발도 허용치 않겠다는 단호함이 보이는 목소리다.

그러자 두굴이 두와를 한 번 응시하고는 더 이상 반발하지 않
고 뒤로 물러났다.

두굴이 물러나자 두와가 한후에게 눈짓을 했다.

그러자 한후가 고개를 숙여 보이고는 천천히 대좌를 내려갔다.

"고개를 들어라!"

쿵!

한후가 검으로 바닥을 찍으며 말했다. 그 울림에 놀란 두 사내가 얼른 고개를 들었다.

"이름!"

한후가 두 사내를 보며 짧게 물었다.

"타… 탁발이오."

"여적이라고 합니다."

두 사내가 즉시 대답했다.

"혈화단 사람이고?"

"그렇습니다."

혈화단 부단주 탁발이 망설이지 않고 대답했다. 이미 두굴에게 말한 내용이기 때문이다.

"좋아. 너희들은 어차피 죽는다. 다만 어떻게 죽을 것인가는 선택할 수 있다. 묻는 말에 순순히 대답하면 고통 없이. 대답하지 않는다면 지금껏 경험하지 못한 고통 속에서 죽게 될 것이다."

"사, 살려주십시오. 아는 건 모두 말하겠습니다."

여적이란 사내가 이마를 바닥에 대며 소리쳤다.

그런데 그 순간 한후의 검이 벼락처럼 검집을 벗어나 여적의 목을 베어버렸다.

쿵!

한순간에 목이 베인 흑상 여적이 비명도 지르지 못한 채 나무

토막처럼 대전에 너부러져 죽어버렸다.

"왜······."

모든 사람들의 입에서 의문의 소리가 흘러나왔다. 도대체 왜 심문을 시작하기도 전에 여적이라는 흑상을 죽인 것인지 이해할 수 없었다. 그런 사람들의 당혹감 속에서 삼전룡 한후가 부들부들 떨며 자신을 바라보는 탁발을 향해 입을 열었다.

"이자가 불행하다고 생각하느냐?"

"······."

의도를 알 수 없는 모호한 질문에 탁발이 대답을 하지 못했다. 그러자 한후가 다시 입을 열었다.

"아니다. 이자는 운이 좋은 자다. 왜냐하면 자신이 죽는 줄도 모르고 고통도 없이 죽었기 때문이다. 묻는 말에 대답만 제대로 한다면 너도 이런 행운을 가질 수 있다. 그러나 만약 조금이라도 실수를 하게 된다면 넌 이자의 죽음이 얼마나 행복했는지 네 몸으로 체험하게 될 것이다. 준비되었느냐?"

한후가 서릿발 같은 냉기를 드러내며 물었다. 그러자 탁발이 대답도 제대로 하지 못하고 급히 고개를 끄떡였다.

"좋아. 그럼 묻겠다. 너희들이 삼공자께 독을 썼느냐?"

"그, 그렇습니다."

탁발이 얼른 대답했다.

"이유는?"

"단주님의 명을 받았습니다. 수면독을 써서 하루 동안 삼공자를 잠재워 숲에 버려두라는 명이었습니다!"

"다시 묻겠다. 정확하게 잠재워 두라고 했느냐? 아니면··· 삼공자님의 목숨을 노린 것이냐?"

"아닙니다. 아닙니다. 절대 죽이려는 의도는 없었습니다."

탁발이 서둘러 고개를 저으며 소리치듯 대답했다.

"삼공자님을 잠재우려던 목적은?"

"그것이……."

혈화단의 부단주 탁발이 잠시 말꼬리를 흐리는 순간 그의 입에서 비명이 터져 나왔다.

"악!"

비명과 함께 그의 갈비뼈 사이를 뚫고 들어간 한후의 검이 서서히 비틀어졌다.

"끄아악!"

탁발의 입에서 끊이지 않고 비명이 터져 나왔다. 그 모습을 보고 있던 무한이 고개를 돌릴 정도로 처절함이 느껴지는 비명 소리다.

슥!

한순간 탁발에게 감당할 수 없는 고통을 준 한후가 그의 몸에서 검을 뺐다.

"크어억!"

고통이 사라지자 탁발의 입에서 토하는 듯한 헛바람 소리가 흘러나왔다.

"대답을 망설이지 마라. 그 순간 다시 고통이 시작될 테니까. 삼공자님을 잠재우려 한 이유가 뭐냐?"

한후가 다시 물었다.

"한철! 한철 때문입니다. 석림도의 누군가가 우리 혈화단에 한철을 밀매하기로 약속했습니다. 그 조건으로 삼공자님을 하룻밤 잠재워 두라 했습니다. 또한 삼공자님이 관리하시는 폐포구 근처에서 거래를 해 삼공자께서 한철 밀매를 주도하신 것으로 누명을 씌우라는……"

탁발이 한숨도 쉬지 않고, 지난밤 삼공자 두굴을 상대로 벌어진 음모의 전모를 밝혔다.

"석림도의 누가 혈화단에 이 거래를 제안했느냐?"

한후가 모든 사람이 기다리던 질문을 던졌다.

그러자 탁발이 얼른 고개를 저었다.

"모릅니다. 정말입니다. 전 정말 모릅니다. 전 다만 단주께 삼공자를 하룻밤 동안 잠재워 두라는 명령을 받았을 뿐입니다."

"넌 혈화단의 부단주다. 네 지위 정도면 충분히 사주한 자를 알 수 있을 것 같은데?"

"아닙니다, 아닙니다. 혈화단의 중요한 비밀 거래는 오직 단주님만이 관리하십니다. 혈화단에는 저 말고도 다섯 명의 부단주가 더 있습니다. 부단주는 대단한 지위가 아닙니다. 우리는 모두 단주님의 명을 수행하는 것 말고 어떤 권한도 없습니다. 그래서 단주께서 누구와 어떤 거래를 하시는지는 알지 못합니다."

또다시 극악한 고통을 겪는 것이 두려운지 탁발이 손과 머리를 움직여 가며 절박하게 대답했다.

"혈화단이 오직 단주 한 사람의 절대적 권력하에 움직이는 흑상이라는 거냐?"

"그렇습니다. 우리 부단주들은 그저 시키는 일이나 하는 존재들입니다. 오히려 단주님의 심복들은 어둠 속에 모습을 감추고 있지요. 저 같은 부단주들은 수시로 바뀌는 소모품일 뿐입니다."

"그래서 이 거래를 제안한 자에 대한 어떤 정보도 아는 것이 없다? 작은 단서라도?"

"죄송하지만, 그렇습니다. 전 다만 명을 받고 삼공자님을 찾아 갔을 뿐입니다."

탁발이 마치 심장이라도 꺼내놓을 사람처럼 열심히 자신의 처지를 설명했다.

그러자 한후가 다시 물었다.

"지금 혈화단주는 어디 있을까?"

"그건 저도 알 수 없습니다. 혈화단의 배가 이동하는 행로 역시 오직 단주님만이 알고 계십니다. 저희들은 단주님이 지시하는 방향을 배를 몰 뿐입니다."

탁발의 대답이 끝나자 한후가 슬쩍 도주 두와를 바라봤다.

그러자 두와가 미세하게 고개를 끄떡였다. 그 순간 한후의 검이 다시 허공을 갈랐다.

삭!

"흡!"

숨을 들이마신 탁발의 얼굴에 모호한 표정이 떠올랐다. 자신에게 어떤 일이 일어났는지 미처 깨닫지 못한 사람의 표정이다.

그리고 다음 순간 그의 목에 가는 핏줄기가 만들어지더니 그대로 바닥에 무너져 내렸다.

쿵!

"뭐 하는 것이오?"

탁발이 쓰러지자 삼공자 두굴이 화가 난 표정으로 달려와 한후를 노려보며 소리쳤다.

"들을 말은 다 들은 것 같습니다만!"

한후가 무심하게 대답했다.

"듣긴 뭘 들어? 배후를 밝히지 못했는데!"

두굴이 소리쳤다.

"그는 배후를 모릅니다."

한후가 역시 무심하게 대답했다.

"겨우 이 정도 심문만 하고 그걸 어떻게 단정 짓는단 말이오?"

두굴이 검이라도 뽑을 기세로 한후를 몰아붙였다.

"그의 눈을 봤습니다. 거짓은 없었습니다."

"한후, 그대가 그걸 어찌……."

"절 못 믿으십니까?"

한후가 되물었다. 순간 두굴이 입을 닫았다. 그리고 잠시 후 고개를 돌려 도주 두와를 바라봤다.

"이게… 아버님 뜻입니까? 이쯤에서 이 사건을 덮는 것이?"

"어차피 배후를 밝힐 수 없다면 그것도 나쁘지 않지. 석림도가 혼란에 빠지는 것보다는 말이야. 더군다나… 내 생일을 축하하러 천하의 영웅과 상인들이 모여 있지 않느냐. 석림도의 치부를 드러낼 필요가 있겠느냐?"

두와가 무덤덤하게 물었다.

순간 두굴의 얼굴에 절망과 원망, 그리고 분노의 빛이 드러났다. 곧이라도 두와에게 달려가 행패를 부릴 것 같은 눈빛이다.

그러나 두굴의 얼굴에 곧 좌절의 빛이 떠올랐다. 두와가 이 사건을 여기에서 덮자고 결정한 이상 그가 할 수 있는 일은 아무것도 없었다. 그러다 문득 그의 눈빛이 다시 한번 반짝였다.

그러고는 두와를 향해 말했다.

"좋습니다. 아버님의 뜻에 따르죠. 대신 저도 한 가지 조건이 있습니다."

"뭐냐?"

"한동안 석림도를 떠나 있겠습니다."

"뭐?"

"이번 사건으로 누군가 절 노리고 있다는 사실이 드러난 이상 석림도에 계속 머무는 것은 멍청한 짓이지요. 범인을 잡지 못해 아버님이 절 지켜주시지도 못할 것 같은데!"

"이놈······."

"허락해 주시지요. 이 정도면··· 충분하지 않습니까?"

두굴이 손을 들어 대전에 피를 흘리며 쓰러진 시신들을 가리키며 말했다. 두와가 그런 두굴을 한동안 바라봤다. 그러다가 우울한 표정으로 물었다.

"어디로 가려느냐?"

두와의 물음에 두굴의 시선이 엉뚱하게 독안룡 탑살에게로 향했다.

"선장님! 혹시 묵룡대선에 자리 하나 있습니까? 제가 다른 건 몰라도 칼은 좀 씁니다만······."

두굴이 한 줄기 미소를 지으며 물었다. 그러자 탑살이 석림도주 두와를 바라봤다.

"후우··· 독안룡이시라면 나도 부탁드리고 싶소. 어리석은 아이지만······."

두와가 탑살에게 말했다.

"알겠소이다. 그렇잖아도 선원이 좀 더 필요했으니. 나야 능력 있는 선원 한 명 구했으니 손해날 것 없는 일이오."

탑살이 덤덤하게 대답했다.

그러자 두와가 자리에서 일어나 탑살에게 고개를 숙여 보인 후 대전에 모인 석림도의 수뇌들을 보며 선언했다.

"오늘 굴에게 일어난 이 비열한 음모는 만굴성 모두의 수치다. 누군가 셋째를 노리고 있다는 사실이 드러난 이상 굴의 출도를 허락한다. 그리고 분명히 해둘 것이 있다. 굴은 나의 혈통을 이어받은 정당한 후계자 후보 중 하나다. 따라서 굴이 석림도를 떠나 있는 삼 년 동안 후계자 선정에 대한 논의를 모두 중지한다. 향후 공식적이든 비공식적이든 이에 대한 어떤 이야기라도 들릴 경우, 입을 연 자는 내 손으로 목을 베겠다! 굴!"

"예, 아버님!"

두굴이 서운함이 모두 사라진 얼굴로 대답했다.

두와의 선언에서 자신에 대한 두와의 애정을 깨달았기 때문이다.

"대영웅의 배에 탄다는 것은 큰 행운이다. 돌아올 때쯤 큰사람이' 되어 있기를 바란다. 그렇다면 네게 새로운 기회가 열릴 것이다."

『사자의 아들: 칸의 여행』 3권에 계속…